INFINITA
PLUS

Rebeca Stones

Timantti

Descubre la verdad

Montena

El papel utilizado para la impresión de este libro ha sido fabricado a partir de madera procedente de bosques y plantaciones gestionadas con los más altos estándares ambientales, garantizando una explotación de los recursos sostenible con el medio ambiente y beneficiosa para las personas. Por este motivo, Greenpeace acredita que este libro cumple los requisitos ambientales y sociales necesarios para ser considerado un libro «amigo de los bosques». El proyecto «Libros amigos de los bosques» promueve la conservación y el uso sostenible de los bosques, en especial de los Bosques Primarios, los últimos bosques vírgenes del planeta.

Tercera edición: noviembre de 2016

Travessera de Gràcia, 47-49. 08021 Barcelona
Ilustraciones de Celia Gallego

Printed in Spain – Impreso en España

ISBN: 978-84-9043-618-9
Depósito legal: B-15.444-2016

Compuesto en Compaginem Llibres, S. L.

Impreso en Limpergraf
(Barcelona)

GT 3 6 1 8 9

Penguin
Random House
Grupo Editorial

A mi madre,
por creer en mí, por quererme incondicionalmente
y por iluminar el mundo con esa sonrisa tan preciosa.
Te amaré siempre.

A mi hermano,
por ser mi compañero de risas y mi caballero fiel.

A mi padre,
por enseñarme a ser quien soy.

Todo sucede por una razón.

Primera parte

Día -1

Me llamo Timantti, soy finlandesa. Mis padres me pusieron ese nombre por la piedra preciosa. Una gema de apariencia brillante y luminosa, que sin embargo posee una extraordinaria dureza. Una piedra invencible. Desde pequeña me entrenaron para ser fuerte, tenaz y poderosa, como lo es el diamante. Ellos saben que, dada su situación, yo estoy en constante peligro, así que digamos que me han entrenado hasta convertirme en alguien más cercano a la dureza del diamante que a su resplandor.

—¡Timantti, baja a desayunar por favor! —vocifera mi madre desde la cocina. Son las seis de la mañana y, como de costumbre, llevo despierta alrededor de una hora. Los malos presentimientos me rodean y me impiden dormir...

Mi madre debe de haberlo notado: por mucho que me esfuerce en no hacer ruido siempre nota cada uno de mis movimientos. Supongo que es deformación profesional.

Me levanto y bajo a ver lo que me espera en la cocina.

—Mgmgfff —susurro mientras me siento; la verdad es que no tengo el mejor despertar del mundo.

—Nos han encargado un nuevo caso en Argentina, tendremos que trasladarnos allí —anuncia mi padre. La noticia no me sorprende: mis padres y yo estamos siempre en movimiento. Al principio siempre tenía que quedarme en casa esperando su llegada, pero desde los dieciséis permiten que los ayude, lo que me enorgullece. Ahora tengo casi diecisiete—. Pero esta vez no podrás acompañarnos.

O tal vez no.

—¡¿Perdón?! —grito mientras me levanto.

—Ya me has oído, Timantti.

Asiento y respiro. Todo me da vueltas. ¿Creen que aún no estoy lo suficientemente preparada?

—Cariño, ya has oído a tu padre... Creemos que en esta ocasión no es adecuado que vengas.

—No quiero quedarme. ¡Odio sentirme inútil y hacéis que me sienta así constantemente!

—Es que no vas a quedarte...

Los miro sin entender. Esto es nuevo.

—Mañana debes estar a las diez en el aeropuerto. Te hemos internado en un centro.

Miro a mi padre. Lo que está diciendo no puede ser verdad. ¿Me van a mandar a un orfanato? ¿No solo no soy lo suficientemente buena como para acompañarlos, sino que, encima, necesito custodia? La llama de la ira se propaga por mi interior, aprieto los dientes para impedir que salga. Me pongo en pie, dispuesta a abandonar la mesa hecha una furia.

—¿Quieres seguir comportándote como una adolescente caprichosa o quieres que te informemos? —pregunta mi madre, con un tono que deja claro que es un momento para comportarse como una profesional.

No soy una adolescente caprichosa; de hecho, podría decirse que apenas soy una adolescente. Soy una profesional. Me siento a la mesa, con la postura erguida y en actitud de escucha.

Sé cómo hacer esto, sé que es importante retener todos los detalles de una operación, sé que la información es algo que solo se repite una vez y sé cómo almacenarla toda, analizarla y compartimentarla en la cabeza, dejarla lista para cuando tenga que usarla. Una parte de mí, la parte adolescente, quiere irse a la cama, pero otra, la parte más adulta, quiere descubrir esos nuevos datos.

—Adelante.

—Te vas a Australia, te llamarás Daniela Niemi, tu nacionalidad seguirá siendo finlandesa y tus padres han muerto en un accidente de tráfico. Aquí tienes tus nuevos documentos.

Extiende delante de mí un pasaporte con una fotografía mía reciente. Ya no sé cuántos nombres he poseído a lo largo de mi vida, no sé cuántos me pusieron mis padres antes de que pudiera darme cuenta de lo que pasaba, ni sé cuántos he usado ya sabiendo quiénes éramos, a qué nos dedicábamos. Perdí la cuenta hace mucho tiempo. Supongo que no es muy importante lo que dice un papel sobre tu identidad, sino quién eres en realidad. Cojo la documentación y vuelvo a mi habitación. Pego un portazo para que sepan que, aunque acato su decisión, no he cambiado de opinión.

Día 0

15, 16, 17, 18...

La última vez aguanté 5 minutos y 20 segundos. Dejo la mente en blanco y me concentro en aguantar más, en la idea de que puedo superarme.

En la idea de que puedo ser mejor, mucho mejor.

Noto un fuerte calor en mis pulmones; quieren respirar, pero yo se lo impido. Aprieto los ojos con fuerza.

19, 20, 21, 22, 23... No debería, pero quiero seguir aquí abajo.

48, 49, 50, 51, 52...

Estoy a punto de llegar a 6 minutos.

1, 2, 3, 4, 5, 6, 7, 8...

6 minutos y 8 segundos. La cabeza me da vueltas cuando la saco del agua.

Abro los ojos, el reloj marca las 8.25.

Justo a tiempo. La hora en punto es para el resto de la gente. Yo tengo que ir un minuto antes, tengo que estar precavida. Siempre alerta.

Para ser buenos en lo que hacemos, mis padres me han enseñado numerosas habilidades relacionadas con el tiempo. Siempre me han comparado con un cronómetro: tengo que ser igual de exacta.

Me seco y escojo una maleta. Tenemos muchísimas: más grandes, más pequeñas, pero todas igual de preparadas. Me decanto por una pequeña con doble fondo. Muy útil para guardar una pistola y su munición (también todo el dinero), sé que voy a un orfanato pacífico lleno de adolescentes estúpidos, pero también sé que es mejor prevenir que curar, mejor disparar que preguntar. Añado ropa veraniega y alguna prenda de abrigo, todo lo necesario para el aseo y dos libros de Edgar Allan Poe para entretenerme cuando esté allí. Paso por la cocina y añado dos barritas de chocolate que no solo me vuelven loca, sino que me proporcionan un subidón de energía cuando lo necesito. La gente odia el azúcar, y tiene razón, pero no hay que desestimar la potencia que tiene en tu metabolismo si sabes administrarlo. Podría decirse que es mejor que muchos esteroides. En realidad, es un esteroide natural.

En la mochila que voy a llevar en el avión añado una novela, *Drácula*, de Bram Stoker, mi teléfono móvil, el portátil y más barritas. Ya he dicho que me vuelven loca.

Me quito el pijama y me pongo unos tejanos, una camiseta negra básica y unas deportivas. Para los viajes largos, lo mejor es ir lo más cómoda posible.

Me gusta este momento de preparar la maleta. Siempre me ha gustado. Prepararse para lo desconocido. Me gustan los cambios, pero esta vez este se ha tomado sin mi consentimiento.

Son las 8.30 cuando salgo de mi habitación totalmente preparada. La hora en punto. Ahora es cuando el resto de la gente se despertaría. Yo ya voy a salir por la puerta.

—¡Adiós, Timantti! Recuerda que lo hacemos por tu bien.

Es mi madre, que me ha oído prepararme y ahora me despide desde su cama, ni siquiera se ha levantado. Es un gesto feo, así que decido no contestar. Me miro en el espejo del recibidor y repaso mentalmente que llevo todo antes de salir definitivamente de la que ha sido mi casa hasta hoy. Supongo que no la volveré a ver en un tiempo. Pero, por suerte, he aprendido a no cogerle cariño a las cosas. Ni a los lugares. Ni a las personas. Ni a nada.

El aeropuerto queda a 20 minutos andando. Muy útil. Cuando llego al lugar de embarque son las 9.25, así que aún puedo descansar media hora. Lo suficiente para que me pregunten diez veces si no soy muy pequeña para volar y para recibir dos o tres miradas de tíos raros preguntándose si viajo sola. ¿En serio? Me entretengo pensando en maneras de romperles los brazos mientras espero a que empiece el maldito embarque. Me espera un vuelo de ocho horas, de Finlandia a Singapur, y luego todavía tengo que coger otro avión. Es un peñazo, pero si realmente quieres pasar desapercibido, no hay nada como viajar en turista.

Antes de pasar el control de embarque, la azafata se para un momento e inspecciona mi pasaporte con detenimiento. No me pongo nerviosa, no hay nada en mi documentación falsa que pueda llamarle la atención. Sé lo que está mirando, son mis ojos. Después de comprobar dos o tres veces que soy la persona de la fotografía, me lo devuelve y, por fin, puedo pasar al interior del avión y acomodarme en la butaca a esperar que pase el vuelo.

—¡Hola! Me llamo Elisa, parece que voy a ser tu vecina de avión. —A mi lado se ha sentado una anciana, aunque por la energía con la que habla parece mucho más joven.

—Encantada. —No le digo mi nombre. Espero que no pregunte. Aunque tiene más bien pinta de abuela inquisidora.

—¿Y para qué vas a Australia? —Ahí lo tienes, otra pregunta.

¿Cómo sabe que voy a Australia? Este vuelo solo nos lleva hasta Singapur. ¿Habrá visto mi tarjeta de embarque? Es una vieja cotilla, está claro.

—Mis padres han muerto —anuncio de forma clara.

—Vaya, lo siento muchísimo.

Por un momento me siento mal por haber hecho mi falsa confesión. La pena inunda los ojos de la anciana, pero me despojo de la culpa pensando que jamás volveré a verla. Y que se lo merece, por chafardera.

—No se preocupe, lo tengo más que superado. —Decido aflojar el drama.

—Ojalá yo tuviera algún nieto... Por desgracia, la vida no ha querido premiarme con ello. ¡Me encantaría tener una nieta tan bonita como tú!

—No será para tanto, señora...

La verdad es que el cumplido me ha sorprendido. No es que no reciba cumplidos, pero casi siempre elogian mis ojos, muy pocas veces recibo piropos tan generales. Siento como se forma una sonrisa en mi boca.

—¡Tienes una sonrisa preciosa! Deberías usarla más. —¡Vaya!, ahí va otro. Y en este tengo que darle la razón, normalmente no saco mucho a pasear mi sonrisa.

—Me anoto la sugerencia —contesto mientras me pongo los cascos. A ver si así se da cuenta de que no quiero seguir hablando.

—También tienes unos ojos muy bonitos. —¡Oh!, pensaba que ya no lo iba a decir.

—Gracias de nuevo, es usted muy amable —digo mientras le doy al *play*. Espero que ahora le haya quedado claro a la señora que no estoy interesada en seguir con la conversación.

Escojo una canción de mi repertorio (*Silencio*, de Beethoven) y desconecto del mundo. Me encanta la música clásica, me permite pensar profundamente, aclarar mis ideas y analizar situaciones: es como un patrón que te permite descomponer problemas más grandes. Encima de las notas musicales puedo visualizar todos los datos que me han dado mis padres sobre mi nuevo destino, aunque en esta ocasión no hay mucho que analizar. Esta vez me han aparcado en un *parking* para niños pijos, poco puedo hacer. Así que, después de una hora de música, decido ver una de las películas que ofrece el avión y me pongo a trastear con la pantalla del asiento. Están clasificadas por géneros: acción, amor, misterio, *thriller*, terror y documentales. Entro en la categoría de terror con la ceja levantada, seguro que bajo ese nombre están las típicas pelis de sustos de sobremesa que en realidad no asustan a nadie. Pero me llevo una grata sorpresa. Algún genio de la programación aérea ha conseguido meter en esta lista algunos de los clásicos gore: *Las colinas tienen ojos*, *Viernes 13* y *Battle Royale*. Me decanto por esta categoría, qué se le va a hacer, tengo predilección por este tipo de películas y no sé decirle que no a un clásico.

—¡Cariño ya hemos aterrizado! —oigo la voz de la anciana y reacciono rápidamente, antes de que su mano llegue siquiera a tocar mi hombro. Me había quedado dormida. Ya hemos aterrizado, ya estoy en Singapur.

—Gracias por avisarme, ha sido un placer conocerla. ¡Que tenga suerte!

—¡Adiós! —Me da un fuerte abrazo y se esfuma por el pasillo. Ese abrazo no lo he visto venir, y eso que estoy entrenada para adivinar los movimientos de la gente, pero no para las muestras de cariño, así que me quedo un segundo en estado de *shock*.

Me estiro, cojo mi mochila y voy a por la conexión de mi vuelo de Singapur a Sidney. Todavía me quedan varias horas hasta llegar a Australia y espero que en este viaje no me toque un compañero de asiento con ganas de comunicarse.

Y, por suerte, no me toca, y puedo pasarme todo el vuelo enfrascada en la lectura de *Drácula*. Cuando aterrizamos, me dirijo a la cinta de equipajes. Tengo cierto nerviosismo por saber si mi maleta estará en la cinta o no; siempre me ocurre lo mismo. Puede que sea porque suelo llevar una pistola oculta en mi equipaje o puede que sea algo que sencillamente le pasa a todo el mundo. Cuando la veo salir, me relajo, suspiro hondo mientras la cojo y emprendo mi camino hacia la parada de taxis.

—Al orfanato Marlinn Dawn. ¿Sabe dónde está?

—Claro, todo el mundo conoce a los chicos del polo rojo.

—¿Qué quiere decir? —le pregunto al taxista; la verdad es que no he tenido tiempo de buscar información sobre el centro y no me gusta no saber ni a dónde voy.

—Es un sitio muy lujoso. —Se para y me mira por el espejo retrovisor. Puedo ver cómo evalúa si yo encajo o no en ese ambiente—. El uniforme que llevan sus estudiantes, el polo rojo, es lo que los distingue.

Así que, confirmado, eso es lo que me espera: un *parking* para niños ricos.

El resto del trayecto transcurre en silencio. Yo me encuentro absorta mirando por la ventana. Este nuevo paisaje me fascina.

—Ya hemos llegado.

Cuando bajo del taxi, tengo la sensación de haber aterrizado en la película *Los chicos del coro*, solo que mucho más nueva y perfeccionada. Empujo la puerta con delicadeza y veo que, para mi sorpresa, está abierta, como si supieran que iba a llegar. Seguramente habrá cámaras de vigilancia y ahora mismo estén viéndome por un monitor. Entro con precaución, observando todo lo que me rodea, detectando posibles salidas. Todo son jardines, jardines y más jardines, los estudiantes se cobijan del sol bajo la sombra de los árboles, hablando animadamente; yo estoy justo en el camino de arena que los atraviesa. De repente, una gran sonrisa blanca se cruza en mi camino.

—¡HOLA! Te veo un poco perdida, ¿eres nueva? —me grita la chica mientras se acerca.

—Sí, estoy buscando la secretaría.

—¡ESTO ES GENIAL! Hacía tanto tiempo que no venía nadie nuevo... ¡Tengo muchísimas ganas de conocerte! —Cuando se para a mi lado, me inspecciona con atención—. Oye, ¡me encantan tus ojos! ¿Ves igual por los dos?

—Cla... claaa... claro que veo igual, solo cambia el color.

—¡ES FLIPANTE! Podría pasar horas y horas mirándote los ojos. Uno verde, uno azul, uno verde, uno azul. Mmm... ¡Creo que me gusta más el verde! —dice mientras se acerca cada vez más hacia mí. La verdad es que mi ojo preferido también ha sido siempre el verde.

—Bueno, supongo que... ¿gracias? Quiero decir, tus ojos también son muy bonitos. —Genial, se me da fatal esto de dar conversación. Estar en este lugar va a ser peor que la peor de las misiones secretas.

—Ya, pero son los dos iguales, no compares... ¡Me encanta lo diferente! ¡POR CIERTO! Me llamo Akva, ¿y tú? —me pregunta. Habla tan rápido y seguido que me cuesta descifrar lo que dice. No es una cuestión de idioma. A pesar de ser finlandesa hablo cuatro idiomas a la perfección, sin acento en ninguno de ellos. Es una cuestión de intensidad. Esta chica parece poner el corazón a mil por hora en todo lo que hace, me cuesta seguirla.

—Daniela, me llamo Daniela. —Es la primera vez que digo mi nombre falso y me siento cómoda con él.

—¡Me encanta! Creo que si tengo una hija la llamaré así. ¿Y cuántos años tienes? Yo acabo de cumplir los dieciocho.

—Yo pronto cumpliré diecisiete.

—¡Ojalá te toque en mi habitación! Las habitaciones son dobles y mi compañera... ya no está. —Al decir esto último se queda un poco abatida.

—¿Dónde está la entrada? Tengo que dejar la maleta e instalarme... —La corto un poco bruscamente, pero es que esto empieza a aturdirme: demasiada información y demasiados sentimientos en una conversación tan breve. No estoy acostumbrada.

—¡Oh, es verdad, perdona! Cuando empiezo a hablar ya no puedo parar... Ven, está justo por aquí —dice mientras me agarra la mano. El contacto tan directo hace que me sienta incómoda.

Día 1

Akva me guía hasta el recibidor del orfanato, todo es de un increíble color blanco.

—¡Bienvenida! Tú debes de ser Daniela —me saluda una señora de mediana edad. La inspecciono: es muy alta y se puede apreciar que está en forma, lleva el pelo recogido, una falda larga y una camisa blanca. Sobre ella, una placa con su nombre: DIANA. Su sonrisa es muy amplia y no tiene ni una sola arruga—. Espero que te adaptes bien a este maravilloso sitio. En primer lugar, voy a necesitar tu talla para el uniforme. Por tu constitución, pareces una S.

—Llevo una S. —La verdad es que siempre he sido muy delgada, el deporte y el entrenamiento constante ayudan mucho a mi metabolismo.

—Bien, lo siguiente será asignarte una habitación.

—¡EN LA MÍA! Así se adaptará mucho mejor, ¡ya somos amigas! —El entusiasmo de mi nueva «amiga» podría parecerme patético, pero en realidad es muy cómico.

—Me parece bien, déjame revisar primero.

—¡No hay nada que revisar! Mi antigua compañera ya no está.

—La secretaria mira a Akva como si hubiera dicho algo incorrecto, pero vuelve a su listado enseguida.

—Está bien. La asigno a tu habitación.

Tan pronto como me dan las llaves y el uniforme, Akva tira de mí con una fuerza increíble.

—¡VAMOS, VAMOS, Marlinn Dawn TE VA A ENCANTAR!

Su velocidad recorriendo los pasillos y las escaleras hasta nuestra habitación me impresiona. Apenas me da tiempo a hacerme una composición del lugar, tendré que volver luego sobre nuestros pasos para crearme un mapa mental en la cabeza. Estos pasillos tienen una estructura particular, no encajan del todo con el mapa de incendios que hay colgado en cada puerta.

—Y... ¡HEMOS LLEGADO! ¡Bienvenida a mi hogar dulce hogar! —exclama Akva mientras abre la puerta con una sonrisa que le ocupa toda la cara. La habitación es enorme. Está claro que esta institución recibe dinero a espuertas.

Lo primero que hago es dejar mi equipaje y hacer una ronda de reconocimiento:

1. Tenemos baño propio, lo que está genial, eso evita colas enormes y proporciona privacidad cuando la necesitas.
2. Lo que se denominaría «dormitorio» está dividido en dos partes. La suya es todo colorido, fotos por todas las paredes y mucho accesorio de color pastel.
3. Sin embargo, la que entiendo que es mi parte está totalmente vacía (supongo que al irse la chica han quitado todo lo que tenía), y creo que se quedará así una temporada.
4. Cada parte (además de con una cama grande) cuenta con un armario doble de dos puertas —supongo que una estará ocupada con la ropa de Akva y la otra estará a mi disposición— y un escritorio con varias estanterías.
5. Y, por último, entre su parte y la mía hay una gran ventana que da a un pequeño balcón.

—¿Qué? ¿Te gusta?

—Me imaginaba que en un sitio así las habitaciones serían individuales.

—¡Vaya! ¿Te molesto? ¿Quieres que me vaya? —me pregunta convirtiendo su sonrisa en una mueca de tristeza.

—¡Claro que no! Seguro que eres una compañera estupenda, solo tenía curiosidad. —Tengo que dejar de ser tan directa.

—¡ME ALEGRO DE QUE TE GUSTE! Solo hay que decorar un poco tu parte... ¿Quieres que te deje pegatinas, algún póster?

—Gracias, pero no creo que haga falta...

—Que no te siente mal, pero eres un poco extraña. Eres como... Amigable, pero seca a la vez. ¿Me entiendes? —me suelta Akva a bocajarro.

Y es cierto, tampoco hay que ser muy listo para ver que mis habilidades sociales son... regulares.

—No me sienta mal. Extraño no tiene por qué ser algo malo.

—¡Estoy de acuerdo! ¿Ves? Ya tenemos un montón de cosas en común.

—Sí, ya veo. —Con cuidado abro la maleta y voy colgando la ropa en mi armario.

—Has traído mucha ropa... ¿No sabías que había uniforme, verdad?

—No, no lo sabía —digo a regañadientes. No me importa no usar mi ropa, lo que me da rabia es no estar preparada para la situación. Me da aún más rabia que alguien aparentemente tan inocente se haya dado cuenta de mi fallo.

—Yo odio el uniforme, me parece una medida que intenta silenciar nuestra personalidad, nuestra forma de ser. No nos dejan expresarnos.

Vaya, pues no es tan inocente. Parece que hay vida en el planeta pastel de las sonrisas.

—Me gusta tu forma de verlo —le comento con una sonrisa sincera.

—¡Gracias! ¿Quieres que te ayude a guardar las cosas? —me pregunta acercándose. Pienso en la pistola y el dinero que llevo escondido en la maleta y automáticamente me arrepiento de haber aceptado vivir con ella. Parece buena chica, pero no me puedo fiar. La conozco desde hace unos minutos y ya quiere cotillear y tocarlo todo.

—No te preocupes, lo haré luego. Voy a darme una ducha.

—En diez minutos deberíamos estar en el comedor. Se come siempre a la una y media.

Cierro la maleta con combinación. No me hace falta mirar el reloj para saber que son las 13.02. Tengo veinte minutos para ducharme: si lo he calculado bien por los planos desde aquí al comedor hay ocho minutos escasos.

—OK.

Me meto en el baño y veo que la puerta no tiene cerrojo. Curioso. Se ve que aquí la intimidad de los alumnos no es una prioridad. Abro el grifo mientras empiezo a desnudarme. Necesito sentir el agua resbalar por mi cuerpo. Tras quitarme toda la ropa, me meto en la ducha y dejo que el agua helada fluya; me encanta sentir ese cosquilleo en las venas, notar cómo el vello se eriza y ver cómo mi cuerpo reacciona ante la gélida temperatura.

—¡Akva, ¿puedo usar tu champú y tu gel por favor?! —grito desde el baño.

—CLARO QUE SÍ, USA LO QUE QUIERAS —me responde también gritando, aunque ella lo hace con mucho más entusiasmo.

Rápidamente me enjabono con su gel de melocotón (que huele muchísimo a melocotón) y me lavo el pelo con su champú, también de melocotón.

Me aclaro por completo, intentando arrastrar todo ese olor tan dulce fuera de mi cuerpo, y paso los tres minutos que me quedan pensando en Akva y en quién habrá durante la comida. Hacer amigos no está entre mis habilidades, aunque tengo la impresión de que estar al lado de Akva me ayudará a socializar. Me interesa encajar aquí, todo será más fácil.

Me seco y me pongo el nuevo uniforme. Consta de una falda negra, el famoso polo rojo con el escudo del orfanato y una corbata a juego con la falda. Miro el reloj: las 13.22. Perfecto. Una cosa es intentar pasar por una adolescente normal y otra perder mis buenas costumbres.

—Dani, ¿te puedo llamar Dani? —me pregunta mi compañera en cuanto abro la puerta del baño

—Ya me lo has llamado.

Ahí están otra vez esos ojos de perrito.

—Puedes llamarme Dani, claro. ¿Vamos a comer? Debe de ser la hora.

Nuestra conversación es interrumpida por el timbre.

—VAMOS A COMER, VAMOS A COMER —anuncia Akva tirando de mí hacia el pasillo.

—Oye, ¿tenemos clase por la tarde? —pregunto mientras corremos por los pasillos. ¿Por qué corremos? Vamos bien de tiempo.

—Mmm... ¿Cómo te lo explico...? Digamos que no tenemos clase, pero nos obligan a practicar un deporte. Puedes elegir entre: baloncesto, fútbol, natación, baile, patinaje, esgrima y kárate.

—¿No se pueden elegir varios? —me gusta mucho la natación, pero no me vendría nada mal practicar con la espada. Quizá pueda sacarle rendimiento a este lugar a pesar de todo.

—Sí, ahora mismo yo estoy inscrita en todos. Por eso mismo tengo todas las tardes ocupadas de cinco a siete.

Se para frente a dos grandes puertas cerradas.

—Bien, Dani, tras estas puertas se encuentra el comedor. ¿Estás preparada?

Al otro lado se puede oír un fuerte estruendo de bandejas y voces. Me hace gracia su solemnidad, no puedo evitar sonreír.

—Siempre.

Cuando abre las puertas y vamos hacia el lugar donde se encuentra la comida, cientos de ojos se posan en mí. La verdad es que no me ponen nerviosa: estoy segura de mí misma, si me quieren mirar, bien, y, si no, también. Akva y yo cogemos una bandeja, hay tres opciones de menú para escoger, una de ellas completamente vegana, pero cuando intento cambiar la combinación de los platos, me dicen que no es posible. Cada menú tiene que escogerse tal cual está, no puedes hacer cambios. Qué rigidez. La única libertad que hay es a la hora de elegir el pan, hay un montón de variedades y ningún límite para coger lo que quieras. Pero a mí me da lo mismo, porque soy celíaca. Todo tiene una pinta deliciosa, supongo que es una de las ventajas de una escuela de estas características. Yo opto por el menú 1 y ella por el menú 3. Nos desplazamos hacia una mesa llena de desconocidos para mí, pero que parecen apreciar mucho a Akva. Lo veo en cómo se relajan las comisuras de sus labios al verla llegar. No sabré mucho de sentimientos, pero sé reconocer a la perfección cómo se manifiestan externamente en las caras de las personas.

—Chicos, os presento a Dani, es mi nueva compañera de habitación.

—Akva, estamos hartos de que nos presentes a tus nuevos amiguitos. ¿No te das cuenta de que todos se acaban marchando? —La que habla es una morena voluptuosa de ojos verdes que no está sentada a la mesa, sino que acaba de pararse frente a ella, de pie. Es muy atractiva, no lo niego, pero su bienvenida me provoca una sensación de furia. Es verdad que yo no he sido la persona más amable del mundo con Akva, pero ver cómo esta chica acaba de hablarle de un modo tan despectivo me disgusta muchísimo, así que decido dedicarle una gran sonrisa a esa morena tan antipática.

—¿Por qué no te sientas con nosotros? Pareces encantadora —la invito mirándola directamente a los ojos.

Para enfrentarse a un enemigo, nada como aturdirle primero. En lo que la chica tarda en reaccionar, uno de los amigos de Akva sentados a la mesa aparta su bandeja para hacernos sitio y se dirige a mí. Siento cómo los músculos de los demás chicos, sentados a la mesa, se tensan y se agita su respiración. Un signo claro de animales oliendo peligro. No se equivocan.

—No le hagas caso, Vanessa siempre es así de estúpida, nunca va a cambiar. Yo me llamo Philip. Encantado. —Es muy, muy rubio, albino. Me sorprende la variedad de físicos que hay en este orfanato. Supongo que entre la clase alta hay más variedad genética, nunca me lo había planteado. La voluptuosa lo frena en seco.

—A ver si te enteras, novata. Acabas de llegar, así que te encuentras en la base de la pirámide y yo, cómo decírtelo, en la punta. Vuelve a faltarme al respeto y te dejo los ojos del mismo color, anormal.

No puedo evitarlo, mi risa se convierte en el ruido más estruendoso del comedor. No sabe con quién se está metiendo. Voy a contestarle cuando Akva tira de mí para que nos marchemos. Me doy cuenta de que tengo que obedecer. No porque Akva me lo esté pidiendo con ojos de corderito, sino porque tengo que seguir el mandato de mis padres e intentar pasar desapercibida. No puedo enseñarle dos o tres llaves de aikido aquí mismo. Philip y dos chicas que no han tenido tiempo de presentarse siguen a Akva y se levantan de la mesa. Parece que todos nos vamos a sentar en otro sitio. Decido no presentar batalla. Al menos no por esta vez.

—Siempre hace lo mismo con los alumnos nuevos... No te preocupes, se le pasará. Yo me llamo Sasha. Encantada.

—Yo soy Alejandra, por cierto —se presenta la otra chica.

—Encantada. ¿Tiene algún problema psicológico? —digo—. Porque, sinceramente, creo que presenta síntomas muy notables.

—Oye, ¿dónde está Hugo? —pregunta Akva. Se nota descaradamente que quiere cambiar de tema.

—Le duele mucho la barriga, no tenía apetito y se ha quedado en su habitación a descansar —le contesta Sasha. ¿Será su pareja?

Mientras termino de comer no puedo dejar de observar a Vanessa, que sigue en su mesa, totalmente sola. Es extraño. Normalmente, los matones siempre tienen a un par de secuaces cerca para reírles las gracias. Pasa en la mafia y pasa en los institutos. Pero Vanessa está completamente sola. Las ganas de levantarme e ir hacia ella aumentan por segundos, pero por respeto a mis nuevos compañeros me quedo sentada. No he venido aquí a hacer amigos, pero tampoco enemigos, tengo que recordarme a mí misma que esta no es una de mis misiones. Quizá aquí pueda comportarme como una chica normal por primera vez en mucho tiempo. Cuando Akva termina el postre, todos se han ido y solo quedamos ella y yo.

Volvemos a la habitación y Akva está muy soñolienta. Se desploma sobre la cama.

—¡Es la hora de la siesta!

—¿Duermes la siesta?

—Claro que sí, aquí todo el mundo duerme la siesta. Necesitamos descansar. Las clases y los deportes son muy exigentes.

Y para mi sorpresa, yo también me desplomo sobre la cama y duermo por primera vez en mi vida una «siesta». Puede que sea cosa del *jet lag* o puede que sea que me estoy relajando. Cuando me despierto, son las seis y Akva no está por ninguna parte. ¿Qué deporte le tocará hoy? Como no tengo nada que hacer, voy a secretaría para apuntarme yo también a las clases de deporte.

Cuando vuelvo a la habitación, en el pasillo encuentro algo que al principio no interpreto bien. O, mejor dicho, encuentro a alguien.

Su pelo negro no me hace dudar ni un segundo, es Vanessa y, ahora me queda claro, está intentando abrir la puerta de mi habitación.

Día 1 (2.ª parte)

En mi cabeza se debaten dos opciones: aplicar con ella la técnica de tortura china y arrancarle uno a uno los pelos hasta hacerle confesar qué trama o callarme y observar lo que está intentando hacer. Muy a mi pesar, sé que la segunda opción es la mejor. Así que dejo que mi curiosidad venza a mi agresividad y me quedo callada y escondida en la esquina.

Está intentando abrir la puerta con una horquilla: típico. Jamás conseguirá abrirla con esa técnica. La gente ve demasiadas películas.

—¡Toma! —susurra Vanessa.

¿Qué? No puede ser. ¡Lo ha conseguido! Yo tuve que practicar una semana entera hasta que supe abrir mi primera puerta. Y fue con una ganzúa.

La morena se cuela en mi habitación de forma sigilosa, entorna la puerta al máximo, pero no llega a cerrarla. Estúpida. Debe de darle miedo quedarse encerrada dentro. Me acerco un poco más para poder ver lo que hace. Como sospechaba, va directamente a mi escritorio y empieza a abrir todos los cajones. Al ver que no hay nada, pasa al armario, en el que solo encuentra ropa, ropa y más ropa. Al girarse ve mi maleta, y se le ilumina la cara. Eso es porque aún no sabe que mi maleta tiene dos candados, con claves que jamás logrará averiguar.

—¡Mierda!

Acaba de darse cuenta. ¿Y si entro ahora y la sorprendo? Me encantaría ver qué cara pone... Pero no me conviene que ella sepa que la he visto, eso creará más tensión y me tendrá mucho más vigilada. No, no me conviene en absoluto.

Vanessa se lleva las manos a la cabeza, frustrada. Calculo que se ha rendido y que saldrá de mi habitación en diez segundos. Me alejo de la puerta y corro hacia las escaleras, como si estuviera bajando por ellas.

5, 6, 7, 8...

—Hola, Vanessa. ¿Qué haces tú por aquí? ¿Tu habitación también está en esta planta? —le pregunto. Ha sido muy rápida, exactamente dos segundos más rápida de lo que había previsto. Sus ojos están inquietos y muestran sorpresa al verme; sin embargo, el resto de su cara no tiene expresión alguna. Vaya, no es tan estúpida como yo creía.

—He venido a visitar a una amiga —se moja los labios en un gesto rápido—, pero no tengo que darte explicaciones de nada, novata —responde sin mirarme mientras se va.

No me importa, mi pregunta ha funcionado. A partir de ahora sé cuándo Vanessa miente o dice la verdad: cuando miente, se moja los labios después de soltar la mentira. Todos tenemos pequeños microgestos así, solo es cuestión de aprender a detectarlos.

Para conocerlos, basta con que consigas que alguien te mienta a la cara. Eso y estar especialmente atento cuando lo hace. No es agradable que la gente te mienta a la cara. Tampoco lo es tener que estar sospechando continuamente de quien tienes enfrente. Este tipo de situaciones crean mucho conflicto en mí. Pero es la clase de vida que he escogido.

Mis padres son asesinos y yo también quiero serlo.

Dicho así, suena muy fuerte, pero cuando tenía once años, una charla me lo aclaró todo. Aunque cueste de entender, mis padres son los buenos. Su trabajo consiste en matar a la gente que ha obrado mal y que, por ello, se merece la muerte. Mis padres matan a terroristas, matan a ladrones, matan a estafadores... Me gusta verlo como una especie de selección natural, de limpieza. Jamás han asesinado a alguien que no lo mereciese. Por eso mismo quiero ser como ellos, quiero ser esa justicia que cada día es más inexistente.

—¡EY, DANI! ¿Qué haces ahí quieta?

—Akva, ¡me has asustado!

—¡Ups! Lo siento, acabo de bajar de clase de baile.

—¿En qué planta está? —La verdad es que pregunto por preguntar, no me interesa en absoluto el baile ni las aulas de baile, pero necesito tiempo para reaccionar.

—En la tres. ¿Estás bien? —pregunta con cara de preocupación.

—Estoy un poco mareada, no estoy acostumbrada a este calor.

—¿Quieres ir a dar una vuelta? —insiste, esta vez con una sonrisa.

—Sí, me vendría bien. —Cuantos más lugares conozca, mejor—. ¿A qué hora es la cena? —Cuantas más rutinas controle de este lugar, más fácil me será averiguar cómo salir de aquí.

Sí, este lugar me está sorprendiendo para bien, pero sé que, tarde o temprano, voy a querer salir de aquí. Akva es agradable y la comida está muy bien, pero creo que no estoy hecha para estar encerrada.

—A las siete. Un momento, voy a dejar la mochila en la habitación y vamos, que solo tenemos una hora. ¡Espérame en la entrada! —exclama echando a correr.

Para cuando nos reunimos en la entrada solo han pasado cinco minutos.

—Esto es realmente precioso, cuando me dijeron que iba a ir a un orfanato me imaginé algo muchísimo peor —le confieso, relajada por poder decir la verdad en mucho rato. Odio tener que mentirle a Akva, aún no la conozco mucho, pero parece una persona ingenua y de buen corazón. Justo el tipo de persona al que es fácil que hagan daño.

—Creo que todos pensáis en lo peor cuando os dicen que vais a ingresar en un orfanato, es normal. Yo llevo aquí desde que tengo uso de razón, así que no creo que pensara nada cuando me lo dijeron —dice soltando una carcajada.

—¿Llevas aquí toda tu vida?

—Sí, mis padres murieron cuando yo era un bebé, y eran todo lo que yo tenía, así que cuando se fueron, además de un montón de dinero, me gané una plaza en este maravilloso centro. Llevo aquí más de dieciséis años. —Su expresión es una rara mezcla entre tristeza y alegría, pero enseguida vuelve a animarse—. ¡Mira! Allí están Sasha y Hugo. ¿Vamos a saludarlos?

—Se los ve bastante pegados el uno al otro, Akva... ¿No crees que igual interrumpimos algo?

—Allí está Philip, ¿prefieres ir a hablar con él? —me propone señalando al chico albino.

—Estamos bien aquí, hablando...

—Pero ¡qué poco sociable eres, Dani! ¡Hay que cambiar eso!

—Nunca he tenido muchos amigos —intento explicarle.

—¡No me pongas excusas! Philip es mi mejor amigo y ya lo conoces de la comida —replica mientras me tira del brazo en dirección a su mejor amigo.

—¿Mejor amigo? ¿Seguro? —le pregunto con una sonrisa pícara. La verdad es que había notado cierta química entre ellos.

—Nuestro romance iba a ser un poco imposible, Daniela —me responde riéndose. ¿Por qué dirá eso? Quiero preguntárselo, pero ya estamos junto a Philip, así que me guardo la pregunta para después. En cualquier caso, no estoy interesada en las relaciones personales, no se me dan bien.

—¡Hola, chicas! ¿Qué tal tu primer día, Daniela? —nos saluda.

—Mucho mejor de lo que esperaba.

—¡Normal, tienes una compañera de habitación guapísima! ¿Qué más puedes pedir? —contesta Philip, lo que no hace más que aumentar mis sospechas sobre su romance con Akva. La «parejita no parejita» establece una conversación sobre algo vagamente relacionado con la clase de baile, yo me siento y observo lo que me rodea. Este sitio es muy grande para tan poca gente, este enorme jardín debe de tener capacidad para centenares de personas.

—¿Te apetece que te enseñe el invernadero? —Akva me señala una gran caseta de cristal, cuyos accesos parecen estar cerrados—. Se cultivan cientos de especies raras, aunque solo tienen acceso los profesores...

—Tú eres la nueva ¿no? —pregunta un chico muy alto y musculado que acaba de irrumpir en nuestro espacio.

—¿Eso te convierte a ti en el viejo? —repongo con seguridad, clavando mi mirada en sus ojos.

—Bueno, pues no estás nada mal. ¡Por fin meten nueva mercancía, esto estaba muy aburrido! —dice ignorando mi comentario, mirándome de arriba abajo.

—Era demasiado bonito que Vanessa fuese la única estúpida de este centro.

—La nueva tiene carácter —afirma uno de sus amigos entre risas.

—¿Quieres? Necesitas de esto para relajarte un poco. —Me ofrece un cigarrillo. ¿Acaso está permitido fumar dentro del orfanato?

—No, gracias, no soy partidaria del suicidio.

—Vámonos, Dani... —susurra Akva mientras tira de nuevo de mi brazo. Me dejo llevar una vez más y nos apartamos del conflicto. Se está convirtiendo en una costumbre que no me gusta nada. Pero son las siete menos cuarto y no quiero perderme la cena.

—¿Quiénes eran esos? —digo mientras entramos en el comedor.

—Pregúntale a Philip.

—¿Philip es amigo de esos chicos? —Me sorprendió que después de irnos se quedase hablando con ellos.

—Sí, son amigos, jamás entenderé por qué. Yo creo que es porque el amor lo ciega...

—¿El amor?

—Philip lleva enamorado del idiota que te ha hablado desde que está aquí. Por cierto, se llama Steve. —Akva baja la cabeza, la tristeza inunda su cara.

—¿Philip es gay?

—¿No te dije que lo nuestro era imposible?

Día 4

Son las 7.14. Es mi cuarto día aquí y, como temía, ya quiero irme. Me siento enjaulada y observada. No soporto a ninguno de los niñatos aparcados en este centro. Excepto a Akva, quizá sea la única a quien salvaría si de repente alguien prendiera fuego a este lugar. (No estoy diciendo que sea yo quien vaya a hacerlo.)

—Dani, despierta, tenemos que prepararnos. —Esa es ella.

—Estoy despierta. —Las clases empiezan a las ocho y llevo despierta desde las seis, como siempre. Son muchos años de mantenerse alerta.

—¿Qué haces despierta tan temprano? ¿Y por qué sigues en la cama si estás despierta?

En realidad, es una buena pregunta. Pero no puedo decirle que estaba ideando posibles planes de evasión. No puedo decirle que ya sé cuáles son los caminos más rápidos hasta la puerta, que solo tengo que comprobarlo in situ.

—Mmm... Estoy pensando en mis cosas. ¿Y tú?, ¿qué haces tú despierta tan temprano?

—¿En serio no lo sabes? —contesta mientras su sonrisa se transforma en una mueca de decepción. Mierda, se me está olvidando algo.

—¿Es tu... cumpleaños? —ironizo.

—¡SABÍA QUE NO TE HABÍAS OLVIDADO! —exclama mientras me abraza con fuerza. En realidad, lleva repitiéndolo en bucle los últimos días, era casi imposible olvidarse.

—¿Y vamos a hacer algo especial por tu cumpleaños? —Siento que tengo que contribuir a su entusiasmo. Es bonito ver la energía que tiene con todo.

—Te dejan salir al exterior acompañada de un profesor, lo mejor es que puedes llevar a una amiga. ¡Y YO TE VOY A LLEVAR A TI!

—¿Estás segura, Akva? —le pregunto deseando que diga que sí. Necesito salir de esta jaula. Y pensar que ella lleva aquí toda su vida...

—¡CLARO QUE SÍ! Eres mi nueva mejor compañera de habitación.

—Soy tu *única* compañera de habitación —aclaro entre risas.

—¡La única y la mejor!

—¿Y... ¿adónde quieres ir?

—El año pasado fui a la playa con Philip y nos lo pasamos genial. ¿Te apetecería ir?

—Claro, eres tú la que tiene que elegir el destino. Pero tengo un problema... No he traído biquini. —Al hacer la maleta no estaba pensando precisamente en atuendos de ocio.

—¡Tranquila! Antes de ir a la playa pararemos en la ciudad, así podemos ir de tiendas un rato. Iremos a Berk Center, es el centro comercial más grande de la zona y, además, tenemos la suerte de que también es el que más cerca queda de mi playa favorita.

—¡Claro! Y... ¿A Philip no le parecerá mal que vayas conmigo y no con él?

—Qué va, no te preocupes. Si ni siquiera... —No termina la frase, se queda callada. Philip y Akva, la gran interrogante. Puede que sea hora de despejarla, pero no tengo ni idea de cómo funcionan las relaciones de amistad. Dame una conspiración internacional y un par de fuentes y puedo descubrir fácilmente los motivos pero, por lo que veo, el terreno de los humanos es mucho más pantanoso... Me quedo en silencio por unos momentos. Si algo he aprendido, es que, si dejas el suficiente vacío, la gente hará lo posible por rellenarlo, aunque sea con palabras, aunque sea contándote algo que no te quieren contar.

—Creo que necesito distanciarme de él un poco... —dice en un tono de voz distinto. Ahí viene. Ahí llega la confesión. Solo tengo que apretar un poco, lo justo para que no se retire.

—Pero, entonces, ¿nunca te gustó? Ayer me diste a entender que sí.

—Sí, bueno... Al principio, Philip y yo estábamos muy unidos, él no tenía muchos amigos aquí y yo tampoco, así que era fácil que encajáramos. Y al estar tanto tiempo a su lado, no podía evitar verlo con otros ojos... Descubrí su homosexualidad hace un año y me cogió totalmente por sorpresa. Estuve mal unos días, pero luego comprendí que no podía hacer nada ante esa situación. —Me sorprende la actitud de Akva mientras se sincera conmigo. Su habitual sonrisa no está presente, y no parece ella. Me incomoda verla así, pero tengo curiosidad por saber sus sentimientos actuales hacia ese chico. Nunca antes me había interesado por las emociones de alguien sin un fin concreto. Resulta agradable.

—Así que en el pasado te gustó... ¿Y ahora?

Después de un largo suspiro, contesta:

—Es muy duro que te guste una persona que sabes que jamás sentirá algo por ti, Dani. Ojalá no te pase nunca. Acabé rindiéndome, le confesé mis sentimientos y él lo entendió. Solo siento amistad por él, pero no puedo evitar preguntarme...

—¡No, Akva! No digas eso, por favor.

—¿El qué? —me pregunta confusa, abriendo los ojos con curiosidad.

—Siento haberte cortado, pero odio los «y si...» —le digo mientras me peleo con las hebillas de la falda—. No poder cambiar la realidad es malo, pero imaginarse otra es aún peor. Si no puedes cambiar lo que tienes, debes intentar enfrentarte a ello. Es lo único que puedes hacer: enfrentarte a la realidad, enfrentarte a tus decisiones. —En cuanto acabo de hablar se crea un silencio incómodo. Quizá me he pasado de la raya, a lo mejor no se me da tan bien escuchar como creía... o es que cuando se habla de sentimientos hay que escuchar de un modo distinto. Akva baja la cabeza, pero, tras unos segundos, la vuelve a levantar con una gran sonrisa.

Cuando salimos de la habitación, los pasillos están repletos de alumnos y por primera vez me impacta la multitud. Porque ahora, con este uniforme, formo parte de ella. Parecemos copias los unos de los otros. Y lo peor de todo es que esta maldita falda pica muchísimo.

—Buenos días, chicas —nos saluda Philip. Su habitación está justo enfrente de la nuestra, es de los pocos que aún no tiene compañero.

—Buenos días —le contestamos al unísono.

—Daniela, te sienta bien el uniforme. —Es curioso, todo el mundo me llama Dani y Philip sigue llamándome Daniela. La verdad es que lo prefiero, me gusta mucho mi nombre falso y que lo corten me parece una atrocidad.

—Me avanzo, tengo que ir a por mi horario. Os veo en clase.

Me despido de ellos y voy hacia la secretaría. Mientras me muevo por los pasillos voy confirmando, por costumbre, si las rutas de huida en las que había pensado son correctas. De repente, algo me llama la atención: en cada esquina de cada pasillo hay una cámara. No debería sorprenderme, supongo que en un orfanato de estas características deben de querer tener a los niños bien controlados.

—Hola, Daniela, supongo que vendrás a por tu horario —me saluda Diana, que vuelve a ocupar su puesto en secretaría.

—Y supones bien.

—Siento haber tardado tanto, cada vez sois más alumnos y, por tanto, cada vez son más los horarios que tenemos que hacer.

—¿Este año somos muchos? —Me ablando un poco, no puedo estar siempre con la directa.

—Sí, este curso tenemos más alumnos que nunca —responde mientras busca el resto de los papeles.

Miro a mi alrededor, estas instalaciones están hechas para albergar al menos tres veces el número de gente que somos ahora. O quizá tanto espacio vacío sea la expresión del lujo y yo no sé darme cuenta.

—Toma —dice mientras me tiende numerosos papeles—, esto es el horario. Has perdido casi la mitad de la primera clase, así que, si no quieres ir, tienes permiso para faltar. La segunda es en el aula 8. Tenemos un total de veinte aulas, diez de ellas destinadas para alumnos de primaria, que se encuentran en el tercer piso; las otras diez son para secundaria y bachiller, en el cuarto. Allí es adonde tienes que ir.

¿Primaria? Puede que no lleve mucho tiempo aquí, pero puedo asegurar que no he visto ni a un solo niño de menos de catorce años.

—Perfecto, ¿eso es todo?

—Sí, suerte en tu primer día.

—Gracias. ¡Por cierto! Quería pedir un cambio en el uniforme. Prefiero llevar el pantalón del traje, no la falda, me resulta muy incómoda.

—Lo siento mucho, pero no tienes opción. El pantalón es para el uniforme masculino.

—¡¿Perdón?! —exclamo indignada.

—Lo que has oído, no está permitido que lleves pantalón. Te corresponde la falda.

—¿Y por qué no puedo llevar pantalón? Quiero llevar pantalón.

—Y yo te digo que no está permitido. —Tanto su tono como el mío se están elevando. Es evidente que la situación nos irrita a las dos. Pero me irrita mucho más a mí.

—¿Eres consciente del siglo en el que vives?

—El resto de tus compañeras no se quejan.

—¡Me da igual que no se quejen! Me estoy quejando yo —replico, clavando mi mirada en sus ojos. Está a punto de contestarme con un buen grito cuando oímos abrirse la puerta de la entrada y las dos volvemos la cabeza.

—Hola, vengo a internar a mi nieto. —Esa voz me resulta muy familiar, mi mente se esfuerza por relacionarla con alguien, pero no lo consigue. Hasta que la anciana se quita las gafas.

Es Elisa, mi compañera de vuelo. Aquella anciana que deseaba tener nietos y, en ese preciso instante, estaba internando a su presunto nieto en un orfanato.

Día 4 (2.ª parte)

—¿Elisa? —pregunto dirigiéndome a la anciana mentirosa. Nada tiene sentido. Sus ojos se clavan en mí durante un instante y luego aparta la mirada. Está claro que me reconoce, pero finge no hacerlo.

—Perdona, mi abuela tiene mal el oído... Abuela, esta chica te ha llamado —dice su nieto después de unos segundos de incertidumbre. Mi mirada vaga de Elisa a él: no tienen ni un rasgo en común. Los ojos del joven, que debe de rondar la mayoría de edad, se clavan en mí y por unos segundos, nos miramos con destellos de rivalidad. Él intenta que me crea su mentira, pero yo me niego a hacerlo.

—Ay, lo siento, cariño, la edad cada día se nota más. ¿Me conoces? —Sé que miente. Sé que me recuerda. Sé que me está engañando. Lo que desconozco es por qué lo hace.

—Compartí un vuelo con usted, hablamos bastante.

—Lo siento, cariño, pero no logro recordarte... Últimamente tengo problemas de memoria... Lo siento mucho.

—No se preocupe, quizá me he confundido —digo al final.

Sin decir nada más, abandono la secretaría y vuelvo a mi cuarto.

¿Problemas de memoria? ¿Acaso no había una excusa mejor? Tengo muy buena memoria (excepto para las fechas) y estoy completamente segura de que era la misma mujer. Y lo que es más, en el vuelo me comentó que no tenía nietos. ¿Y ahora aparece aquí con uno?

Incongruencias, demasiadas incongruencias.

El timbre me saca de mis cavilaciones. Mi hora libre ha terminado y debo asistir a la segunda clase. Según el horario, me toca biología, una de mis asignaturas favoritas. Subo las escaleras hasta la cuarta planta, pero al doblar una esquina algo llama mi atención. Me cuesta darme cuenta, pero al final caigo: las paredes del pasillo no están del todo alineadas, es como si al final se estrecharan más de la cuenta. Me acerco hacia el fondo y, al llegar, entiendo lo que pasa. Hay un segundo pasillo que corre paralelo al primero, pero no puedo acceder a él, hay una puerta cerrada que, supongo, es la que da paso. ¿Cómo podría...?

—¡Ey! —grita alguien a mis espaldas.

Sé quién es sin tener que volverme. Le ha costado muy poco dar conmigo. El nuevo me mira con una sonrisa en los labios, pero no me fío ni un pelo. A pesar de todo, si quiero conseguir información, me conviene ser amable y social. Y no es que quiera información, es que *necesito* información.

—¿Necesitas algo? —pregunto intentando parecer agradable.

—Siento lo de mi abuela, hace unos meses le diagnosticaron alzhéimer, por eso actuó así contigo —baja la mirada al suelo, como avergonzado— y por eso estoy yo aquí.

Buena estrategia, seguir con la misma mentira, pero mejorarla, darle profundidad. Se nota que tiene práctica mintiendo, intenta no parecer nervioso, habla con seguridad y me mira directamente a los ojos. Tiene práctica, sí, pero no más que yo.

—Lo siento mucho, de veras, espero no haberla confundido más todavía. Yo también soy nueva, no llevo aquí ni una semana. Mis padres murieron en un accidente de tráfico...

Pena. Si quieres conseguir algo de alguien, intenta que esa persona sienta pena por ti. La compasión mueve montañas.

—Vaya, yo también lo siento... Me llamo Bruno, por cierto. Encantado.

—Yo soy Daniela. Será mejor que entremos en clase, ya hemos perdido la primera hora, y me da que no nos conviene ensuciar nuestra reputación el primer día, ¿no crees? —le digo sonriendo. Simpatía, simpatía y simpatía.

—Claro que no, venga, vamos —me responde con una sonrisa enorme y brillante. No puedo evitar quedarme mirándola. Tiene una sonrisa preciosa, una de esas que da muchísima confianza. Pero tengo que centrarme. Sé que está jugando al mismo juego que yo: cuanto más bonita y real sea la sonrisa, más embaucadora será y más confianza te proporcionará. Más confianza para acercarse a mí y descubrir mis secretos.

Cuando entramos en clase, el profesor todavía no ha llegado, y todos están hablando. Las mesas están esparcidas por el espacio de dos en dos, así que me tocará compartir sitio. Busco a Akva o a Philip, pero no encuentro a ninguno de los dos. Tampoco están ni Sasha ni Hugo. Muy a mi pesar, sí encuentro a Vanessa y a Steve (que se sientan juntos, ¡vaya concentración de estupidez más grande!).

—¿Nos sentamos juntos? —pregunta el señor Sonrisas. En el fondo, me alegra su propuesta. Todos nos están mirando, somos la novedad. Bruno es atractivo, no me extraña que seamos el centro de atención.

—¡Por supuesto! —Justo cuando nos sentamos, entra el profesor. Es un señor de mediana edad, con las facciones muy marcadas y numerosas arrugas. Además, tiene los párpados abultados y las uñas de un color opaco. Está claro que es fumador. Se llama Carlos y parece que para él la biología es algo más que una forma de ganarse el sueldo. Sus conocimientos sobre botánica me sorprenden muchísimo.

—Hoy empezaremos la lección catorce, estudiaremos las plantas medicinales. Como sabrán los que me conozcan de otros años, le doy mucha importancia a este tema, creo que la naturaleza nos ofrece remedios increíbles a las enfermedades que ella misma crea. Quiero que la semana que viene me entreguéis un trabajo sobre dos plantas medicinales, que mal aplicadas, pueden resultar nocivas: la belladona y el estramonio.

Al decir «trabajo» la clase entera solloza, con pereza.

—No seáis vagos, podríais cambiar el futuro.

—¿Cambiar el futuro? —pregunto ante su tremenda exageración.

—Quién sabe, quizá descubráis algo nuevo...

Prefiero no responder y guardar silencio el resto de la clase. Carlos se dedica a informarnos sobre remedios naturales, plantas venenosas... Hace muchas preguntas y, aunque me sé todas las respuestas, me callo y miro hacia el suelo. Después del numerito en secretaría ya me tienen fichada, no quiero llamar todavía más la atención.

Cuando toca el timbre, todos siguen sentados, así que supongo que el que cambia de aula es el profesor. Entre clase y clase, parece ser, siempre tenemos cinco minutos de descanso.

—Y bueno, Daniela, ¿me presentarás a alguien? Por ahora eres la única persona que conozco en este lugar.

—Mi compañera de habitación tiene un montón de amigos. Si quieres, te la presento y ella se encarga de presentarte a los demás. ¿Con quién compartes habitación?

—Con un tal Philip. No sé quién es, pero la verdad es que nuestra habitación está muy ordenada —mientras dice esto último hace un gesto con las manos, como imitando a alguien muy cuadriculado. Sonríe mientras lo hace.

—¡Qué suerte! La mía está llena de purpurina rosa —confieso, y me sorprendo a mí misma devolviéndole la sonrisa.

—¿En qué planta estás? —me pregunta deslumbrándome de nuevo con su sonrisa.

—Mi cuarto está justo enfrente del tuyo, de hecho. Philip es el mejor amigo de mi compañera. Ella se llama Akva. —Una vez lo he dicho, me arrepiento. No debería darle tanta información, no lo conozco. Aunque supongo que no importa, quizá esté exagerando.

—¡Genial! Parece que el destino está a mi favor.

«Destino»... Odio esa palabra. ¡Menuda chorrada!

—¿Y esa cara? ¿Acaso no crees en el destino?

Vaya, parece que me ha leído el pensamiento.

—Claro que no —contesto secamente.

—¡Eso es un delito, Daniela! —exclama exagerando una expresión de sorpresa—. Dame una buena razón para no creer en él.

—Fíjate tan solo en su descripción, Bruno: «Fuerza o causa desconocida y superior al género humano que se supone que controla y dirige inexorablemente todo lo que va a ocurrir, incluso la existencia de las personas».

—¿Te la sabes de memoria? —pregunta divertido.

—¿Cómo iba a decidir si creía o no en el destino sin saber su definición? —le replico muy seria.

Él pestañea sin decir nada. Parece que lo he pillado con la guardia baja y, por alguna extraña razón, esto me hace seguir:

—Si el destino existiera, nuestra vida estaría totalmente escrita desde el momento en el que nacemos. Pero el ser humano es impredecible. Llegué a la conclusión de que eres tú mismo el que escribe su propio destino.

Se hace el silencio. Me mira de una forma muy extraña y automáticamente me arrepiento de haberle contado eso. No lo conozco. Y no solo eso, sino que lo he pillado mintiéndome. Y aquí estoy yo contándole mis reflexiones sobre la vida.

En ese justo instante entra la profesora de química, lo que me tranquiliza. La química es fácil, me gusta, no me hace contar intimidades a desconocidos.

El problema que nos plantea es muy básico y podría hacerlo con los ojos cerrados. Voy a tener que pedir deberes extras a los profesores si no quiero morir de aburrimiento en este sitio. La profesora insiste mucho en que antes de resolverlo formulemos muy bien nuestra hipótesis y que le demos una expresión matemática. Insiste en que solo a través de un buen planteamiento y siguiendo a rajatabla los objetivos marcados se pueden conseguir resultados extraordinarios, estando centrado en el objetivo y sin dejar que las consecuencias laterales de nuestros actos nos distraigan. Por lo que parece, es una de esas personas que confía en el método.

Cuando termina su explicación y suena el timbre todo el mundo se levanta. Yo me quedo un poco rezagada y me acerco a la mesa de la profesora, que está hablando con otro alumno. Quiero pedirle alguna lectura extra, nunca viene de más seguir formándose. Puede que esto sean para mí unas pequeñas vacaciones, pero pronto vendrá una nueva misión y la química siempre puede serme útil en esas situaciones. Cuando empieza a trastear en su maleta, puedo ver varias novelas de ciencia ficción y una carpeta amarilla con unos extraños códigos numéricos, como si fueran iniciales. Parece que a ella también le gusta leer. Me proporciona una lista de lecturas de química recomendadas y me doy la vuelta para volver a recoger mis cosas.

La clase está prácticamente vacía, pero Bruno sigue ahí. Sin poder evitarlo, lo miro de reojo y me doy cuenta de que está escribiendo una nota. Cuando termina, la dobla, la mete en mi cajón y me sonríe. Ay, Dios. Ahora no puedo ignorarlo, mi estrategia era ser simpática. Con lentitud y disimulo, la abro.

Has roto mi hipótesis, Daniela.

La siguiente clase se me hace eterna. No sé si es porque me estoy muriendo de hambre, porque lo que nos están enseñando es como el abecedario o porque, sorprendentemente, tengo ganas de reunirme con Akva. Cuando suena el timbre, soy más rápida que una exhalación y salgo al pasillo en busca de ella y de Philip.

—Entonces, ¿puedo almorzar contigo? —me pregunta Bruno, que me ha localizado en medio de la multitud del pasillo.

—Ah, perdona, no te he esperado, pero tengo que encontrar a Akva y...

—Por casualidad, ¿Akva no será esa chica que viene corriendo hacia ti, no?

—¡DANI! Estaba superpreocupada, ¿por qué no has ido a la primera clase? ¡Nos tocaba juntas! —Y, en efecto, esa chica era Akva.

—En secretaría me dijeron que podía tomarme la primera hora libre por ser el primer día. —Al acabar de hablar me doy cuenta de que Akva no para de mirar a Bruno. Claro, ella aún no lo conoce—. ¡Ah!, y él es Bruno, acaba de llegar y le ha tocado compartir habitación con Philip.

—Encantado —responde él con su sempiterna sonrisa.

—¡Qué guay! ¡BIENVENIDO! Oye, ¿por qué no te vienes a almorzar con nosotras? —Ahí está la maldita hospitalidad de Akva, apenas lo conocemos y ya está invitándolo...

—Encantado —vuelve a decir con su mejor sonrisa aún dibujada en el rostro.

—Pues entonces vamos. ¡No quiero perderme el zumo de melocotón! Siempre es lo más solicitado... —lo incita Akva frunciendo el ceño. Esta chica, en vez de sangre, tiene almíbar.

—Qué mentirosa, en la cena de ayer nadie quería probar la «deliciosa» tarta de melocotón —la contradigo entre risas.

—Porque todos saben que amo esa fruta y querían dejármela para mí —replica ella muy seria antes de echar a correr por el pasillo mientras grita—: ¡VOY A LLEGAR LA PRIMERA!

Como no sé decir que no a un reto, yo también me pongo a correr hasta que logro adelantarla, y cuando abren las puertas del comedor, soy la que coge la primera bandeja.

—Al final creo que voy a proponerle a Philip que venga conmigo a la playa... —me comenta Akva mientras toma la segunda bandeja.

Al ver que me quedo parada, se echa a reír y confiesa que era una broma. Y menos mal que lo era, porque necesito salir de aquí de una vez. La excursión del cumpleaños de Akva es la excusa perfecta para descubrir cómo.

—Chicas, casi os pierdo —se lamenta Bruno con un bufido. ¿Solo hemos bajado dos plantas y ya está jadeando? ¿O eso es lo que quiere que pensemos?

Cuando acabamos de coger la comida, nos sentamos a una mesa, y poco después se unen Sasha, Hugo y Philip.

—Eh, Philip, te presento a tu nuevo compañero —dice Akva, que está disfrutando mucho de poder presentar el nuevo al resto. Philip le dedica una mirada de arriba abajo y le sonríe nerviosamente. Es como si el nuevo lo incomodara.

—Hola, me llamo Bruno. Ya he visto nuestra habitación y está genial, eres muy ordenado.

—Pues espero que tú también lo seas —le contesta Philip con una sonrisa, menos nerviosa esta vez.

—Bueno... Algunos días soy más ordenado que otros.

—Nunca entenderé a la gente desordenada. ¿Tanto os cuesta mantener las cosas en su sitio? —pregunto. Desde pequeña me han enseñado a ser extremadamente organizada. Llevo desde los ocho años clasificando toda mi ropa por colores. Aunque tampoco es muy difícil, toda mi ropa es negra.

La comida resulta más agradable de lo que esperaba. Philip y Akva insisten en que Bruno pruebe la tarta de melocotón y el increíble surtido de panes, pero no tienen éxito. Sin embargo, les hace reír mucho con sus ocurrencias. Bruno tiene un don para hacer amigos y, al final de la hora, los tiene a todos comiendo de la mano. A todos, excepto a Vanessa, por supuesto. Ella lo ha visto, está claro, no ha dejado de mirarlo desde el otro extremo del comedor y de lanzarle miradas asesinas. Por lo que parece, Bruno se ha dado cuenta, pero ha decidido ignorarla. En un momento dado, parece que Vanessa se decide a acercarse hacia donde estamos. Pero justo entonces suena el timbre y desiste.

—¡Es la hora de enfrentar tres clases más! —exclama Akva cuando oye el estridente ruido—. Dani, creo que ahora te toca conmigo, ¿no?

Nos toca clase de historia, que es una de mis asignaturas favoritas. Creo que es esencial conocer nuestro pasado para así aprender de nuestros errores y evitar repetirlos en el futuro. En realidad, me gustan todas las asignaturas que imparten en este centro, menos una: plástica. Me dirijo a clase con Akva a mi lado.

—Oye, ese chico es muy agradable, ¿no? —comenta, interrumpiendo mis pensamientos.

—No sé, Akva. Apenas lo conocemos, y mientras no se conoce a una persona, no te puedes fiar.

—Nononono... Creo que estás muy equivocada. Mientras una persona no me dé motivos para desconfiar de ella, yo mantendré mi confianza. Si no, siguiendo tu lógica, yo no tendría que confiar en ti...

—Y en realidad así es.

—No digas eso, Daniela... Me estás haciendo daño en el corazón.

Al escucharla me entran ganas de reír, pero al ver su cara me doy cuenta de que lo está diciendo en serio, así que prefiero no contestar y no hablar más del tema. De todos modos no voy a convencerla.

Aunque yo sí que desconfío de esa sonrisa. Al fin y al cabo, estoy entrenada para hacerlo.

El resto de la mañana transcurre con normalidad, las clases me resultan cada vez más aburridas y Akva vuelve a ser la persona más feliz del mundo. Cuando terminamos la jornada, nos vamos a nuestro cuarto para cambiarnos antes de coger un bus para ir a la ciudad. Va a ser mi oportunidad perfecta para escapar. Odio fastidiarle el cumpleaños a Akva, pero es una ocasión de oro y no voy a desperdiciarla.

—Oye, ¿qué conjunto te gusta más? —me pregunta sosteniendo una prenda en cada mano—. Es que me encanta este vestido, porque como luego vamos a la playa... Pero esta falda es tan bonita... ¡AYÚDAME, DANI!

Según Akva, tenemos que aprovechar que vamos a salir para quitarnos el uniforme. Yo la apoyo al cien por cien, quiero librarme de una vez de este picor que llevo soportando toda la mañana.

—Llevamos falda todos los días. ¿Por qué no te pones un vestido para variar un poco?

—Tienes razón... ¿Y qué vestido escojo? ¿El rosa o el amarillo?

—Vamos a ir a la playa, no a una fiesta.

—Vale, me quedo con el amarillo. Y tú, ¿qué te vas a poner? —Akva me mira con cierta preocupación.

—Un pantalón corto negro y una camiseta negra —contesto automáticamente.

—Oye, cuando necesites alguna prenda o algo, dímelo. Yo estaré encantada de prestarte lo que quieras. Lo digo porque... Me parece que con un solo color no podrás hacer muchas combinaciones.

—Muchas gracias, lo tendré en cuenta —digo esbozando una sonrisa. Admiro a la gente generosa, quizá porque uno de mis grandes defectos es que soy muy celosa de mis cosas.

Aunque faltan exactamente cuarenta y ocho minutos para que el autobús pase por nuestra parada, Akva insiste en salir ya hacia secretaría, donde nos tenemos que encontrar con nuestra carabina. Parece ser que la que nos va a acompañar es ni más ni menos que Diana, la inepta de Diana. ¡Qué suerte la mía!

—Chicas, ¿ya estáis listas? Akva, qué vestido más bonito.

—¡MUCHÍSIMAS GRACIAS! Dani me ayudó a escogerlo. ¿Podemos ir ya hacia la parada?

—Supongo que sí, pero aún falta una hora para que llegue el bus.

—No vamos a ir en bus, he llamado a un taxi desde la cabina del comedor. Está esperándonos en la puerta —anuncio con una sonrisa. Diana me mira con recelo.

—¡¿EN SERIO HAS HECHO ESO?! —pregunta Akva lanzándose sobre mí. Su abrazo me pilla por sorpresa y mi primer instinto es echarme hacia atrás, pero logro controlarme a tiempo (y así evito que se caiga al suelo). No estoy acostumbrada a que la gente me toque.

—Es lo mínimo que podía hacer: es tu cumpleaños y me has elegido como acompañante.

—JO, ¡TE QUIERO UN MONTÓN! Seguro que es el mejor cumpleaños de la historia.

—Seguro que sí.

Andamos hasta la entrada del orfanato, Diana saca un gran manojo de llaves y abre la cerradura del portal. ¿Se abre de una forma tan simple? Cuando subimos en el taxi, me sorprende encontrarme con el mismo taxista que me trajo aquí el primer día, y aunque no creo en las coincidencias, decido no darle más importancia por el momento y disfrutar de este día. Cuando llegamos al centro comercial, le ofrezco mi tarjeta y bajamos corriendo, dejando a Diana atrás.

—Bien, he elaborado una lista de las tiendas que tenemos que visitar por orden de importancia. La primera es la de disfraces de la tercera planta.

—¿Y por qué es tan importante ir a una tienda de disfraces en verano?

—Porque en el orfanato celebramos el carnaval de Navidad el 15 de diciembre y necesitamos un disfraz con urgencia.

—Suena bien.

Y es cierto. Me encanta disfrazarme. Me encanta poder actuar de una manera diferente, sentir que por un día dejo de ser yo. Es una de las partes que más me gusta cuando estoy de misión. Así que al entrar en la tienda de disfraces mi ilusión se incrementa hasta ponerse a la altura de la de Akva y las dos revoloteamos por la tienda como locas. Aunque nos cuesta mucho decidirnos, al final compramos unas máscaras, dos vestidos negros, dos pares de zapatos de tacón rojos y dos pelucas morenas con flequillo.

—Segundo punto, la librería. Sé que ya te has acabado todos los libros que llevabas en la maleta, así que lo he considerado oportuno.

—¡Genial! Muchísimas gracias.

Me enorgullece saber que aún existen personas que superponen los intereses ajenos a los suyos. La librería no es muy grande, pero no está nada mal. Salgo con un total de ocho libros (puede que me haya pasado un poco), pero no sé cuándo podré volver a la librería, y la verdad es que a la hora de descartar se me rompe el corazón solo con pensar en dejar cualquiera de estas lecturas atrás. Akva se compra un libro de moda, cómo no.

—Tercer punto, comida. Se me han agotado las gominolas y necesito más.

Entramos en el supermercado y salimos cargadas de azúcar, cosa que me parece muy muy bien. Cuando estaba en casa, mis padres me hacían llevar una dieta muy estricta para mantener las vitaminas y las proteínas a buenos niveles, algo que era difícil después de los fuertes entrenamientos a los que me sometía. Aunque quiero seguir comiendo sano, tomar comida basura es una forma de rebelarme contra mis padres. Se lo merecen.

—Y por último... ¡Las tiendas de ropa!

En este caso es Akva la que sale con ocho prendas de ropa, mientras que yo salgo únicamente con un biquini.

—Son las cinco, aún nos quedan tres horas para disfrutar en la playa.

Al poco, llegamos al paraíso. La playa es preciosa: una pequeña cala con arena fina y agua cristalina, un escenario idílico que, habiendo crecido en el frío finlandés, siempre quise contemplar.

—Esto es genial, Akva —digo mirando al horizonte embobada.

—Lo sé, vengo aquí siempre que nos dejan salir. Es como mi pequeño rincón en el mundo.

Me pongo el biquini y me lanzo al agua, que está congelada, como a mí me gusta. Me asombra la gran biodiversidad que encuentro al sumergirme. Me paso horas en el agua, literalmente. Cuando miro hacia la orilla, no me sorprende ver que Akva ha hecho nuevos amigos. Veo que me hace señas para que vaya hacia allí.

—¡Mira, Dani! Son mis nuevos amigos, se llaman David, Anna, Diego y Kaia.

—Encantada de conoceros —digo mientras me envuelvo con la toalla.

—¿Vienes con nosotros al agua? —me preguntan.

—No, gracias, necesito descansar un poco —miento. En realidad, quiero que se alejen para poder desaparecer.

—¡Vale! Dentro de poco ya estaré aquí contigo, tenemos que disfrutar al máximo esta hora que nos queda.

Cuando los veo irse hacia el mar, es cuando me doy cuenta de que Diana se está bañando. Una idea ronda mi cabeza. Me debato entre salir de aquí corriendo o aprovechar el momento. Sé que no tendré otra ocasión como esta, pero me puede más la curiosidad. Así que decido quedarme. Contra todo pronóstico, pudiendo salir de aquí sin mirar atrás, decido quedarme. Quiero saber qué hay detrás de esa puerta en la cuarta planta.

—¡Ah! Un momento, Akva... —la retengo con disimulo.

—¿Qué pasa?

—¿Puedo pedirte un favor un poco inusual?

—Por supuesto, Dani. Lo que tú quieras.

—Necesito que hagas como que te ahogas cerca de Diana.

—¿Qué? ¿Para qué quieres que haga eso?

—Tú hazlo, confía en mí. —Aunque no entiende mi proposición, asiente y me hace caso. Sabía que podía contar con ella.

Cuando Diana está lo suficientemente distraída intentando rescatarla, corro hacia su bolso en busca de la llave que Diana usó para abrir la puerta. Solo necesito cogerla. Cuando la encuentro, me doy cuenta de que no es una llave común, sino que lleva incorporado un lector de huellas dactilares que activa su funcionamiento

Está claro que la puerta de Marlinn Dawn no se abre con una llave: se abre con la huella de Diana.

Día 10

Es domingo, han pasado seis días desde el cumpleaños de Akva. Tengo la sensación de que el tiempo no corre, que las horas se superponen y se enlazan entre sí, la eternidad se paraliza. Mi eternidad lleva paralizada desde que pisé este maldito centro. Solo han pasado seis días.

6 días. 144 horas. 8.640 segundos. 8.640.000 milisegundos.

Necesito volver a salir de aquí, pero me puede la curiosidad. Las paredes me aplastan cada vez más, no me dejan respirar, y encima, todo huele a melocotón. A jodido melocotón.

—Buenos días, Akva —la saludo desde mi cama. Acaba de sentarse a mi lado.

—¿CÓMO SABES QUE ESTOY AQUÍ? ¡Tienes los ojos cerrados! ¡Estabas superdormida!

—Has interrumpido mis pensamientos con tu olor. —No soy capaz de descifrar su mueca. Aunque creo percibir que el ritmo de su respiración es acelerado. Abro los ojos. Tiene el ceño fruncido, pero una gran sonrisa.

—Perdona, solo quería decirte que he quedado con Philip a las diez para desayunar juntos. ¿Tienes hora? Mi reloj se ha quedado sin pila.

—Dentro de poco serán las diez —le respondo con seguridad.

—¿Cómo lo sabes? Ni siquiera has mirado tu reloj... —sigue con el ceño fruncido, pero esta vez su boca forma una gran O.

—Estamos rodeados de relojes, Akva. Mira la pared que está junto a mi cama. Cuando el sol ilumine la esquina del segundo marco, serán las diez en punto. —Cuando llego a un sitio, siempre intento buscar formas de situar el tiempo. El sol es lo más recurrente, pero también lo más funcional.

—¡VAYA! ¡ERES LA MEJOR! Te quiero, nos vemos. ¡ADIÓS! —se despide tras darse cuenta de que el rayo está a punto de llegar a la esquina.

Quiero volverme a dormir, pero estoy totalmente despejada. Sé que necesito descansar, mi mente no ha parado de hacer preguntas y formular hipótesis desde que encontré esa llave. ¿Para qué necesita una tecnología tan avanzada este centro? Cuando se guarda algo con medidas de protección tan avanzadas, es porque ese algo es muy importante y valioso. ¿Qué esconde este orfanato?

Una parte de mí quiere encontrar una solución fácil y posible. Por ejemplo: esa puerta da acceso al comedor de profesores. Los alumnos siempre robaban las llaves y se hacían con el alcohol y se escapaban. Los profesores, hartos de este comportamiento, recurrieron a nuevas técnicas para impedirlo.

Fácil y posible. Lógico incluso, pero no me cuadra. Siento crecer en mí un impulso cada vez mayor que no para de repetirme que algo pasa, algo inquietante.

Y yo vivo de impulsos. Si algo me ha enseñado mi entrenamiento como espía, es que tu mejor arma es tu estómago, tu instinto, tu intuición. Esas sensaciones que de repente se presentan como salidas de la nada, pero que no puedes quitarte de la cabeza. A esas es a las que hay que hacer caso. Y yo tengo facilidad para detectarlas. El problema es que la misma facilidad la tengo para pasar a la acción.

Sé que no debería ser así, mis padres siempre han querido que planee todas las situaciones antes de llevar a cabo cualquier movimiento. Me han enseñado a calcular los riesgos y a saber cuándo es mejor mantenerse al margen y cuándo vale la pena actuar. Me han enseñado a escoger mis batallas. Para que si al final decido hacer algo, sea por una causa importante. Y con el riesgo calculado.

¿Esto es importante? No tengo ni idea, solo sé que no puedo quitarme esa puerta de la cabeza. Solo sé que debo seguir este impulso, debo descubrir el porqué de esa llave. Si mis padres no querían que pasara a la acción sin su supervisión, no deberían haberme enviado a un lugar tan mortalmente aburrido como este. Aquí tengo que tomar decisiones por mi cuenta.

Retiro las sábanas y salgo de la cama. Me visto, me lavo la cara, me hago una coleta y me calzo unas deportivas negras. Son las diez y cuarto, pero el sol todavía no calienta demasiado, así que decido coger un jersey. Cuando abro el armario de nuevo, no puedo evitar fijarme en los estantes de Akva. Casi todo es de color naranja o amarillo: odio el naranja y odio el amarillo. Akva es encantadora, pero tiene un problema con los tonos frutales.

Esta vez, también me fijo en las fotos. El interior de las puertas está repleto de recuerdos de Akva. Recuerdos encerrados entre estas paredes. Siento pena por ella, que ha pasado toda su vida aquí y, aun así, sonríe en todas las fotografías. Están ordenadas de forma cronológica, así que, si miro hacia atrás, cada foto que veo es de una Akva más joven.

De repente, algo me llama la atención. Espera. ¿QUÉ? ¿QUÉ?

En las dos fotos más antiguas, Akva es pelirroja. Pero muy pelirroja. Y tenía un montón de pecas por toda la cara. Su pelo era como un melocotón. COMO UN MELOCOTÓN. El sol le está dando en la cara y tiene los ojos entrecerrados, en un gesto de disgusto. Salgo corriendo de la habitación y subo hasta el comedor a toda prisa en su busca.

—Ey, ¿estás bien? —me preguntan y no me extraña, mi cara estará más pálida de lo normal. Si eso es posible.

—Sí, pero tengo prisa —respondo mientras me giro. No me ha hecho falta verlo para saber quién es.

—Está con Philip en el comedor —me informa Bruno.

—Gracias —contesto rápidamente, emprendiendo la marcha un poco más calmada. Aunque me sorprende que sepa a quién busco.

—¿No me vas a preguntar qué tal ni nada?

Bruno y su maldita sonrisa queriendo establecer conversación. No sé qué tiene este chico que lo hace ser tan amable.

—¿Qué tal? —digo sin dejar de avanzar. No quiero hablar con él en estos momentos, pero está claro que Bruno no lo pilla, porque empieza a correr a mi lado charlando animadamente.

—He tenido suerte con mi compañero, Philip es muy agradable. Oye, ¿no podemos parar de correr y hablar como personas normales?

—No quiero hablar contigo en estos momentos —le suelto secamente—. Ahora no tengo tiempo.

—Ah, bueno. Pues avísame cuando quieras.

Bruno ha frenado, en seco, pero su sonrisa ha vuelto enseguida a su cara. Está claro que no se rinde fácilmente.

Sigo mi camino hacia el comedor, pero cuando llego, encuentro a todo el mundo, menos a mi compañera de cuarto.

—Philip, ¿dónde está Akva?

—No lo sé.

—¿No estaba desayunando contigo?

—Está en la enfermería —antes de que Philip pueda contestar, Bruno se le ha adelantado. ¿Por qué demonios es tan servicial? ¿Y por qué demonios sabe él dónde está Akva?

—Cuando se fue de la habitación estaba perfecta —comento intentando no parecer preocupada.

Siempre intento no sentir apego por nadie. Cogerle cariño a una persona es como atarte a ella. Cuando quiero a alguien, lo quiero de verdad: lloro cuando llora y río cuando ríe, y eso es muy peligroso, porque te hace vulnerable. Hace tiempo que me impuse a mí misma la norma de no depender de nada, ni de nadie. No va a preocuparme Akva, por mucho que sea dulce como un melocotón y la única persona en este orfanato con quien puedo hablar de algo.

—Le dolía mucho la barriga —me hace saber Bruno, y suena sincero, sus ojos muestran la preocupación que siente por dentro. Una parte de mí lo envidia; la otra siente lástima por él.

Lo escucho. Pero no contesto, solo me vuelvo y me dirijo al tercer piso. Quiero hablar con Akva, la curiosidad me está matando. ¿La dejan teñirse el pelo? ¿Cómo lo hace? En nuestro baño no hay ni rastro de tinte, y si solo se puede salir de aquí una vez al año, en tu cumpleaños, no creo que ella tenga un pase especial para ir a la peluquería...

Cuando llego a la enfermería, me sorprende su gran tamaño. Ni aun siendo el doble de personas lograríamos llenar estas instalaciones.

No hay nadie en el mostrador, así que paso a la zona de camillas. Todas están vacías. En la sala donde me encuentro hay un montón de muebles. Intento abrir uno de los armarios, pero no puedo. Lo pruebo con un par más, pero todos están cerrados con llave. Me fijo en las cerraduras, y esta vez no me sorprende comprobar que todas corresponden a la forma que tenía la llave de Diana. ¿Una llave para varias cerraduras? Quiero saber qué tienen dentro. Ahora que sé que la llave funciona con un lector de huellas dactilares, ni me molesto en probar con mi ganzúa.

—¿Adónde crees que vas?

—He venido a ver a Akva, mi compañera de cuarto, no se encuentra bien.

—En la enfermería no entran alumnos.

—Mi compañera está ahí.

—Me refería a que no entra ningún alumno *sano*.

—¿Por qué?

—Cuando alguien viene a la enfermería, solo se queda aquí uno o dos días como mucho —dice la enfermera.

—¿Y eso qué tiene que ver? —pregunto indignada.

—Que para tan poco tiempo no se necesita compañía. Por eso suelen ser los alumnos los que piden irse a las habitaciones. Akva volverá hoy o mañana, no te preocupes —intenta persuadirme

Mientras me habla, su mirada se desvía sin querer hacia la cerradura de la puerta. Es obvio que tiene mucho interés en que no pase de donde estoy. Está bien, si eso es lo que quiere. No contesto, solo me vuelvo y me dirijo al primer piso. Mi intención no ha cambiado: quiero hablar con Akva. Solo que voy a conseguirlo a mi modo.

La secretaría está en la primera planta, así que bajo corriendo. Cuando llego, me alegra no encontrarme a Diana (debe de tener el día libre, es domingo al fin y al cabo), pero ahí siguen las cámaras de seguridad. Eso me preocupa menos: todas tienen puntos ciegos, solo hace falta fijarse para localizarlos. En las películas suele dar la impresión de que esos puntos ciegos son las esquinas, pero suelen encontrarse más bien justo bajo la cámara, en el ángulo entre la pared y el brazo mecánico que las sujeta. En efecto, ahí están. Una vez que los encuentro, me desplazo con sigilo y destreza hasta el cajón donde Diana guarda sus cosas. Este cerrojo sí puedo abrirlo con facilidad y en menos que canta un gallo tengo acceso a sus cosas. Este cajón es justo lo que necesito, un paraíso lleno de lo que más me interesa de Diana: su huella dactilar. Lo ideal sería encontrar celo de doble cara, pero como no tengo todo el tiempo del mundo, doblo un trozo de celo normal y me lo pego en la punta del dedo. Solo queda encontrar la marca de su huella, una marca completa, en buen estado.

En el cajón hay sobrecitos de azúcar, una bolsa de compresas, una caja de té...; todo superficies demasiado blandas... Piensa, Timantti, ¿qué más puede tocar solo ella?

Voy a la ventana que hay al final de su oficina y presiono el trozo de celo en el abridor. Con esto basta para conseguir la primera huella, pero decido crear dos más por si acaso alguna resulta no ser la de ella. Con la forma de varias huellas en varios dedos míos, salgo de la recepción y subo a toda velocidad. Esto debería funcionar, a no ser que el detector sea muy preciso.

Subo a toda velocidad. Mierda. Ahí sigue la enfermera, en el mostrador. Sé que diga lo que diga no me dejará entrar, así que tendré que distraerla. Al lado de las escaleras localizo un florero, lo tiro al suelo y corro sigilosamente hacia una esquina. Cuando la enfermera sale a ver lo ocurrido, me cuelo en la sala sin hacer ruido. Los muebles quedan fuera de su área de visión, por lo que a partir de ahora pudo tomármelo con calma.

Pego la primera cinta adhesiva. Negativo.

Pruebo la segunda.

Positivo, la llave adquiere un color verde y la puerta se abre. Dentro hay un armario refrigerado con un montón de frascos con etiquetas. Me desilusiona encontrar esto, esperaba algo mucho más sorprendente, quizá el principio de mi propia aventura. ¿Por qué estos frascos iban a ser tan importantes? Con un ápice de esperanza, empiezo a leer las etiquetas. Vitaminas, penicilina, aceites... Pero algo me llama enseguida la atención. Encima de cada uno de ellos hay un código alfanumérico. Son los mismos códigos que vi en la carpeta de la profesora. Todos los números parecen estar dentro de un mismo rango, uno del 1 al 100. Sin embargo, son las letras lo que no termina de cuadrarme. No parecen seguir ningún orden lógico. A medida que voy quitando todos los frascos, me doy cuenta de que los que están en el fondo son diferentes, mucho más elaborados: son de metal, con tapas y etiquetas más refinadas. Parece que todavía no tienen ese código alfanumérico, como si no hubieran sido usados todavía. Estiro la mano para coger dos de ellos. Cuando leo las etiquetas, algo se estremece en mi interior: ESTRAMONIO, PLUTONIO-238 y VENENO DE ESCORPIÓN AZUL.

Los dos primeros no necesitan presentación y del tercero he leído en alguna parte que su acción es tan potente que se está usando en tratamientos contra el cáncer. Pero la pregunta no es qué son esas sustancias. Eso ha quedado claro con las etiquetas. La pregunta es otra: ¿para qué las necesitarán? Esto es un jodido orfanato.

Día 10 (2.ª parte)

Cuando llega la hora de la comida, aún sigo en *shock*. Obviamente, he decidido no contárselo a nadie. También decido sentarme sola, necesito ordenar mis pensamientos y reflexionar sobre todo lo que está pasando:

1. Akva sigue desaparecida.
2. En este orfanato tienen sustancias que jamás necesitarían en una escuela normal.
3. Vanessa se está acercando a mi mesa.
4. Vanessa se ha sentado a mi lado.

—Hola, Dani.

—¿Qué quieres, Vanessa? —le pregunto mirándola a los ojos.

—Hablar contigo. Quiero un poco de calma. Supongo que igual que tú, ¿no?

—Yo ya tengo toda la calma que necesito —miento.

—Mientes.

—¿Cómo que miento? —Nadie ha detectado nunca una sola de mis mentiras. Ella no va a ser la primera.

—Te he visto, Daniela. Estaba en la enfermería cuando abriste el armario. —No sé qué responder ante su declaración. Solo me queda una opción, negarlo todo.

—No sé de qué me estás hablando.

—¿En serio vamos a jugar a este juego, Daniela? Has abierto el armario, has visto varios frascos, lo has cerrado y has salido corriendo. Pero está claro que tú no me viste a mí.

¡Mierda!, definitivamente, me ha visto. No estoy acostumbrada a cometer errores. Finjo que mi servilleta cae al suelo para darme tiempo a pensar mientras la recojo. Aun así siento su sonrisa.

—¿Qué hacías en la enfermería? —le pregunto desafiante. Un buen ataque siempre es la mejor defensa.

—Lo mismo que tú —contesta con una tranquilidad pasmosa. No me asusta, ni me impone, solamente me hace sentir incómoda. No quiero seguir con esta conversación. Aparto la mirada. Me levanto para irme.

—Aún no he acabado de hablar.

—Lo sé, pero no sé si quiero escucharte más.

—Creo que te convendría hacerlo. Sé tu secreto.

La miro desafiante, clavando mis ojos en sus pupilas, intentando evaluar si se está echando un farol o si realmente sabe que no soy quien digo ser.

—En realidad, no sabes nada, Vanessa —replico, deseando que sea verdad.

—Mira, solo quiero proponerte que trabajemos en equipo. Llevo mucho tiempo colándome ahí dentro. Hay muchos alumnos aburridos aquí y pagan un buen dinero por depende qué sustancias que los ayudan a animar las fiestas. Pero nunca he sido capaz de abrir esa cerradura.

—En ese mueble no hay nada que te interese.

—Veo que tú si lo has abierto.

—No te interesa. —Es una forma de no responder. No voy a darle más información de la que ya tiene.

—¿Sabes lo que no te interesa a ti? Tenerme como enemiga —repone con falsa seguridad—. Está claro que bajo esa fachada de pardilla tienes bastantes... ¿Cómo llamarlo? Habilidades. Ninguno de los idiotas con los que vamos a clase ha llegado tan lejos como tú. Y yo necesito refuerzos, pero discretos. Mejor todavía si todo el mundo cree que nos llevamos mal. Podríamos formar buen equipo.

—Vanessa, no eres más que un cliché. Ni eres única, ni eres especial, ni eres diferente. Eres venenosa. Puede que tú me necesites a mí, pero yo a ti no.

Justo cuando acabo de hablar, coge su vaso y alza el brazo con propósito de echarme toda el agua por encima. Pero reacciono antes que ella, le doy un golpe en la muñeca, cojo el vaso de agua y se lo vierto por encima. Espero que no me haya visto demasiada gente, ha sido un movimiento muy rápido.

—Nunca hagas algo que no te gustaría que te hicieran a ti —le digo. Todo el comedor está mirándonos. Si quería discreción, creo que no la ha encontrado. Vanessa me dedica una mirada de furia y sale del comedor. Espero que nadie se haya fijado demasiado en la rapidez con la que le he arrebatado el agua para utilizarla contra ella. No obstante, Bruno me está mirando desde el otro lado de la sala, con una sonrisa de aprobación.

No puedo esperar a salir por la puerta del comedor. El día de hoy ha sido demasiado para mí, solo quiero descansar, desconectar del mundo enfrascándome en la lectura de un libro. Cuando abro la puerta de mi habitación, no puedo creer lo que mis ojos están viendo.

—¡¿AKVA?! —exclamo. Mi compañera de cuarto está tendida en su cama en posición fetal, tiritando.

—Hooo... ooola... aaa —me saluda doloridamente.

—¡Llevo buscándote toda la mañana! ¿Qué te pasa? —le pregunto, sentándome en el borde de su cama.

—Me duele mucho la barriga, mucho, mucho, mucho.

—Pero ¿qué tipo de dolor es? Especifica. Dolor tipo indigestión, tipo diarrea, tipo acidez, tipo gastroenteritis...

—Tipo me va a venir la regla y estoy rabiando de dolor. Daniela, creo que me voy a morir. Y va a ser una muerte lenta y dolorosa, noto el ruido de las motosierras en mis ovarios. Dentro de mí está creciendo un alien.

No me lo puedo creer. No es que estuviera preocupada, ni mucho menos (bueno, puede que un poco sí), pero me siento ridícula por haberme alarmado tanto. Y un poco aliviada, también.

—Mujer, intenta no ponerte nerviosa. Relaja los músculos, no vayas contra el dolor, ve a favor de él.

—Tú no sabes el infierno que estoy viviendo —musita alzando los brazos.

—Estás dramatizando muchísimo.

—Mi vida es un drama —asevera hundiendo su cara sudada en la almohada. Tengo ganas de reír, su exageración (en estas circunstancias) resulta muy graciosa.

—¿Y dónde has estado toda la mañana?

—En la enfermería. Gracias a las pastillas, se me ha pasado un poco, pero ahora es como si estuviera peor.

—He ido y no estabas allí.

Akva se retuerce un poquito más. Si no la conociera tan bien, diría que está ganando tiempo para responder.

—Llevo toda la mañana allí. Suerte que esta vez no he tenido que quedarme el día entero. Igual cuando fuiste estaba en el baño o ya había vuelto a la habitación.

—¿Y por qué ibas a tener que estar un día entero? —decido pasar por alto el hecho de que no estuviera cuando fui a visitarla, quiero centrarme en otras cosas que me inquietan más.

—Aprovechan que vamos para hacernos un montón de pruebas.

—¿Qué pruebas?

—¿Por qué me haces tantas preguntas? Mi cabeza está atrofiada, creo que me olvidé de pensar.

—Solo respóndeme a esa... ¿Qué tipo de pruebas os hacen? —insisto.

—Mmm... Nos extraen sangre y esas cosas... Pregúntale a Philip. Si crees que yo soy una quejica, pregúntale a él. Él es quien más tiempo pasa allí, tiene muy mala salud, el pobre. —Hablar con ella en estos momentos es complicado. Me puede el deseo de preguntar sobre la foto que encontré en su armario, pero su mirada parece inocente cuando me cuenta cómo le duele la «barriga».

Decido salir de la habitación e ir a la de Philip.

Día 10 (3.ª parte)

—Philip, ábreme, por favor —susurro al recordar que dos personas de diferentes sexos no pueden estar en la misma habitación. Si me pillan en el pasillo, voy a ganarme un buen castigo. Odio este sitio. No puede ser más retrógrado.

—¿Ahora sí que quieres hablar? —El que abre la puerta no es Philip, sino su compañero, Bruno. El maldito Bruno. Tiene el torso desnudo y el pelo mojado, como si acabara de salir de la ducha. La verdad es que es un chico muy atractivo, y lo sabe. Me quedo mirándolo medio segundo y de repente me doy cuenta de que la toalla que lleva enroscada en la cintura no está nada mojada. Ni su cuerpo tampoco. No puedo creer el efecto que este chico tiene en mí. Casi se me había pasado este detalle. Tengo que centrarme.

—No, no quiero hablar contigo —le respondo, más molesta por mis sentimientos contradictorios que por no encontrar a Philip.

—Bueno, si no quieres hablar, podemos hacer otra cosa... —propone abriendo más la puerta, como invitándome a entrar. ¿Qué insinúa este imbécil?

—Te estaba observando y he llegado a la conclusión de que solo intentas impresionarme. Ni tu toalla ni tu abdomen están mojados. Y seguro que si te la quito —digo mientas le arrebato la toalla— tienes unos pantalones cortos debajo. —Hago una pausa para comprobar que tenía razón—. ¡Bingo! —Su cara se enrojece y su expresión lo dice todo. Acaba de quedar fatal. Yo sonrío y cierro la puerta que hay entre nosotros. 1-0.

Decido salir a buscar a Philip en los jardines, quizá esté asistiendo a una de las clases. Me viene bien el aire fresco, me ayuda a olvidarme de Bruno y a ordenar mis pensamientos. Cuando mis padres me dieron la gran noticia de que iba a ingresar en un orfanato, pensé que sería un tostón, pero que, al menos, podría relajarme. Jamás hubiera imaginado nada de esto. Ya no sé si soy yo o es que aquí realmente hay algo que no cuadra. En mi mente se formulan miles de preguntas, y no hay nada que odie más que no tener las respuestas. Siento como si tuviera una venda en los ojos. Y necesito quitármela; sin embargo, soy nueva aquí y mis conocimientos sobre lo que me rodea son casi nulos. Necesito información.

—Ey, ¿qué haces aquí sola? —me pregunta Steve. Estaba tan absorta en mis pensamientos que ni siquiera lo vi venir. Si lo hubiera visto, me habría ido. Steve no deja de ser un cliché más, como Vanessa. Personas tan típicas que sabes lo que van a hacer en todo momento. Matones vulgares, no tienen con qué sorprenderte.

—Necesitaba respirar y Akva se encuentra mal. Quería que tuviera la habitación para ella sola —le contesto mientras apoyo mi cabeza contra el árbol.

—¿Y no tienes más amigos que Akva? —dice mientras se sienta a mi lado.

Me incomoda muchísimo que la gente se acerque tanto a mí si yo no lo controlo: invaden mi espacio personal, alteran mis emociones y confunden mis ideas.

—Llevo diez días aquí, pero no parece que haya nadie más que valga la pena —se lo suelto a bocajarro. A ver si así se da por aludido.

—Quien no busca no encuentra. —Parece que no, que no se da por aludido. Me dedica una sonrisa. Su sonrisa es bonita, aunque tiene los dientes amarillentos. No lo he visto, pero seguro que fuma. Se nota que sonríe con ganas. Es natural, y eso me gusta.

—De todos modos, da lo mismo. No me quedaré aquí mucho tiempo. No necesito a más gente.

—No eres muy sociable, ¿verdad? —comenta soltando una carcajada.

—No —le respondo seriamente, frunciendo un poco el ceño—. ¿Y tú? Siempre te veo con la misma gente.

—Tampoco, la gente tiende a juzgarme antes de conocerme.

—Yo lo hice. —Y es verdad. Y lo sigo haciendo. Me quedo callada. Dejo que hable. Dejo que me diga lo que sea que ha venido a decirme.

—Nuestro comienzo no fue muy agradable —me echa en cara.

—Siento si fui desagradable. —En realidad, no lo siento, no mucho en cualquier caso. Pedir disculpas es un modo muy efectivo de conseguir que la gente haga lo que quieres que haga. Puede parecer contraintuitivo, pero es así, yo misma lo he utilizado en muchas ocasiones.

—Es una forma de defenderse antes de que te ataquen.

—¿Tú también lo haces? —le pregunto mirándolo fijamente a los ojos. Siempre que hago preguntas me gusta intimidar, ya que las personas, cuando se ven en peligro, tienden a decir la verdad. O a delatarse de alguna manera. Y quiero saber qué piensa Steve.

—Sí, últimamente siempre estoy a la defensiva. No estoy en mi mejor momento...

—¿Y eso?

—Los tres amigos que estaban conmigo el día que nos conocimos se han ido; los tres. De la noche a la mañana. —Me impresiona lo rápido que Steve se abre, como una flor en plena primavera. ¿Tantas ganas tenía de hablar con alguien?

—¿Adónde han ido?

—No tengo ni idea. Un buen día ya no estaban sus cosas. —Esta circunstancia no parece inquietarle lo más mínimo. A mí me parece, cuando menos, un poco extraña—. Digamos que estoy muy solo. —Le da vergüenza decirlo. No para de apartar la mirada y sus mejillas se vuelven de un rojo incandescente. Cualquiera diría que está mintiendo, pero no. Solo se está muriendo de vergüenza. No sé por qué, pero ahora siento lástima por él.

—¿Por qué se han ido? —vuelvo a preguntarle mirándolo

—Los tres cumplían dieciocho años este mes, quizá se han librado de este sitio para siempre. A mí aún me queda medio año en este *parking* —contesta. Me hace gracia, es la misma comparación que hice yo al llegar. Se me escapa una pequeña, pequeñísima sonrisa—. ¡Vaya! Si sabes sonreír... —lo dice como si fuera una acusación.

—Sonrío más de lo que tú piensas —me defiendo.

Me levanto y me alejo del árbol. Pero algo me dice que me gire, que sea agradable con él. Sé muy bien lo que se siente estando solo. Precisamente yo lo sé. Al final, decido darme la vuelta.

—Oye, si quieres podemos comer juntos.

—Vaya, gracias..., supongo. Al final va a resultar que no tienes el corazón tan duro.

Día 12

1. Es martes.
2. Akva no fue a clase porque se encontraba fatal.
3. No ha pasado nada mínimamente interesante en las clases.
4. No he podido seguir investigando sobre la puerta.
5. Hoy es mi primer día en esgrima.

—Akva, me voy. Van a ser las cinco y no quiero llegar tarde el primer día.

—¡Disfruta mucho!

—Muchas gracias, cuando vuelva tenemos que hablar. —Todavía no le he comentado nada sobre las fotos que vi en su armario. Me muero por hacerlo, pero quería esperar al momento oportuno, quería que estuviera completamente bien para que pudiese hablar largo y tendido sobre el asunto.

Quedan cinco minutos y veintiocho segundos para las cinco. Subo las escaleras con calma, pensando en que tendré que reprimir mis habilidades con la espada para no levantar sospechas. Siempre había sido mi arma favorita. Es elegante, rápida y eficaz. Y lo mejor de todo, proporciona una muerte limpia. Oigo pasos rápidos a mi espalda, alguien está subiendo las escaleras con mucha prisa.

—Hola, Daniela, ¡qué coincidencia! ¿Vas a esgrima? —Es Steve. Aunque le dije que podía estar conmigo, ha pasado toda la mañana solo. Su actitud ha cambiado bruscamente. El chico rebelde y estúpido que conocí la primera semana ahora tiene gafas, el pelo despeinado y sin gomina, camisa blanca y un libro entre sus manos. Increíble e ilógico. Ah, y me llama Daniela.

—Sí, es mi primer día.

—Te encantará, es mi actividad favorita. ¿Quieres batirte conmigo?

—Claro, será divertido.

—Pero date prisa, el profesor es muy estricto. A las cinco tenemos que estar cambiados y preparados. Y solo nos quedan cuatro minutos.

Cuando llegamos al aula, él se va al vestidor masculino y yo al femenino. Solo quedan un par de chicas cambiándose. No las conozco, ni siquiera me suenan. Busco mi taquilla, la 18. Supongo que dentro tendré todo el material. Cuando la abro, encuentro un traje y un casco. Nada más ponérmelo noto lo cómodo que es. Se adapta muy bien al cuerpo y tiene las costuras muy finas, apenas se ven. Cuando salgo, los alumnos están formando dos filas, una enfrente de la otra. No sé en cuál ponerme...

—Buenas tardes, chicos —saluda el profesor al entrar. Es joven, tiene los ojos enrojecidos y unas ojeras muy notables. No duerme bien.

—Buenas tardes, —respondemos todos los alumnos al unísono.

—¿Quién es la nueva? —pregunta paseándose entre las dos filas.

—Yo.

—¿Has dado clases de esgrima antes? —Pienso un segundo qué responder. Si digo que no, tendré que fingir que soy una negada todo el primer mes. Si digo que sí, tendré que bajar el nivel, pero podré disfrutar de las clases.

—Sí.

—¿Qué nivel consideras que tienes?

—Creo que un nivel medio.

«En realidad podría atravesarte ahora mismo.»

—Bien, tu pareja será Steve, el mejor de la clase. Así podré encajarte en un nivel comparándote con él.

—Muy bien.

«También podría atravesar a Steve ahora mismo.»

—Chicos, vamos a empezar calentando. Nos ponemos por parejas e intentamos darle al contrincante. ¡Va!

Me dirijo hacia Steve y me pongo enfrente de él.

—Hagamos una cosa —propone mientras esquiva mis «golpes»—: si te doy, tendrás que responder una pregunta. Si tú me das, responderé yo una.

—Me parece bien. —En el fondo siento curiosidad por saber qué quiere preguntarme. Así que finjo fallar y su sable se clava en mi abdomen. En menos de un segundo su sonrisa ocupa todo su rostro.

—¿Por qué eres tan poco sociable? —Sus palabras me sorprenden. Es como si intentase hacerme enfadar. Le gusta picarme, lo noto.

—Nunca he tenido la oportunidad de hacer amigos. Siempre he estado un poco aislada de la sociedad. No he podido aprender a ser sociable, nadie me ha enseñado porque nunca lo he necesitado.

Ahora soy yo la que quiere preguntar. Así que esquivo su golpe, me agacho y le doy un toque con el sable en el casco desde una posición baja. Bonito golpe, quizá demasiado.

—¿Por qué has cambiado de una forma tan repentina? —Tras formular la pregunta, noto que su expresión se endurece.

—Padezco trastorno de la personalidad. No sé ni quién soy. —Su respuesta es más violenta que cualquier estocada. Pensaba que diría algo de las apariencias, o incluso de las influencias. Pero no me esperaba esa contestación. Me quedo tan absorta que consigue darme, esta vez, en la parte superior de la pierna.

—¿Me concederías un baile en el carnaval? —Si la respuesta anterior me había dejado impresionada, su nueva pregunta me deja a cuadros.

—¿Desde cuándo se baila en carnaval?

—Aquí aprovechan cualquier fiesta para poner música. Y ya sabes, una de las consecuencias de la música es el baile. ¿Bailarás conmigo o no?

—No sé bailar.

—Ahora mismo estás bailando. Mira cómo te mueves, mira cómo me muevo. Tu movimiento genera una respuesta en mí. Estamos bailando al son de nuestra lucha. Das un paso atrás, yo doy un paso adelante. Tú te agachas buscando una escapatoria, yo te apunto desde arriba esperando tu ascenso. Sí sabes bailar.

El profesor da varias palmadas para marcar el fin del calentamiento. En estos momentos no puedo estarle más agradecida. La contestación de Steve ha sido sublime. Y menos mal que llevamos casco, porque jamás he estado tan colorada. El resto de la clase transcurre con normalidad: ejercicios individuales para mejorar la puntería. En el siguiente asalto, el profesor me empareja con Bruno y me sorprenden sus habilidades. Si no fuera porque el profesor ha dicho que el mejor de la clase es Steve, habría apostado por él. Su estilo es muy distinto al de Steve, no le gusta hablar entre estocada y estocada, se concentra sencillamente en dejarme sin respiración, en hacerme ver que puede prever cada uno de mis ataques y que puede dominar mis movimientos. Cuando el profesor marca el final de la clase, estoy al borde del agotamiento físico, me falta el aire. Bruno sonríe como si no hubiera pasado nada.

Cuando acabamos y nos marchamos hacia el vestuario, Steve me mira buscando una respuesta. Yo asiento con la cabeza.

¿Por qué no?

Me cambio, dejo toda la equipación en la taquilla y bajo a mi habitación. Akva no está, así que aprovecho para darme un baño y pensar bajo el agua: mi momento favorito del día, cuando la oscuridad me invade por completo y siento que floto en un espacio sin fin. Llevo cinco minutos y cincuenta y cuatro segundos bajo el agua.

55, 56, 57, 58, 59...

Oigo cómo se abre la puerta del baño, escucho a Akva gritar. He llegado a mi mejor marca, 68, estoy a punto de superarla cuando alguien tira de mí hacia la superficie. Mis ojos se abren como platos y mi boca intenta coger el máximo aire posible. Por la cara que tiene Akva mientras sujeta mi cabeza entre sus manos, la estampa debe de ser horrible.

—¡DANIELA! ¿ESTÁS BIEN? ¡RESPIRA, POR FAVOR, RESPIRA!

—Akva, estoy bien —digo lentamente, recuperando el ritmo de mi respiración.

—¿ESTÁS LOCA? ¿QUIERES MATARTE O ALGO? ¡ESTÁS CASI MUERTA!

—Estás exagerando, solo estoy un poco roja.

—¡TIENES LOS LABIOS MORADOS! —Ante su nerviosismo, decido salir del agua, enroscarme una toalla e ir hacia mi cama mientras se lo explico todo.

—Lo hago siempre, Akva. Disfruto mucho bajo el agua, es el único lugar donde puedo ordenar mis pensamientos. Yo controlo, sé cuándo salir. Solo intento estar cada vez un poco más.

—¿Cuu... uuu... ál... ál es tu récord? —pregunta, aunque no sé si quiere oír la respuesta.

—Seis minutos y ocho segundos. Estaba a punto de superarlo. ¡A PUNTO!

—¡Lo siento! Pensaba que estabas intentando suicidarte o algo así...

—Suicidarse de esa forma es una estupidez. Siempre acabas saliendo en busca de oxígeno. Akva, olvídalo. Tengo que hablar contigo sobre otro asunto.

—Creo que no volveré a bañarme nunca más...

—Aaakva...

—Jamás volveré a llenar esa bañera... —asegura riéndose. Su sentido del humor ya ha regresado, eso es buena señal.

—Escúchame —le digo seriamente.

—Te escucho, te escucho.

—El otro día abrí el armario y me fijé en todas las fotos que tienes. Fui bajando hasta llegar a las últimas. Akva, eras pelirroja.

—Lo sé, tenía un pelo precioso...

—Pero ¡ahora eres morena! ¿Cómo has podido pasar de un pelirrojo tan intenso a un moreno tan oscuro? Es completamente imposible —afirmo llevándome las manos a la cabeza. ¿Cómo se lo puede tomar tan a la ligera?

—Seré un caso especial de la genética. ¡SOY LA GRAN INCÓGNITA DE LA CIENCIA! —chilla subiéndose a la cama. No sé qué responder. Estoy estresada. Muy estresada. Hundo mi cara en la almohada buscando tranquilidad. Akva se percata de que estoy perdiendo los nervios y deja de dar saltos.

—Oye..., ¿estás bien? —me pregunta preocupada.

—Sí.

—Tengo que contarte algo... —Su tono me asusta un poco. Jamás había oído un mínimo de secretismo en su voz. Siempre se ha mostrado totalmente transparente.

—Sorpréndeme.

—Bruno me ha pedido que baile con él en la fiesta de carnaval... —Mi boca se abre muchísimo. ¿Bruno y Akva? Tiene que ser una broma—. Vaya, no pensé que te iba a sorprender tanto.

—¿Qué le has contestado?

—Que sí.

—Akva, no me fío de ese chico...

—Siempre dices eso, pero nunca me das motivos. Conmigo es muy agradable. Hablo con él a todas horas, nos lo contamos todo, es muy cariñoso...

—Apenas lo conoces.

—¡Para de decir eso!

—¿Y qué quieres que te diga? No me fío de él.

—Podías alegrarte un poco por mí, ¿sabes?

—A mí me lo ha pedido Steve —lo digo muy bajito, esperando que no lo escuche. Parece que mi declaración hace que se le pase un poco el enfado.

—¡¿QUÉ?! —Vaya, pues sí lo ha escuchado.

—Y le he dicho que sí.

—¿Estás loca? Por si no te acuerdas, Steve es el chico que te insultó la primera semana, el que te menospreció y el que siempre se mete con todo el mundo.

—He estado hablando más con él. Tiene problemas.

—¡TODOS TENEMOS PROBLEMAS! —exclama enfadada. Parece que Steve no le cae nada bien.

—Deja de juzgarlo y yo dejaré de juzgar a Bruno. Es una estupidez que sigamos con esta discusión.

—Tienes razón, tienes que hacer lo que te apetezca. —Parece que mi reacción ha ablandado a Akva—. Al fin y al cabo, es carnaval, es el momento del año para dejarte llevar y por un día dejar de ser tú.

«Por un día dejar de ser tú.»

Día 14

—¡Venga, despiértate, no podemos llegar tarde!

Son las ocho de la tarde, el carnaval empieza a las nueve y Akva sigue durmiendo la siesta.

—Da igual a qué hora lleguemos, Dani... La fiesta termina cuando todos se van —me responde arrebujándose entre las sábanas.

—Pero ¡mañana hay clase! No puede terminar muy tarde.

—Mañana no hay clase, día libre.

—Pareces un zombi, venga, arriba —digo mientras enciendo todas las luces y retiro las sábanas. Yo odio la impuntualidad, pero ella parece que la ama.

—Tienes que enseñarme a madrugar...

—Akva, no estás madrugando. Son las ocho... ¡de la tarde!

Después de insistir mucho consigo que se meta en la bañera. Estoy nerviosa, no admitirlo sería como engañarme a mí misma. Después de mi desahogo del martes, Akva me trata de una forma más cariñosa. Sabe que oculto algo, pero jamás sabrá el qué. Todo transcurre con aparente normalidad. He dejado de buscar, quiero dejarme llevar y vivir como una adolescente, quiero probar qué se siente, aunque solo sea por unos meses. Yo no he vuelto a ver a Steve desde la clase de esgrima, pero Akva está siempre con Bruno. He decidido dejar de buscarle tres pies al gato. Sigo sin confiar en él, pero respeto que ella sí lo haga. Las dos decidimos no volver a hablar del tema.

—¿Y si nos hacemos un maquillaje especial? Llevamos máscaras, los ojos van a ser los protagonistas de nuestro *look*. —No sé cómo puede bañarse tan rápido. Han pasado solo cuatro o cinco minutos y ya está enrollada en miles de toallas.

—¿Te has lavado el pelo?

—¡Claro!

—Akva, vamos a llevar peluca. ¡Y ahora tardarás siglos en secártelo!

—Oye, ¿y si me corto el pelo?

—¿Qué? —Su respuesta me deja atónita. Akva tiene una melena preciosa. Ondulada, pero serena y de un negro sobrecogedor.

—Llevo queriendo hacerlo desde hace mucho tiempo, me molesta tener tanto pelo. Siempre se está enredando y tardo muchísimo en secármelo. ¡Venga! ¡Quiero un corte como el tuyo!

—¿Como el mío? —Mi pelo no llega a los hombros, es de un tono azabache y está cortado a capas, por lo que siempre parece despeinado. Mis padres son los que me han recomendado llevarlo así, ya que, de otro modo, solo sería molesto para los entrenamientos o misiones.

Fuera capas, fuera melenas. Eso solo se lleva en las películas.

—¡SÍ! Por favor, por favor.

Al final acabo cediendo, me lo he cortado yo misma toda la vida, por lo que no es muy difícil.

—Está bien, pero lo haremos a lo grande. Pásame ese pañuelo. —Cuando me lo alcanza, le tapo los ojos con él, para que no pueda ver el proceso, solo el resultado final.

Akva es muy pálida y tiene los ojos de un verde agua precioso, el pelo corto le marca mucho más la expresión y endurece su mirada. Cuando termino de cortárselo, la contemplo durante unos segundos. Igual me he pasado un poco. Con este nuevo *look* nos parecemos muchísimo.

—¿Qué tal estoy? ¿Qué tal estoy? —Akva se impacienta, me había quedado embobada mirándola.

—¿Preparada para verte?

—¡SÍ!

Cuando le quito la venda, yo también me emociono. Ella, al verse, abre mucho los ojos y la boca.

—¡ESTO ES INCREÍBLE! —grita como diez veces seguidas.

Me alegra saber que le gusta, no estoy acostumbrada a que me agradezcan tanto las cosas.

—Ahora, tienes que dejar que te maquille. ¡Por favor! —me pide de rodillas.

—Akva... Nunca me han maquillado, anda, levántate.

—No pienso levantarme hasta que me dejes maquillarte. ¡Tenemos que ir iguales! Porfa, porfa, porfa —insiste mientras se agarra a la pata de su cama. Sé que tendré que acabar cediendo y, además, creo que será divertido...

—Vaaale, pero tiene que ser algo sencillo y rápido. Si no, no vamos a llegar a tiempo —le advierto sonriendo.

—¡BIEN! —chilla, tirando de mí de vuelta al baño.

Después de quince minutos, se aleja satisfecha y anuncia:

—Terminé, ya puedes verte.

Cuando me vuelvo, me sorprende el hecho de reconocerme en el espejo. Pensaba que Akva iba a aprovechar para ponerme mil productos en la tez, pero no. Solo soy yo en una versión mejorada.

—Al principio iba a ponerte sombra roja, pero como tienes un ojo verde y otro azul, pensé que sería mejor un color negro y aprovechar el rojo en los labios... ¿Te gusta?

—Me... meee... me encanta, Akva, es muy bonito —digo mientras me observo sorprendida. Mi mirada es mucho más profunda; mis ojos, mucho más grandes y brillantes. Mis labios parecen más carnosos y tienen una mejor forma. No puedo dejar de mirarme. Podría acostumbrarme a esto.

—Vaya, sí que estás impactada...

—Perdón, no me esperaba algo tan bueno. ¡Es perfecto! Se te da muy bien esto.

—Me encantaría dedicarme al maquillaje. Es uno de mis mayores entretenimientos aquí. Creo que he maquillado a medio orfanato, y lo mejor es que, a cambio, consigo dinero. Venga, me maquillo yo y nos vamos.

Cuando terminamos de prepararnos, no parecemos nosotras. Las máscaras, las pelucas, los vestidos... Es increíble cómo se puede dejar de ser uno mismo al disfrazarse. Estamos irreconocibles, y me encanta.

—¿Nos sacamos una foto? —pregunta Akva, sosteniendo una cámara instantánea entre sus manos.

—Dos. Yo también quiero una —le respondo sonriendo. Ella asiente y se pone a mi lado.

—Tres, dos, uno... ¡Melocotón! —Al oírlo no puedo evitar reírme, así que en la foto salimos yo, mi enorme carcajada y Akva mirándome de reojo. Me encanta la foto, es tan natural...

—¡Esta es para mí, por favor! —le imploro.

—Claro, ¿quieres cinta adhesiva y así estrenas tu armario?

—Vale. —La puerta de mi armario ahora tiene una foto, una foto divertida y real. Adjetivos que pensé que nunca existirían juntos en mi vida. Akva pega la suya en la puerta de su armario y vuelvo a ver la foto en que está pelirroja. Siento de nuevo una punzada de incomodidad. Quiero preguntarle, pero quizá no sea nada y ahora no es el momento. No quiero estropear esta situación por buscarle tres pies al gato. Seguramente no sea nada. Después de que Akva también pega su foto en su puerta, abandonamos la habitación y vamos al salón de actos, que está al lado de la enfermería. Cuando llegamos, todo el mundo está ahí. Hay un ambiente genial, aunque un poco estresante:

Música alta, ponche, muchísimos disfraces y descontrol.

Me cuesta reconocer a la gente, así que agarro el brazo de mi compañera de cuarto para no perderme entre la multitud.

—¡MIRA! AHÍ ESTÁ PHILIP —grita Akva, y menos mal que lo hace, porque, si no, no podría oírla. Philip va disfrazado de preso y cuando pasa por delante de nosotras no nos saluda, ¡no nos ha reconocido! Akva me dedica una mirada cómplice—. Philip, ¡somos nosotras! —acaba diciendo entre risas.

—¡CHICAS! Estáis increíbles, no os he reconocido. —Su cara refleja la sorpresa que se ha llevado—. Allí están todos, venid.

Lo seguimos por toda la sala hasta que llegamos al rincón donde se encuentran los demás. Sasha va disfrazada de Campanilla y Hugo de Peter Pan, es muy gracioso verlos así. Alejandra ha elegido un disfraz de india que le favorece muchísimo y Vanessa va de Afrodita. Lleva una túnica blanca que deja la mitad de su cuerpo desnudo, por lo que todas las miradas se posan en ella, hasta que llegamos nosotras.

—¿Daniela? —me pregunta Hugo atónito.

—¡La misma!

—¡Qué pasada! No parecéis vosotras... Solo os he reconocido por tus ojos, Dani.

—Esa era la idea —le contesta Akva muy ilusionada. Ojalá hubiéramos comprado unas lentillas, con ellas sí que dejaría de ser yo—. ¿Dónde está Bruno? —Me sorprende mucho la personalidad de mi amiga. Es muy ingenua, incluso un poco infantil; sin embargo, es impecable en el tema social. En parte, la envidio.

—Aún no ha llegado, creo que él y Steve van a venir disfrazados de lo mismo. Bruno tenía en nuestra habitación un disfraz de marinero y Steve quería disfrazarse también de marinero.

—¿Desde cuándo son amigos? —pregunto interesada. Nunca los había visto juntos...

—Desde que Steve se quedó solo. El pobre no tiene a nadie con quien estar después de que yo lo dejara —contesta Vanessa. Emplea un tono asqueroso y repulsivo para hablar de él. ¿Estaban juntos?

—¿Estabais juntos? —inquiere Akva, leyéndome la mente.

—No estaban juntos, Steve nunca quiso nada con ella... —susurra Alejandra. En cuanto termina de hablar, la mano de Vanessa se alza sobre ella. ¿Pretende pegarle? Un impulso se apodera de mí y le agarro la mano justo un segundo antes de que esta choque con la mejilla de

Alejandra. El silencio nos rodea y me siento observada, pero sigo impactada con el rápido movimiento de Vanessa.

—Suéltame —me implora con rabia.

—Ten cuidado con lo que haces, Vanessa. Ten mucho cuidado. —Le suelto la mano y ella se va sin volver la vista atrás; acabo de ridiculizarla, algo que ella odia. Vanessa es mala persona, en todos los sentidos. No puedo imaginarme todas las atrocidades que habrá hecho antes de mi llegada.

—Gra... aaci... aaas, Daniela. —No puedo evitar fijarme en sus ojos. Solo transmiten miedo y vergüenza. Akva la consuela abrazándola.

—De nada. Oye, ¿podemos hablar un momento? —Por sus gestos advierto que mi pregunta la ha sorprendido. Enseguida se separa de Akva y me sigue hacia un lugar apartado, sin decir palabra—. No entiendo qué haces con Vanessa. Siento que estás ocultando algo. Siento que estás guardándote muchas cosas. Y permite que te dé un consejo: si sigues acumulando tanta porquería en tu interior, vas a acabar pudriéndote.

—Yo... yo... —Su inseguridad no hace más que confirmar mis sospechas. No sé qué sabrá, pero sé que sabe algo. Alejandra rompe a llorar y decido imitar a Akva: me acerco y la rodeo con los brazos, dejando que sus lágrimas caigan sobre mi hombro. Los gestos de cordialidad hacen que la confianza aumente. Y yo necesito que ella confíe en mí.

—Sé que apenas me conoces, pero puedes contármelo.

Por un momento su mirada se clava en mis ojos, pero tan solo por un segundo; después sale corriendo de la sala de baile. Puede que hoy no lograse sonsacárselo, pero acabaré haciéndolo. Tengo que hacerlo. Decido ir al baño para asimilar todo lo ocurrido, analizar frase por frase... Me prometí a mí misma dejar de hacerlo, vivir como una adolescente normal. Pero no puedo. Mi mente está dividida en dos, quiero actuar de dos maneras a la vez y quiero vivir como dos personas diferentes. Me quito el antifaz y pienso en abrir el grifo y mojarme la cara para despertar de esta pesadilla, pero entonces escucho unas voces tímidas procedentes de la última cabina. Sin hacer ruido, me cuelo en la de al lado y me subo en la tapa del inodoro, para que así mis pies no se vean desde las otras cabinas.

—Me lo debes todo, Alejandra. TODO.

Reconozco esa voz aguda y corrompida: es Vanessa.

¿Quién iba a ser si no? Pego mi oreja a la pared y escucho con atención. Vanessa sigue hablando.

«Estabas sola y marginada. Te ayudé a incorporarte en un grupo. ¡SIEMPRE TE HE AYUDADO! ¿Y tú me lo pagas así? ¿Hablando con la zorra nueva? ¿Avergonzándome delante de todos?»

«Estabas mintiendo... Ibas a estropear una amistad... Ibas a estropearlo todo», responde Ale.

Escucho una bofetada. Seguramente no es la primera vez que Vanessa le pega a alguien.

«Puedo estropear lo que me venga en gana. Puedo estropearte a ti, puedo romperte y utilizarte cuando yo quiera.» Es la voz de Vanessa.

«No puedo seguir con esto. Déjame libre, por favor. No puedo más», implora Ale

Y Vanessa la amenaza:

«Mientras siga encerrada en este lugar, serás mía. Te conozco mejor que nadie. Sé que eres frágil, débil, estúpida... Sin mí estarías muerta. ¿No ves que estoy haciéndote un favor al dejarte estar a mi lado?»

«Pero yo no quiero estar a tu lado...»

Apenas soy capaz de reconocer la voz de Alejandra. No vocaliza, utiliza un tono muy bajo y sesea más de lo normal, es casi una caricatura de sí misma.

«Claro que quieres... Claro que quieres estar a mi lado. Tienes que ayudarme como yo te he ayudado a ti. Confío en que acabarás devolviéndome todos los "favores" que yo te he hecho. No existen los favores. Solo los tratos. Que te quede claro.»

«No está bien lo que haces... No está bien lo que hacemos. No quiero ayudarte más. Quieres hacer daño a personas que se merecen ser felices, quieres que haga daño a mis amigos.»

«Solo ayúdame con esto. Solo ayúdame a destruirla.»

«¿No tienes suficiente con el daño que hemos hecho a los demás sin que lo sepan? Akva es mi amiga... Es nuestra amiga.» Ale parece recuperar las fuerzas.

¿Akva? ¿Por qué Akva iba a ser su objetivo?

«Yo soy tu única amiga. No tienes más amigas, no te confundas. Te necesito, necesito que estemos juntas en esto. Y si no quieres, te obligaré.»

«Peee... eee... ro ya tienes a Bruno. Él te ayudará, yo no podría, no podríamos hacerle daño...»

Oigo a Alejandra sollozar.

¿BRUNO? Lo sabía. Se acabó.

Bajo de la tapa y toda la rabia y frustración que hay en mí se condensa en mi pierna, que de una patada abre la puerta de su cabina de par en par.

Mis ojos no logran asimilar lo que ven. Siento que mi cabeza va a explotar, siento como mi mente se va desvaneciendo y las venas de mi cuerpo queman la piel que las rodea.

Vanessa está completamente sola.

Vanessa estaba hablando sola.

Día 14 (2.ª parte)

Nunca había tenido esta sensación. Puntos negros invaden mi visión y veo borroso, siento como si mi cabeza pesase diez kilos más. Vanessa abrió mucho los ojos al verme, se quedó tan paralizada como yo, aunque por motivos muy distintos. Después de estar unos segundos sin poder moverme, salí corriendo a mi habitación, intentando no toparme con nadie para evitar preguntas. Y aquí estoy ahora, en la cama, mirando el techo, buscando respuestas.

Vanessa no solo estaba sola, sino que modulaba su voz para fingir que estaba hablando con otra persona. Pero ¿para qué? Ella pensaba que no había nadie más en el baño. Ordeno mentalmente todos los síntomas que noto en ella desde mi llegada al centro.

1. Delirio: dice o lleva a cabo despropósitos y disparates.
2. Cambio de conducta: algunos días incluso se puede hablar con ella; en cambio, otros, está constantemente a la defensiva.
3. Aplanamiento afectivo: manifiesta emociones inadecuadas a los hechos que están ocurriendo.

4. Agresividad excesiva: siempre recurre a la violencia para la solución de problemas.
5. Y ahora, lo del baño, alucinaciones auditivas. En mi cabeza solo se repite una palabra: «esquizofrenia».

Aun así, las cosas no terminan de encajar. Sus síntomas no se pueden encasillar en ninguno de los tipos de esquizofrenia habituales: ni paranoica, ni desorganizada, ni catatónica, ni residual, ni simple. Todo me lleva a un subtipo muy poco frecuente que todavía no está muy estudiado: la esquizofrenia indiferenciada.

Alguien llama a la puerta, decido callarme y no abrir, esperando que dejen de llamar, pero los golpes se hacen constantes y me levanto.

—Hola. —Es Steve. No sé qué hace aquí, ni me interesa mucho saberlo en estos momentos.

—Hola.

—¿Puedo pasar? —Respondo dejándole entrar, él se sienta en la cama de Akva—. ¿Por qué te has ido de la fiesta?

—No me sentía cómoda —miento.

—¿Por mí?

—Steve, nadie de este lugar me incomoda. Es el ambiente en sí. Me aburre.

—Estás mintiendo. —Nunca nadie me había pillado mintiendo. Me sorprende que una persona que apenas me conoce lo haga. Estoy cansada de mentir y de romperme la cabeza pensando. Así que:

—Sí, estoy mintiendo. He visto a Vanessa hablando sola, en los baños, de temas muy delicados.

—Vanessa... —repite echándose hacia atrás.

—En la fiesta dijo que habíais estado juntos.

—Fue algo muy extraño. Yo solo era una parte más de sus planes. Me utilizaba como quería y me acabé cansando de esa situación. Lo único que quería era que yo me acercara a la gente para que ella pudiera hacer de las suyas. Vende medicamentos, ¿sabes? No sé de dónde los saca, pero algunos de los alumnos de aquí están muy enganchados a las sustancias que ella les proporciona. Y ella usa ese poder para conseguir todo lo que quiere. Al principio me hizo creer que entre nosotros había algo especial, pero luego me di cuenta de que solo me quería para crear una apariencia de normalidad a su alrededor, para que la gente no viera lo manipuladora que es. Si tienes a alguien cerca, si parece que alguien puede estar contigo, no tienes pinta de ser tan mala persona. Pero enseguida me percaté de lo que estaba pasando. La dejé y ella me hizo la vida imposible. Como ella me arrebató a todos mis amigos, yo fui cambiando cada semana de estilo, intentando encajar en algún grupo, y ello hizo que empeorara muchísimo mi enfermedad. La odio, Daniela, la odio.

—Steve, ¿tú te fías de Bruno?

—Hay cosas de él que no me cuadran. Me confesó que quería encandilar a Akva, pero yo lo he visto tonteando con Vanessa. —Cuando empieza a hablar de Bruno, es cuando recuerdo que en la conversación Vanessa dijo que iba a por Akva. Me llevo las manos a la cabeza y salgo corriendo de la habitación—. ¿Adónde vas? —me pregunta preocupado ante mi rápida salida.

—Bruno tiene algo en contra de Akva. Ayúdame a encontrarla, por favor.

—O está en la fiesta o en los jardines o en su habitación.

—Su cuarto queda enfrente del mío, Bruno no iba a ser tan estúpido. Vamos a los jardines.

Salimos corriendo despavoridos. Los pasillos están vacíos y nuestros pasos retumban en las paredes. Mi ritmo cardíaco es normal, pero no puedo negar que estoy un poco preocupada. Los jardines están iluminados con las tenues luces de las farolas.

—No se ve nada —dice entre jadeos Steve, achinando los ojos.

—Sí. Solo tienes que centrarte. —Puede que no se viera con nitidez, pero cuando te acostumbran desde pequeña a ver en la oscuridad acabas apreciando más formas y detalles que otras personas.

—Sigo sin ver nada.

—Si Bruno es tan peligroso como pienso, es todavía peor que Vanessa. Tenemos que encontrar a Akva antes de que sea demasiado tarde.

—Dani, no estás en una película, esto es la vida real. Nadie va a matar a nadie.

Su afirmación me da que pensar. ¿Quizá esté exagerando? No. No estoy exagerando. Este sitio me ha dado muchos motivos para desconfiar de todo.

—Steve, tú no sabes lo que es la vida real.

Corro por los jardines buscando con la mirada a Akva, pero no está en ningún lado. Miro en cada arbusto, en cada árbol... Pero no la encuentro. Guardo silencio, inmóvil, intentando escuchar alguna voz o algún movimiento, pero nada. La noche inunda cada rincón.

—¡Venga, vayamos a ver a la fiesta! —grita Steve, esforzándose por animarme. Vuelvo a su lado y nos dirigimos de nuevo hacia la sala de la fiesta. Lo que antes era un silencio abrumador ahora se transforma en una acumulación de ruidos que perfora nuestros tímpanos. Siento una mano tocándome el hombro, me vuelvo rápidamente con la creciente esperanza de que sea Akva, pero...

—¿Dónde os creéis que vais? No está permitido andar tan cerca del invernadero. —Es Carlos, el profesor de biología. No entiendo qué hace aquí a estas horas de la noche.

—Íbamos a por más ponche a la cocina, nos hemos perdido —contesto mientras asiento con la cabeza. Lo que me faltaba, ahora tendremos que disimular que eso es lo que hacíamos. Cojo un gran bol entre mis manos, lo que es equivalente a cinco minutos de búsqueda perdidos.

—Si quieres, puedo ir yo solo —se ofrece Steve.

Aunque me encantaría decirle que sí, no quiero parecer desesperada ni ser maleducada, así que pongo rumbo hacia la cocina. Los pasillos vuelven a ceñirse sobre nosotros, el silencio vuelve a envolvernos. Un silencio que se hace incómodo, así que decido hablar:

—¿Por qué no te vengaste de Vanessa? —Quizá la euforia del momento me hizo soltar las palabras tal como sonaban en mi cabeza.

—No hacerlo fue la mejor forma de venganza posible. Ella deseaba que lo hiciese, quería seguir discutiendo, peleando, quería seguir con el juego. Acabar con él fue la mejor forma de darle su merecido, demostrándole que yo era superior a ella.

—¿Cuál de tus múltiples personalidades es tu favorita?

—Ninguna, ese es el problema. Si tuviera una preferida, solo tendría una. Pero jamás puedo decantarme por nada.

—¿Eres feliz?

—¿A qué vienen todas estas preguntas, Daniela?

—Solo quería mejorar el silencio.

Él quiere contestar, pero ya hemos llegado a la cocina, así que abro la puerta y me dirijo hacia la nevera.

—Te encanta hacer preguntas, pero odias responderlas.

—¿Es una pregunta o una afirmación? —le pregunto mientras busco el envase del ponche. Ni siquiera lo preparan ellos.

—Es una afirmación.

—¿En serio crees que me conoces lo suficiente para hacer afirmaciones sobre mí?

—Otra pregunta más. Y mi respuesta es no. No te conozco en absoluto y eso es, sin duda, lo que más me atrae de ti. Me imagino tu mente como una constelación de estrellas. Millones de puntos de luz, colores, asteroides... Eres como el espacio exterior. Apenas conocido, pero tan interesante que todos buscan saber más acerca de él.

Su comparación me deja atónita, si no fuera por el frío que me golpea la cara quizá me hubiera sonrojado. No sé qué decir, diga lo que diga mis palabras no van a mejorar lo que ha dicho, por lo que digo lo primero que se me viene a la cabeza:

—Steve, no encuentro el ponche.

Su estrepitosa carcajada me contagia las ganas de reír. Hincho mis mofletes con aire y dejo escapar unas risas difusas y sin fuerza. Él me hace a un lado y busca en los estantes congelados del refrigerador. Su vista se pasea por todos los frascos y botellas, pero sus pupilas se dilatan en exceso cuando se fija en un bote diminuto. Lo coge y frunce el ceño.

—Psilocibina... —lee preocupado.

—Es una sus... —intento decir antes de que mi interrumpa.

—Una sustancia alucinógena que se encuentra presente en muchas setas. ¿Qué narices hace aquí?

Me sorprenden sus conocimientos, pero comprendo que al ser tantas personas a la vez necesites escapar. Por un momento deseo compartir con él lo que encontré en la enfermería. Pero no, no puedo ni debo hacerlo. Steve es un compañero y ni por asomo ha hecho nada para ganarse mi confianza. Actualmente, solo puedo confiar en mí misma e incluso, a veces, siento que me traiciono.

—Steve, por favor, coge el ponche. Quiero encontrar a Akva. —Deja el bote donde estaba y rellena el bol.

Cuando volvemos a la fiesta, Steve y yo sabemos perfectamente cuál es nuestra siguiente parada. El primer lugar al cual teníamos que haber ido. La habitación de mis vecinos.

Al llegar, apoyo mi oreja intentando oír algo, pero solo escucho risas dispares. Hay más de dos personas ahí dentro, detalle que no sé si me tranquiliza o me horroriza. Cierro los ojos procurando centrar toda mi concentración en mi oído derecho, y logro distinguir la voz de Alejandra.

—Llama —me aconseja Steve. Decido hacerle caso y doy dos golpes discretos en la puerta, que tarda cuatro segundos en abrirse.

—Hola, chicos, pasad. —Es Sasha. Me sorprende verla aquí: siempre está en su burbuja con Hugo.

Cuando entro en la habitación, mi cuerpo vuelve a inmovilizarse de nuevo. La imagen que está ante mis ojos se multiplica, se vuelve borrosa y solo puedo fijarme en un pequeño detalle. Siento electricidad en las manos y oigo mi corazón latir a mil por hora. Inspiro y espiro muchas veces seguidas hiperventilando mi cuerpo, noto la respiración (también ajetreada) de Steve en mi cuello. Está justo detrás de mí y está viendo lo mismo que veo yo. Sé que se está fijando en ese pequeño detalle que para los demás pasa desapercibido.

Yo estoy viendo cómo Akva y Bruno juntan sus labios en un beso apasionado. Ella, embobada, solo vive el momento. Pero yo únicamente puedo fijarme en él. Siento una punzada en el corazón que no sé identificar. ¿Qué me está pasando? Pero justo entonces veo algo que hace que me olvide de mis sentimientos: aprovechando que enlaza su mano entre los mechones de su peluca para aportar más intensidad a ese pasional beso, le coloca algo en el pelo. Algo que seguramente sea un micro.

Todo era cierto: Bruno no es quien parece ser, sus sonrisas son falsas, su abuela es falsa, todo en él es falso. Akva está bien. De momento. Pero yo tenía razón y ella estaba equivocada. Yo tenía razón.

Me vuelvo y busco apoyo en Steve, esperando comprensión por su parte, pero cuando me fijo en sus ojos, aprecio que no está viendo lo mismo que yo. Su mirada está posada en Philip.

Y Philip está besando a un chico. Un chico que ni yo ni Steve conocemos.

Día 15

Vuelvo a mi habitación corriendo, en mi cabeza no paran de repetirse miles de imágenes. Me dejo caer sobre la cama y cierro los ojos, intentando encontrar el silencio que había permanecido oculto toda la noche.

—Daniela.

»Daniela, ¿estás ahí?

»Daniela.

Mis oídos captan una voz, pero ese sonido no llega a mi cerebro. Siempre suelo despertarme rápido, un pequeño estímulo y mi velocidad de reacción se limita a segundos; sin embargo, esta vez el cansancio se apodera de mí y, por un momento, deseo que el nombre de Daniela no me pertenezca.

—Daniela, necesito hablar contigo. —Pero sí, aquí sigo llamándome Daniela. Abro los ojos con lentitud y me levanto para ir hacia la puerta, procurando averiguar quién me llama. ¿Es Alejandra?

—¿Alejandra? —pregunto mientras abro la puerta.

—Sí. Quiero que sepas algo. —Permanezco en silencio. Ayer tuve una sobrecarga de información. No sé si quiero saber lo que me quiere contar.

—Ayer me defendiste frente a Vanessa. Tu actitud me hizo comprender que no es buena para mí, que tengo que alejarme de ella... Y así lo he hecho.

—Me alegro mucho.

—Sé que ayer la encontraste hablando sola en el baño. Sé que no sabías que había estado con Steve. Quiero contarte todo lo que sé sobre Vanessa.

Su propuesta es increíble. Alejandra fue la mejor amiga de Vanessa durante mucho tiempo, así que supongo que sabrá muchísimas cosas acerca de ella, con lo cual, solo puedo responder una cosa:

—Cuéntamelo.

—Pero a cambio quiero algo. Quiero que prometas protegerme de Vanessa. Quiero que jures que a partir de hoy nunca más me hará daño. —Mientras habla, puedo ver el miedo en sus ojos. Está asustada, está traicionando a una persona peligrosa. Y jamás se ha de traicionar a una persona peligrosa.

—Lo juro.

Alejandra inspira, cierra los ojos y empieza a hablar:

—Vanessa piensa que escondes algo y quiere averiguar qué es. Tienes que tener mucho cuidado con ella, es muy cruel. Es capaz de todo.

—¿Y ya está? —le pregunto, me ha dicho cosas que ya sabía.

—Tiene muchos amigos en este sitio. La secretaria siempre le hace favores un tanto especiales, tiene acceso a muchos sitios que tú ni siquiera sabes que existen.

—¿No te ha dicho nada más?

—Daniela, ella es muy inteligente. Tiene secretos muy bien guardados. Yo era su más fiel confidente, y nunca me contó nada importante.

Ante su respuesta, me levanto de la cama y voy a lavarme la cara, ya que ayer me quedé dormida con todo el maquillaje puesto y ahora siento como si mis ojos estuvieran pegados. El agua fría salpica mi cara, recordándome que ya va siendo hora de espabilar. No me seco la cara, dejo que las gotas vayan cayendo cuando llegan a mi barbilla. Hoy es festivo, así que podré salir a correr toda la mañana.

Abro mi armario en busca de ropa cómoda y empiezo a quitarme la de ayer.

—Espera —dice Alejandra interrumpiendo mis movimientos—. Hay algo más.

—Sorpréndeme.

—Vanessa cree que la mejor forma de averiguar algo sobre ti es Akva.

Akva. En cuanto dice su nombre me vuelvo hacia su cama. No está. ¿Cómo no he podido darme cuenta de que no está?

—¿Dónde está?

—Creo que pasó la noche en la habitación de Philip y Bruno.

—Mierda —susurro. Me desnudo a toda velocidad y me pongo unas mallas y una camiseta de manga corta—. Vamos —le digo a Alejandra, ella parece entender mi prisa y se levanta enseguida. Salimos corriendo de la habitación y llamo de forma insistente en la puerta de enfrente. La respuesta es un estresante silencio, por lo que vuelvo a golpearla.

—No están aquí, Daniela. —Esa voz... Me vuelvo con lentitud y encuentro a Vanessa. Alejandra está petrificada, no sabe qué decir—. ¿Qué pasa? ¿Ahora sois superamigas?

—Lo que seamos o dejemos de ser no es de tu incumbencia —replico alzando la voz.

—¿Estás buscando a Akva o a Bruno? —pregunta con una sonrisa provocadora. Decido agarrar del brazo a Alejandra y comenzar de nuevo a andar hacia los jardines, ignorando el juego que quiere empezar Vanessa—. No hace falta que respondas, seguramente estén juntos. Como ayer por la noche. Aunque si buscas a Steve... Él está en mi habitación. Como ayer por la noche.

Las palabras «como ayer por la noche» rebotan una y otra vez en las paredes de mi cráneo. Ayer todo fue un verdadero desastre. No puedo mentirme a mí misma: las palabras de Vanessa cumplen su objetivo, provocan rabia e ira en mi interior. Pero ella jamás lo sabrá. Cuando llegamos a los jardines, ya no nos sigue. Alejandra y yo nos separamos, y buscamos detrás de los árboles. Últimamente parece que vivo siempre en el día de la marmota, en un ciclo repetitivo y abrumador: esto mismo pasó anoche. De repente, oigo la voz de Philip. Está hablando con alguien y nosotras estamos detrás de los arbustos, podemos oírlo pero él no puede vernos.

—Esperé demasiado tiempo, tú ya conocías mis sentimientos. Comprende mi decisión. —Me aproximo con cuidado y toso, interrumpiéndolo. Estaba hablando con Steve.

—Daniela —pronuncian mi nombre al unísono, sorprendidos por mi presencia fortuita.

—Estoy buscando a Akva. ¿La habéis visto? —digo, ambos niegan con la cabeza. Seguro que están preguntándose cuánto tiempo llevo aquí, les tranquilizaría saber que respeto su privacidad. Estoy a punto de irme cuando Steve me llama.

—Quiero hablar contigo, a solas —me anuncia.

Steve me mira con vergüenza. ¿Qué querrá contarme que no sepa ya? Ayer su mirada lo delató. Aun así, me alejo de Philip como signo de aprobación y dejo que Steve me aparte hasta que estamos lo suficientemente lejos de él y de Alejandra como para que no nos oigan. Debería estar buscando a Akva, pero tengo curiosidad por saber lo que me tiene que contar.

—Lo de ayer... Sé que...

—¿Sientes algo por Philip? —Lo mejor es que vayamos directos al grano. Y el grano se resume en esa pregunta.

—Sí. —Me sorprende muchísimo su respuesta. No ha dudado ni un segundo, lo ha dicho mirándome a los ojos y su voz era firme—. Sé que ayer viste cómo lo miraba, mentirte no valdría de nada. Mentirte a ti, no.

—¿Por qué fingiste sentir algo por mí? —Sé que lo hizo. Y yo estuve a punto de creérmelo.

—No lo sé... Estoy muy confundido, Daniela, yo... Yo nunca había sentido nada por alguien de... del mismo sexo que yo. A veces lo quiero, pero otras no. No sé si siento algo por él... Es decir, siento algo por él, pero no sé el qué. Yo solo deseaba que me gustaras, todo sería mucho más sencillo así, pero mi corazón no me lo permite... Yo...

—Sinceramente, no sé qué decirte, Steve. Nunca se me han dado bien las relaciones. ¿Por qué no hablas con Akva? Cuando la encontremos, claro... —No debería hablarle así, no debería ser tan rencorosa, pero estoy dolida, tengo que reconocerlo.

—Ella me odia.

—Odia una parte de ti que da la casualidad de que es la parte más pequeña que tienes: la parte idiota. En cuanto la encuentre te avisaré, da buenos consejos.

Asiento con la cabeza y me voy.

—Oye —dice Steve a mi octavo paso—, siento si la verdad te ha lastimado.

—Tranquilo, es difícil hacerme daño. —Le dedico una pequeña sonrisa y vuelvo a mi habitación.

Como siempre me olvido de la llave, cojo uno de los clips que suelo llevar en los calcetines e intento abrirla. Pero, para mi sorpresa, la puerta se abre sola: es Akva.

—¿Dónde te habías metido? —le pregunto aliviada.

—¡Tengo que contarte un montón de cosas!

De repente, me enfurece verla tan emocionada, he estado muy preocupada buscándola y es como si no lo valorase.

—¡Bruno me besó!

—Qué bien... —Espero que note la frialdad en mi voz.

—¡FUE PRECIOSO! Estuvimos hablando sobre un montón de temas mientras paseábamos por los jardines y, cuando nos sentamos a contemplar las estrellas..., ¡él me besó! Y luego volvimos a la habitación. ¡Y NOS BESAMOS UN MONTÓN DE VECES!

—Qué bonito...

—Sí... Fue muy bonito. Me confesó que nada más verme sintió algo por dentro... Creo que es el amor de mi vida. —Por un momento creo que está bromeando, pero cuando veo sus ojos cargados de ilusión, sé que lo dice en serio. Mi furia aumenta por segundos.

—¡¿El amor de tu vida?! —exploto subiendo la voz—. Quizá deberías saber que Bruno ha estado todo este tiempo tonteando contigo porque quiere algo. Quizá deberías saber que también ha estado tonteando conmigo todavía no sé muy bien por qué. Quizá deberías saber también que Vanessa piensa que escondo algo y que te quiere utilizar A TI para sonsacarte información. ¿Y sabes quién es íntimo amigo de Vanessa? EL JODIDO BRUNO.

Su sonrisa se desvanece y levanta la barbilla. Signo de agresividad. Esta no es la Akva que conozco.

—Bruno tenía razón, ya me dijo que te pondrías celosa. Porque estás celosa, ¿verdad, Daniela? ¿O quizá debería llamarte Timantti?

Aunque intento mantenerme impávida, no puedo. ¿Cómo sabe mi nombre? Mi boca se entreabre y mis cejas se elevan.

—Así que es verdad. Bruno tenía razón. No puedo confiar en ti. Eres una mentirosa —dice clavando esas palabras en mi conciencia. Yo me quedo paralizada, no sé qué decir ni cómo actuar. Akva se va dando pasos seguros, sin mirar atrás.

¿Cómo sabe Bruno mi verdadero nombre?

¿CÓMO SABE BRUNO MI VERDADERO NOMBRE?

—Akva, tienes que escucharme... —intento hablar aproximándome a ella. Se lo voy a contar todo. Si eso es lo que quiere, le voy a contar quién soy, le voy a contar cómo he llegado hasta aquí. Desvelaré mi identidad si con eso puedo desenmascarar a Bruno, si con eso consigo que salga de su cabeza...

—No quiero oír nada más de tu boca. Todo son mentiras, has estado mintiéndome todo este tiempo. Yo te escogí como amiga y mira cómo me lo pagas, he estado cuidando de ti todo este tiempo... Creía que te costaba relacionarte con los demás, lo que no sabía es que en realidad estabas todo el rato mintiendo... —Akva ahoga un suspiro, como si fuera a echarse a llorar y se va de la habitación dando un fuerte portazo, no sin antes soltarme—: No quiero saber nada más de ti, Timantti.

«Timantti.» Nunca me había dolido tanto oír mi nombre.

No sé cómo Bruno sabe mi nombre, pero sí que ha sido inteligente al contárselo a Akva; ahora ella no se fía de mí y hará todo lo que él le pida que haga. No paro de darle vueltas, jamás di un solo indicio de mi verdadero nombre. Jamás. ¿Cómo lo ha sabido? Es imposible. ¿Sabrá algo más de mí?

—¡DANIELA! ¡DANIELA, POR FAVOR! —Alguien ha empezado a aporrear mi puerta y a gritar mi nombre. Es Alejandra. Cuando abro y la veo, me llevo la mano a la boca. Tiene una ceja abierta, los dos ojos hinchados y el labio partido. Está llena de sangre. La hago pasar y la conduzco hasta el baño. Cuando se ve en el espejo, su llanto se vuelve más fuerte.

—¿Quién ha sido? —le pregunto, aunque creo que conozco la respuesta.

—Vanessa.

—Quédate aquí. —La obligo a cerrar la puerta del baño, salgo de mi habitación corriendo y subo a la planta donde se encuentra la habitación de Vanessa con una rabia inmensa.

Y parece que no voy a tardar mucho en encontrarla. Mientras yo subía, ella bajaba, así que de repente chocamos con fuerza. Las dos llevamos prisa, pero por motivos totalmente opuestos. La agarro del cuello y la empujo escaleras abajo. Cuando es capaz de levantarse, la sujeto del brazo y la llevo a mi habitación. La meto dentro a la fuerza y pongo una silla contra el pomo de la puerta para que esta no se pueda abrir. No quiero que nadie más vea lo que voy a hacer.

—Ábreme, Alejandra —digo mientras llamo a la puerta del baño, ella lo hace. Sin dejar de agarrar a Vanessa, lleno la bañera de agua hirviendo y, una vez está lo suficientemente llena, cojo una de mis gomas y le hago una coleta con toda la delicadeza del mundo. Luego la agarro con fuerza y empujo su cabeza dentro del agua. Sus gritos son increíbles, el agua está muy caliente. Cuento hasta veinte y saco su cabeza del agua.

—¿Por qué has pegado a Alejandra?

—Por traidora —responde entre gemidos de dolor. Ante su respuesta, vuelvo a meter su cabeza bajo el agua y cuento hasta veinticinco. Alejandra, que está viendo la escena, aprieta los ojos con fuerza y luego va cerrando la puerta del baño. La oigo sentarse en la cama. No quiere verlo, pero tampoco me ha detenido. Saco su cabeza del agua.

—¿Volverás a tocarla alguna vez?

—No. —Vuelvo a sumergirla y cuento hasta treinta.

—¿Cómo me llamo?

—Daniela. —Le pego un puñetazo y se lo vuelvo a preguntar:

—¿Cómo me llamo?

—Daniela. —Le pego otro puñetazo todavía más fuerte y le repito la pregunta:

—¿Cómo me llamo?

—Daniela. —Sin perder la calma, meto de nuevo su cabeza bajo el agua y cuento hasta cincuenta. Cuando emerge, inspira de forma estrepitosa—. Timantti, te llamas Timantti.

—¿Cómo lo sabes?

—Bruno me lo contó.

Es una lástima que Akva no esté aquí. Si hubiera oído esta confesión habría empezado a atar cabos, a darse cuenta de que ha sido solo una pieza más en el puzle de Vanessa. Y de Bruno.

—¿Por qué lo sabe Bruno? —El silencio se apodera del baño. Acerco su cara a la superficie del agua lo máximo posible sin que esta quede sumergida. Sus movimientos traslucen el miedo. Estoy dispuesta a hacer cualquier cosa para conocer la respuesta. Y ella lo sabe.

—No lo sé, te juro que no lo sé.

—Esa no es una respuesta válida —replico perdiendo los nervios y volviendo a sumergir su cabeza.

—Vale, te lo diré, te lo diré —susurra casi sin fuerzas—. Entré en la habitación de Bruno para conseguir información sobre él. —Sus continuas pausas al hablar debido al sofoco no hacen más que aumentar mi nerviosismo—. Tenía un portátil sobre la mesa y el correo abierto. Había un mensaje... En ese mensaje estaba toda tu información.

Día 15 (2.ª parte)

Después de lo ocurrido Alejandra me pidió si podía quedarse aquí, obviamente le respondí que sí. Por mi culpa tuvo que ver una escena horrorosa. Hemos pasado juntas toda la tarde, pero apenas hemos hablado. Yo dediqué todas esas horas a ordenar en mi cabeza todo lo que ha pasado estos últimos días y Alejandra se dio un baño caliente y durmió. Mientras dormitaba aproveché para apuntar todo en una libreta, frase por frase, situación por situación, para analizarlo con sumo cuidado. Bruno es la gran incógnita del problema. Existe una relación entre él y el orfanato, pero no logro descifrar cuál es. Lo que sí sé es que si lo que dijo Vanessa es cierto, ella y Bruno no son aliados. Estaba equivocada y no me gusta nada estarlo.

Lo que hice con Vanessa fue una locura precipitada que no tendría que haber hecho... Pero los impulsos siempre acaban corrompiéndome.

—¿Vas a hacer lo mismo con Bruno? —me pregunta Alejandra desde la cama de Akva.

—No.

—¿Te arrepientes de lo que le hiciste a Vanessa?

—Sí.

—¿De verdad te llamas Timantti?

—No. Es un apodo cariñoso de la infancia, mis padres eran los únicos que lo conocían y se lo llevaron a la tumba. Por eso me sorprendió tanto —miento. Ella no puede saber mi verdadero nombre. Ni ella ni nadie. Está a punto de formular otra pregunta, pero el timbre la interrumpe. Es la hora de cenar.

—Dani... No tengo ganas de ir al comedor... —me dice al ver que estoy levantándome.

—Alejandra, tienes que cenar. Ha sido un día de emociones fuertes y necesitamos reponer energías. Ya nos perdimos la comida, no nos podemos perder también la cena.

—¿No me podrías traer tú algo? No quiero ver a Vanessa...

—¿Le tienes miedo?

—¡No! No, ya no... Más que miedo, es vergüenza; no creo que pueda mirarla a la cara...

—Estamos encerrados, tarde o temprano acabarás viéndola.

—No me hagas ir...

Tras sus súplicas, decido irme yo sola. No soy nadie para obligarla a nada, si no quiere hacer caso a mis recomendaciones, está en su derecho. El comedor está lleno de gente, todas las mesas están ocupadas. Mientras espero mi turno para coger comida, observo la distribución de mis compañeros: Bruno y Akva están juntos en una mesa separados del resto. Me enfurece, él es muy persuasivo, seguro que ha cegado los sentidos de Akva con promesas falsas y palabras preciosas, y ella ha caído como una ingenua. Philip y Steve están en otra mesa, los dos con unas sonrisas enormes y cargadas de expresividad. Sasha y Hugo también están juntos. Solo hay una persona sola: Vanessa.

Cuando llega mi turno, opto por el menú 1. Tiene más carbohidratos y estos me vienen bien para reponer energías.

¿Y dónde me siento ahora? No queda ni una mesa vacía... Miro hacia los lados y empiezo a andar sin un destino concreto, hasta que veo la mano de Steve alzándose y haciendo gestos para que vaya hacia allí. Me sorprende, pero me alegro de que lo haga.

—Gracias.

—¡De nada! Siempre es un placer tenerte cerca —dice Philip mientras me guiña un ojo. Me siento enfrente de ellos y empiezo a devorar la comida.

—¿Ha pasado algo entre Akva y tú? —me pregunta Steve—. Es extraño no veros juntas.

—No —miento—. Se ha distanciado porque parece que ha entablado una relación con Bruno.

—Bruno... La verdad es que no acabo de pillar su onda —dice Philip.

—¿Qué quieres decir? —pregunto con decisión, a ver si alguien más ha visto lo que yo veo.

—Que hay cosas de él que no le encajan —aclara Steve.

—¿Como cuáles?

—Es un chico extraño. No está nunca en la habitación, siempre está por ahí merodeando por los pasillos. Y parece llevarse muy bien con los profesores. Una vez Diana vino a buscarlo a la habitación... No lo sé, es raro. No tengo nada contra él, pero no me da buena espina.

—A mí tampoco —le confieso.

—Bueno, me voy. Creo que he comido demasiado. Steve, nos vemos. —Ahora es Steve el que guiña el ojo. Philip deja su bandeja y abandona el comedor. Yo voy por el segundo plato y Steve por el postre.

—¿Qué tal con Philip? —Aunque me cueste admitirlo, me interesa saber cómo les va.

—Muy bien, cuando nos viste en el jardín, estábamos sincerándonos el uno con el otro.

—¿Siempre te gustaron los chicos?

—No. Es el único chico con el que he estado. Todas mis relaciones anteriores fueron con chicas. Fue entrar aquí, conocerlo y... Sentí algo especial por él. Al principio me costó muchísimo admitirlo, yo mismo intentaba dejar de sentir esas cosas, pero era incapaz. El psicólogo me ayudó mucho, pero no podía luchar contra ello. Había días que tenía muy claros mis sentimientos y otros en los que solo sentía odio.

—¿Odio?

—Sí. A veces lo odiaba. Yo creía que Philip era el culpable de todos mis problemas, por él no era capaz de dormir por las noches, por él dudé tanto de mí mismo y terminé siguiéndole el juego a Vanessa... Pero, al final, acabé comprendiendo que nada era culpa suya, que todo era culpa de mis inseguridades.

—Pero ¿estuvisteis juntos alguna vez?

—Sí, pero fue horrible. Yo no quería que se supiera. Oye, ya hemos hablado mucho de mí —comenta sonriendo. Yo empiezo el postre con desilusión, supongo que ahora le toca a él hacer las preguntas... Supongo que tendré que inventar toda una vida...—. No se me va de la cabeza esa sustancia que encontramos en la nevera, Daniela.

Suspiro aliviada, por lo menos no vamos a hablar de mí.

—No te preocupes. —No quiero dar más detalles. Cuanta menos gente lo sepa, mejor para todos.

—Demasiado tarde, he investigado —anuncia susurrando. Pongo los ojos en blanco. ¿Se cree que forma parte de la CIA? Se me escapa una carcajada—. Hoy he vuelto a la cocina para ver si encontraba algo más e intenté abrir el congelador, pero ¡está cerrado con llave! ¿Desde cuándo se cierra un congelador con llave?

—¿Para que nadie robe la comida? Steve... Creo que es mejor que te centres en tu nueva relación y dejes las paranoias a un lado. —Miento descaradamente. Lo que dice tiene mucho sentido, la puerta de la cocina se cierra con llave, por lo que no haría falta cerrar el congelador también.

—Quizá tengas razón... —Aunque no lo dice muy convencido, mis palabras han servido de algo.

—¿Nos vamos? Ya he acabado.

—Claro.

Recogemos las bandejas y nos vamos, cada uno a su cuarto. Alejandra ya no está en el mío, pero ha dejado una nota en mi almohada:

> *Gracias por ayudarme y confiar en mí. Sasha y Hugo me han invitado a ir a su habitación. He cogido dos barritas de las que guardas bajo la cama, espero que no te moleste mucho. Un abrazo.*

Su letra es preciosa. Ha escrito en una hoja rayada, como las de mi libreta. ¿La habrá cogido? Abro mi mochila y cojo el primer cuaderno. Sí, a la última hoja le falta una esquina. Odio que toquen mis cosas. Además, se ha tomado la libertad de llevarse DOS de mis barritas. No una, DOS. Siento que todo me irrita. Son las nueve y media y quiero abrir ese maldito congelador antes de acostarme, pero necesito esperar, a esta hora aún hay mucha gente por los pasillos. Oigo la cerradura de la puerta: es Akva.

—Vengo a por mis cosas —me informa con hostilidad.

—Pero ¿vas a mudarte a su habitación o qué?

—Sí, Philip se va a la habitación de Steve y yo me voy con Bruno. Solo por esta noche. Espero que no seas tan rastrera como para chivarte a dirección. —Ante su respuesta, no soy capaz de articular palabra. Me parece surrealista que tome esa iniciativa. La observo mientras mete sus cosas en una mochila, está introduciendo en ella todo lo que tiene en el armario con movimientos muy bruscos. El pelo le cae delante de los ojos y, como le molesta, se pone un mechón detrás de la oreja. Es entonces cuando lo veo.

—Akva... —digo acercándome a ella.

—¿Qué? —responde volviéndose con agresividad.

Poso el dedo índice sobre mis labios, pidiéndole silencio. Aunque niega con la cabeza y frunce el ceño, me hace caso y no habla. Me acerco a ella con cuidado y alargo mis dedos hacia su oreja, muy suavemente, como si fuese a acariciársela. Es negro y minúsculo, por lo que se camufla muy bien, pero yo he conseguido verlo.

Lleva enganchado un micro, el micro que le puso Bruno ayer. Lo quito con cuidado y se lo enseño. Akva abre la boca y después de verlo me mira a mí, buscando respuestas. Yo le susurro «Finge» en el oído.

—¡Me voy! —chilla sin saber muy bien qué hacer.

—¡VETE! —grito yo, cerrando de un portazo la puerta del baño, dejando el micro dentro—. Ya podemos hablar, pero no muy alto.

—¿Qué coj...?

—Era un SEMB-500. Un micrófono muy utilizado por espías profesionales. ¿Sabes quién te lo puso? —El nombre de Bruno se repite una y otra vez en mi cabeza. Tuvo que ser él, está claro.

—Yo... solo he estado con Bruno desde ayer... Fue él, ¿verdad?

—Akva...

Las lágrimas empiezan a correr por sus mejillas. Ahora se da cuenta de que, como bien le dije hace unos días, la ha utilizado.

Día 16

Son las 8.58 de la mañana. Aunque tenía pensado aprovechar la noche para ir a investigar, el llanto de Akva me convenció para quedarme. Se pasó toda la noche llorando desconsolada. Yo solo asentía y la dejaba desahogarse en mi hombro, creo que la única vez que abrí la boca fue para preguntarle qué haría ahora, a lo que respondió que no iba a hacer absolutamente nada, asegurando que muchas veces un silencio es más doloroso que una bofetada. (Afirmación con la que no estoy de acuerdo, un buen bofetón puede dejarte hasta sin muelas, y más si es un bofetón cargado de ira.) Al final acabó cansándose de llorar y se durmió, con los ojos muy irritados y las mejillas mojadas. Sentí lastima.

—Buenos días, Akva —la saludo al ver que se ha despertado. Me alegra comprobar que todo ha vuelto a la normalidad.

—Bue... nos dííí... íías...

—¿Estás mejor?

—Puede. —Conociéndola, seguro que enseguida se recupera, tiene demasiada alegría en su interior, y esta alegría acabará consumiendo la pena.

—Voy a correr, si necesitas algo, sal a los jardines y grita mi nombre.

—Vaaale...

Cojo mi botella de agua, me ato las deportivas y me mojo el pelo y la cara: fuera hace un calor abrasador muy difícil de soportar. Los pasillos están desérticos a estas horas, cosa que me asombra, tampoco es tan temprano... En cuanto cruzo la puerta de recepción el aliento tórrido del sol golpea mi cara. Empiezo a correr mis 6 kilómetros diarios y, cuando llego a la parte de atrás del orfanato, veo a Steve a unos 30 metros. Está entrando por la puerta trasera. Sin poder evitarlo, me escondo tras el tronco de un árbol y lo miro con disimulo. Una vez que entra, corro hacia la entrada y me resguardo detrás de una de las columnas del pasillo. Steve no para de mirar hacia los lados, está siendo muy precavido y en sus movimientos muestra el miedo y la angustia que siente. Es increíble cómo a veces nuestro cuerpo habla mucho más que nosotros. Después de estar seguro de que nadie lo está siguiendo, gira el pomo de la puerta que tiene enfrente y entra. Cuento hasta diez:

1, 2, 3, 4, 5, 6, 7, 8, 9, 10.

Y voy hacia la puerta misteriosa. En ella hay una placa en la que pone PSICÓLOGO. Suspiro algo desilusionada. Esperaba encontrar algo sorprendente, algo fuera de lo común, pero dada su enfermedad ir al psicólogo es algo muy normal en Steve. Sin embargo, la última vez que hablamos de su trastorno de personalidad no me dijo que estuviera yendo a terapia. No hay ni una cámara en todo el pasillo, cosa que me sorprende, pero me viene bien. Así que pego el ojo a la cerradura de la puerta; solo logro vislumbrar la espalda de Steve, que está sentado en una silla frente a un señor al que no consigo verle la cara. Aparto el ojo y pego la oreja.

STEVE: Finn, creo... Creo que he vuelto a recaer...

Se llama Finn, un dato más.

FINN: ¿En serio, Steve? ¿Cuándo?

STEVE: En la fiesta... Cuando lo vi, empecé a sentir ese cosquilleo otra vez y... Y no pude evitarlo...

FINN: Estoy algo decepcionado Steve, pensé que ya lo habíamos conseguido. Sabes que no es natural, no deberías acercarte a él. ¿Qué me dices de la chica nueva? ¿Has intentado sentir algo por ella?

No puedo creer lo que escucho. ¿Están hablando de Philip? Porque si es así, no puede decirle eso. No puede. ¡Él es libre de estar con la persona que quiera!

STEVE: ¡Sí! Lo he intentado, pero no puedo. Es como... Solo... Solo me atrae él.

FINN: Sabes que eso está mal, Steve. No puedes sentir nada por él.

STEVE: ¡Ya no sé qué hacer!

La voz de Steve está cargada de desesperación; en cambio, la de Finn es fría y segura. Es amable, pero lo conduce hasta donde quiere: la voz de un manipulador en potencia.

FINN: Toma esto. Ya sabes cómo funciona: una al día. Y asegúrate de tomar siempre el menú 2 de la cafetería. Vuelve la semana que viene. Y recuerda que no puedes contárselo a nadie. Las terapias son confidenciales, Steve. Te estoy ayudando lo mejor que puedo, tienes que confiar en mí.

Oigo como Steve arrastra la silla al levantarse, y el ruido me hace salir corriendo hacia los jardines. Me vuelvo a esconder tras el árbol y veo que sale al exterior, totalmente desorientado, se sienta en las escaleras y empieza a llorar. Aunque una parte de mí me obliga a quedarme ahí escondida, sé que eso no es lo que tengo que hacer. Corro hacia Steve y lo abrazo. Él me aprieta con fuerza y no articula palabra, tampoco hace falta, lo he oído todo. Apoyo mi mentón en su espalda y cierro los ojos.

No me reconozco... He corrido a abrazar a una persona. Y estoy llorando porque su pena me rompe. Estoy llorando por él.

Basta, las lágrimas no arreglarán nada.

Me aparto y lo miro a los ojos.

—Confía en mí, Steve.

Sin decir nada más, me dirijo hacia la sala del psicólogo. Llamo y entro.

—Hola, ¿es usted el psicólogo? —pregunto haciéndome la tonta.

—Así es, me llamo Finn. Encantado de conocerte. —Se levanta de su silla y me da la mano. Su repugnante piel roza la mía.

—Soy Daniela —digo mientras me siento.

—Supongo que habrás venido aquí por algo, quiero que sepas que estoy aquí para lo que necesites. —Aprovecho que revuelve en sus cajones buscando documentos para analizar la habitación. No hay cámaras visibles, pero viendo el ángulo en el que estoy, tendría que haber una en la estantería que hace esquina. La miro con atención.

¡Bingo! Hay una cámara oculta, entre los libros, una cámara minúscula.

—¿Lo que diga aquí quedará entre nosotros? —pregunto.

—Claro que sí, como puedes ver en esta sala no hay cámaras ni micrófonos. Tenemos muy en cuenta vuestra privacidad.

Maldito mentiroso.

—Creo que estoy empezando a sentir algo por mi compañera de habitación. —Le suelto una trola.

—¿Alguna vez habías sentido algo por una persona de tu mismo sexo?

—No. Y quiero dejar de sentirme tan confundida. ¿Puede ayudarme?

—Bueno, no te preocupes, tengo un remedio para ti. Si esperas unos minutos, te traeré algo que aliviará esa confusión tan dañina que sientes. Vengo ahora mismo.

Finn se levanta y se va de la habitación. Sigo con mi mirada sus pasos hasta que dobla la esquina. Desde el pasillo puedo ver que Steve sigue sentado en las escaleras de la entrada.

—Steve, Steve —susurro. Cuando se da cuenta, se acerca—, necesito que sigas a Finn. Que no te vea. ¡Avísame si vuelve!

Aunque no entiende por qué, me hace caso y lo sigue. Aprovecho para volver a entrar en la habitación y desactivar la cámara de la estantería. Ahora ya puedo cotillear sus cajones. Los ha dejado abiertos, así que tengo en mis manos un montón de documentos. A mi derecha, hay una impresora conectada a un ordenador de mesa y, a mi izquierda, una fotocopiadora. La enciendo rápidamente y fotocopio todos los documentos que puedo, hasta que escucho a Steve llamándome en el pasillo. Apago la máquina y guardo los folios debajo de mi camiseta.

—Ha ido al almacén. Luego me lo explicas todo —dice casi sin respirar. Asiento lentamente y pregunto:

—¿Dónde queda el almacén?

—Giras a la derecha, sigues recto, giras a la izquierda y es la tercera puerta. —Está muy nervioso, Finn debe de estar a punto de regresar, así que dejo que se vaya y me vuelvo a sentar tal como estaba cuando se fue. Por un momento, pensé en darle a Steve los documentos, pero no creo que sea bueno que los lea, dada su situación... Además, no quiero que se implique tanto en esto.

—Bien, aquí están. —Finn acaba de llegar, cierra la puerta y me ofrece el mismo bote de pastillas. «¡Eureka!», diría Arquímedes—. Tómate una al día y procura comer el menú 2 de la cafetería. Vuelve dentro de una semana. Ya me dirás qué tal.

—Muchas gracias.

En cuanto salgo de su consulta, Finn cierra la puerta con llave. Steve ya no está en las escaleras, pero no tengo tiempo de ir a buscarlo. Debo ir a inspeccionar ese maldito almacén. Sigo las instrucciones que me dio Steve: derecha, recto, izquierda, tercera puerta.

En la puerta hay un gran cartel que pone ALMACÉN. Intento abrirla, pero está cerrada con llave. No pruebo ni a forzar la cerradura, seguro que se abre con la llave dactilar. Además, hay un montón de cámaras apuntándome. Doy media vuelta y me voy, mientras hago una lista mental de todo lo que tengo que hacer hoy:

1. Leer todos los documentos que he logrado fotocopiar.
2. Conseguir la llave del almacén.
3. Conseguir la huella dactilar de Finn.
4. Encontrar la sala de seguridad.
5. Desactivar las cámaras de la zona del almacén.

6. Entrar en el almacén.
7. Reactivar las cámaras de seguridad.
8. Dormir.

Ahora son las diez y media, justo la hora en la que se abre el bufet del desayuno. Corro hacia mi habitación para cambiarme: aunque no he corrido casi nada, mi cuerpo ha segregado mucho sudor. Nervios, presión, calor...

—Me voy a dar una ducha rápida antes de ir a desayunar. —Akva sigue en la cama, ¡no me lo puedo creer!—. Estaría bien que vinieses conmigo, necesitas reponer energías... Y hay zumo de melocotón.

Después de mi pequeña mentira, ella esboza una sonrisa y accede:

—Vaaaaale...

Tardo cuatro minutos en ducharme y en ponerme el incómodo uniforme. En teoría, lo tenemos que llevar puesto todo el tiempo, pero se nos permite llevar ropa deportiva cuando hacemos actividades que lo requieren. Cuando salgo del baño, Akva también está lista, así que nos vamos al comedor.

—Akva, me gustaría hablar contigo mientras desayunamos.

—Claro, puedes decirme lo que sea ahora.

—¿A qué vino lo de llamarme Timantti? —pregunto directamente.

—Bruno me dijo que eras una mentirosa, intentaba sacarme información sobre ti constantemente... Yo no lo creía cuando me decía que eras una falsa, pero me dijo que probase a llamarte Timantti. ¿Te llamas Timantti?

—No. Es un mote cariñoso. —Ahora mismo, las ganas de gritar mi nombre invaden cada milímetro de mi ser...

«¡ME LLAMO TIMANTTI VIRTA WESTERMANN!», clama mi corazón.

—Siempre he confiado en ti, Dani, pero en aquel momento... Cuando dije Timantti, tu cara... Perdóname —se disculpa mirándome a los ojos. Cuando yo la miro a ella, solo logro ver sinceridad y arrepentimiento.

—Te perdono, Akva, de corazón.

—Cuando uno perdona de corazón, no hace más que demostrar lo fuerte que es. Me gustaría ser tan fuerte y valiente como tú. —Me abraza con entusiasmo y siento que por fin la alegría de Akva ha engullido su tristeza.

—Solo necesito saber una cosa. ¿Le has dicho algo de mí? Por favor, sé sincera.

—No.

Su respuesta me relaja muchísimo. Cada vez tengo más claro que Bruno no está aquí por casualidad. Desde el primer día ha venido a por mí. He de averiguar qué se trae entre manos. Cada vez tengo más claro que, por mucho que intente ser normal, estoy aquí para cumplir una misión, aunque aún no sepa cuál es.

En estos dieciséis días que llevo aquí, han aflorado en mí miles de sentimientos nuevos, emociones que jamás se habían manifestado en mi cuerpo. Estoy empezando a cuestionar todo lo que me enseñaron. Estoy empezando a comprender que nunca he pensado por mí misma.

Nunca he sido yo misma.

—Dani, la bandeja, tienes que coger una —dice Akva, despertándome. Estaba tan absorta en mis pensamientos que no me he percatado de que era nuestro turno.

Cojo una taza de leche, un vaso de agua, una manzana y, entre todo el embutido que hay, me decanto por el queso y el pavo. Solo hay una mesa libre en todo el comedor, y es justo la que está enfrente de Bruno y Vanessa. Las dos bestias juntas, interesante.

—Akva, si quieres esperamos a que se levante alguien...

—No. Quiero hablar con él. Y quiero que me escuche todo el mundo. —Akva se acerca a su mesa y lo mira fijamente—. Bruno, eres rastrero, mentiroso y venenoso. No quiero que te me vuelvas a acercar. Me has utilizado como has querido y eso no se le debe hacer A NADIE. No sé qué querías, pero sí sé que yo no te lo he dado. ¿Y sabes por qué? Porque nunca confié en ti lo suficiente. No está bien utilizar a las personas, Bruno.

Todo el mundo está mirándolos, y yo estoy sosteniendo dos bandejas mirando hacia el suelo. ¿Qué otra cosa puedo hacer, si no? Ya me excedí con Vanessa, no debí mostrarle mis habilidades. Akva sabe imponer su autoridad, ha utilizado un tono convincente, su voz podría haber roto las paredes. El silencio invade el comedor. Todos esperan una respuesta de Bruno... Todos, menos yo, que solo espero que baje la cabeza y siga comiendo, pero sé que no será así. Va a responder.

—¿Crees que te he utilizado? Pues entonces igual debería pagarte. Al fin y al cabo, tus servicios de prostituta no han estado nada mal.

Mis ojos se abren como platos y un impulso se apodera de mí. Tiro las dos bandejas al suelo y me abalanzo sobre él. Agarrándolo del cuello de la camisa, entrelazo mi pierna con la suya y llevo a cabo la técnica *Ashi Waza*, tumbándolo en la mesa. Mis ojos se fijan en su sonrisa. ¿Por qué sonríe?

Se ríe y afirma:

—Sabía que eras tú.

Día 16 (2.ª parte)

El desayuno fue un caos.

«Sabía que eras tú.»

Si no hubieran estado mirándome mil ojos y mi nombre no hubiera sonado en mil bocas, quizá le hubiera dejado sin respiración, pero, dadas las circunstancias, no pude hacer nada. Lo solté y me fui. Akva y yo volvimos a la habitación, y aquí llevamos una hora y media. No me ha preguntado sobre la frase que me dijo Bruno, pero sé que está pensando en ella. Yo no he dicho nada, ahora lo único que necesito es que se vaya de la habitación para poder ver los documentos que fotocopié. El silencio se hace cada vez más insoportable y espero que la tensión que ahora mismo se puede cortar con un cuchillo aleje a Akva de mí el tiempo suficiente para poder moverme libremente. Tengo que esperar casi media hora más, pero al final se cansa de la situación.

—Me voy a dar un paseo —anuncia, y yo suspiro aliviada. Por fin, sola.

Aprovecho para llenar la bañera con agua muy fría y meterme en ella, necesito atar cabos y mi lugar favorito para hacerlo es bajo el agua.

1, 2, 3, 4, 5, 6, 7, 8...

Bruno entró cuatro días después de mí.

40, 41, 42, 43, 44, 45, 46, 47, 48...

Su «supuesta» abuela es Elisa, mi compañera de avión. Que no tiene nietos, ni alzhéimer. Bruno mintió.

Dos minutos.

Nada más entrar en este orfanato se fijó en mí e intento extraer información sobre mi persona.

Tres minutos.

Consiguió averiguar mi nombre, Timantti, y lo utilizó en mi contra.

Cuatro minutos.

Tiene material de espionaje...

¿Y ya está? Debe de haber algo más, detalles en los que no me haya fijado, gestos, movimientos... Timantti, recuerda, por favor, recuerda...

Cinco minutos.

Cuando como, siempre lo hago sin pan debido a mi enfermedad: soy celíaca. Él hace lo mismo. Jamás lo he visto comer con pan, ni una tostada, ni un sándwich...

Seis minutos.

Ya entiendo por qué se rio cuando lo empotré contra la mesa. Identificó la técnica con la que conseguí derribarlo. Y eso no hizo más que afirmar sus sospechas. No solo sabe mi nombre, sino que también sabe quiénes son mis padres y sabe todo lo que ellos me enseñaron. Bruno está aquí por mí. Para vigilarme, para descubrir mis intenciones.

Pero ¿qué intenciones? No he venido a hacer nada, solo a estar segura y protegida de los peligros que suponen las misiones de mis padres. Ellos me mandaron aquí por eso..., ¿verdad?

Siete minutos.

Rompo la barrera del agua con una gran inhalación. Esta vez no siento las gotas resbalando por mi cara, no siento escozor en los pulmones, no siento nada... Me limito a respirar y a pensar: no estoy aquí por casualidad, Bruno ha venido a detener algo que yo voy a hacer, pero todavía no sé el qué. Y Bruno no come pan, porque el pan tiene algo y él lo sabe.

Él sabe mucho acerca de este sitio. Pero para mí Marlinn Dawn sigue siendo un interrogante.

Tengo que dejar de centrarme en mis compañeros, tengo que dejar de preocuparme por mis amigos. Necesito centrarme en todos los enigmas que esconde este orfanato. Tengo el marco de un puzle al que le faltan las piezas del medio. Salgo de la bañera dejando mis mojadas huellas por todo el suelo. Paso por delante del espejo, que, a diferencia de cuando Akva se baña, está impecable y puedo verme reflejada.

Nunca le he dado valor a los cuerpos. Son solo cápsulas que transportan información. Un envoltorio por el que muchas veces nos vemos influidos. ¿No nos damos cuenta de que lo que consumimos es el interior de una persona? Somos seres hipócritas y estúpidos que se utilizan los unos a los otros como accesorios. Un cuerpo puede llegar a ser una jaula, pero también puede ser un paraíso. Depende de la sociedad que lo rodee. ¿Por qué somos tan susceptibles a la opinión de los demás? No he ido al colegio, ni al instituto, apenas he salido de mi casa, exceptuando las veces que he salido con mis padres en una misión. Siempre sola, sola, sola y sola. Quizá por ello nunca me he fijado en mí, porque nadie lo ha hecho.

Y ahora que estoy frente al espejo, solo veo un cuerpo. Mi metro setenta, mis piernas fuertes pero delgadas, mi pecho firme y de tamaño medio, mi pelo corto que gotea, mis labios carnosos, mi nariz diminuta, mis ojos...

Basta. Cojo una toalla, me envuelvo en ella y me siento en la cama para empezar a leer los documentos. Tengo un total de ocho folios y en ellos hay cuatro títulos subrayados.

1.1 Remedio contra la homosexualidad

1.2 Remedio contra la bisexualidad

1.3 Remedio contra la esquizofrenia

1.4 Remedio contra la depresión

No puedo evitar quedarme boquiabierta al leer los textos pertenecientes a cada título. Esto es... Califican la homosexualidad y la bisexualidad como enfermedades. ¿Y qué habrán hecho para conseguir remedios contra la esquizofrenia? ¿Y contra la depresión?

1.1 Las pastillas X3KM funcionan en cinco de cada seis pacientes, crean culpabilidad, los pacientes quieren volver a sentirse atraídos por personas de diferente sexo. Efecto secundario: mucha agresividad.

Mis ojos se humedecen cada vez más a medida que voy leyendo. Me parece surrealista que se busque una cura contra la homosexualidad o la bisexualidad viviendo en el siglo en el que vivimos. Se me cae la cara de vergüenza, pero también de tristeza. Rápidamente cojo el bote de pastillas que Finn me dio y leo la etiqueta: X3KM.

No puede ser. Mis ojos no pueden apartarse de ella, leen el nombre una y otra vez buscando tan solo que una letra varíe. Pero no es así, todas las letras coinciden. Las pastillas que Finn le dio a Steve, las pastillas que Finn me dio a mí, pretenden ser una cura contra la homosexualidad.

1.2 La sustancia OC3PO genera decantación hacia un sexo, pero siempre de forma homosexual. Por tanto, es inválida y se destruirá. La sustancia R3D3 genera tendencias asexuales.

Están jugando con las decisiones, con los sentimientos, con las vidas de gente inocente. Por fin sé por qué estoy aquí. Tengo que detener esto.

1.3 Las pruebas llevadas a cabo determinan que tres de cada seis afectados de esquizofrenia tienen menos alucinaciones si se les aplica una dosis cada semana por vía intravenosa. Uno de cada seis muestra comportamientos muy agresivos e incluso pueden llegar a suicidarse.

¿Uno de cada seis muestra comportamientos muy agresivos? ¿Qué? Me quito la toalla y me visto lo más rápido posible, salgo de la habitación y corro despavorida en busca de Steve: necesito hablar con él, necesito saber si alguno de sus compañeros era esquizofrénico, porque si alguno lo era... Por suerte, un día Akva me indicó dónde estaba el cuarto de Steve, así que subo a la segunda planta y llamo a la puerta 18. Dentro escucho gritos, así que vuelvo a llamar más fuerte. Nadie me abre y los gritos se hacen más agudos. Busco en mis bolsillos un clip y respiro aliviada al ver que me queda uno. Lo meto en la cerradura e intento tranquilizarme para abrir la puerta a la primera; lo consigo, giro el pomo y me pongo en pie. Abro la boca para llamar a Steve, pero la imagen que tengo enfrente hace que mis cuerdas vocales se tensen y no me permitan hablar.

El suelo está lleno de sangre, Steve tiene unas tijeras completamente rojas en la mano y Philip está en el suelo, ya no grita. Solo me mira y exhala. Mi corazón se desboca deseando que vuelva a coger aire, pero no, Philip ha exhalado por última vez. El tiempo se paraliza y Steve se vuelve: ha notado mi presencia. Sus ojos me miran, pero yo sé que él no está viéndome, está totalmente ido, tiene la cara mojada con lágrimas y toda la camiseta manchada de sangre. Niego con la cabeza, esta escena no puede ser real...

—Yo... Yo no lo he hecho, Dani. Yo... —se justifica Steve, arrodillándose ante el cuerpo inerte de Philip. El silencio lo envuelve todo de nuevo.

Silencio, de Beethoven, empieza a sonar en mi interior. ¡Qué contradictorio!

Día 16 (3.ª parte)

No hice nada.

Absolutamente nada.

Salí de la habitación, bajé las escaleras, me acosté en la cama y esperé a que fueran las dos y media, para ir a comer. Cuando entré en el comedor, Steve no estaba.

—Dani, ¿estás bien? —me pregunta Akva.

—Sí, estoy bien —miento. No he derramado ni una lágrima, pero la tristeza me invade. Jamás he sentido tal vacío en mi interior. Philip era una buena persona, pero mi tristeza no es por su muerte: es de impotencia. Quizá si hubiese leído los documentos antes de mi baño, Philip estaría vivo y Steve no sería culpable de su asesinato.

—No te creo —responde Akva mientras me amenaza con una cuchara. De comer teníamos pescado acompañado de pan de ajo. Le he prohibido coger el pan. Ahora está terminando su tarta de chocolate (no había de melocotón.)

—No me importa que no me creas. Yo sé cuál es mi realidad.

No, ni yo misma sé cuál es.

Cuando Akva acaba la tarta, me pregunta si voy con ella a la habitación. Niego con la cabeza. Necesito volver a esa habitación y tengo que hacerlo sola. Ha pasado una hora y media desde el suceso, seguramente ni siquiera quedará sangre en el suelo.

Steve no fue quien lo hizo. A Philip lo mató Marlinn Dawn.

Subo las escaleras con calma y sigilo, hay personas frente a la puerta.

—Sabíamos que era una de las consecuencias —es la voz de Finn.

—Lo ha matado, Finn. Todas las investigaciones son nulas. No sigan intentándolo. No seguiré aportando a la causa, olvídense de mi nombre. —No reconozco la voz de quién habla, no es un profesor.

—¡NO PUEDE HACER ESO! Ne... necesitamos su subvención para seguir trabajando. Estamos a punto de conseguir muchas cosas.

—Quiero resultados, tienen dos meses más. Si en dos meses no consiguen algo, se acabó.

—¿Qué hacemos con el cuerpo?

—Lo de siempre.

—¿Y con el asesino?

—Mátenlo. No nos sirve de nada. —La voz grave y poderosa del desconocido se me clava dentro. Cuento hasta diez y sigo subiendo las escaleras, necesito verle la cara. Necesito memorizar sus rasgos y aprenderme sus facciones.

Cuando paso por delante de ellos, guardan silencio. Miro con disimulo al desgraciado desconocido y no logro ver nada. Lleva sombrero y un pañuelo le tapa la parte inferior de la cara; además, usa unas gafas totalmente opacas. Desvío mi mirada a sus manos, pero lleva guantes. Solo logro cuatro datos: su altura, el color de su pelo, su número de pie y sus cejas.

Suficiente.

La conversación vuelve a iniciarse en cuanto doblo la esquina.

—Que nadie se entere de esto. Avisen a Bruno de que esté atento a cualquier rumor entre los estudiantes.

Todas mis sospechas confirmadas: Bruno es un infiltrado.

—Yo misma se lo diré. —Es la voz de la secretaria, que se ha unido a la conversación. Seguro que estaba dentro del cuarto limpiándolo todo. Mira de forma cómplice a Finn, como si estuviesen ocultando algo. Sus manos se mueven nerviosas y sus pies buscan ajetreados su lugar. Algo pasa.

—Perfecto, Diana. Volveré dentro de una semana. Antes de matar al joven Steve, quisiera hacerle unas preguntas. Manténganle vivo hasta entonces.

Oigo como poco a poco todos van bajando las escaleras. Me siento a esperar unos minutos de seguridad.

Necesito a Bruno, necesito su información, pero... ¿cómo puedo conseguirla? Las torturas no servirán con él, es más fuerte que yo y seguramente está mentalmente preparado para aguantar mucho sufrimiento: si está aquí como infiltrado, es porque lo han contratado. Y si lo han contratado, es porque sabe lo que hace.

Ya han pasado cuatro minutos, así que me levanto y saco un clip de la hebilla de mi falda. La puerta vuelve a abrirse a la primera. El suelo ya no tiene sangre, pero se nota que la ha tenido: una sombra oscura recorre el espacio en el que hace unas horas estaba tendido Philip.

Todos los armarios y cajones están vacíos. Steve es una persona muy especial y muy inteligente, tiene que haber escondido algo... Él me vio, él sabía que iba a volver.

Levanto los colchones y mi decepción no hace más que aumentar. Solo se me ocurre un sitio más en el que buscar: debajo de las maderas del suelo.

Voy pisando con fuerza cada una de las tablas del centro de la habitación, pero todas están bien fijadas. No pierdo la esperanza y sigo, pero, de repente, oigo como alguien se arrodilla frente a la puerta. Rápidamente ruedo y me escondo debajo de la cama: es un sitio muy recurrente, pero el tiempo juega en mi contra. El pomo comienza a girar con mucha delicadeza y finalmente alguien entra. Desde aquí solo consigo ver su calzado y, por culpa del maldito uniforme, es imposible identificar a nadie.

Solo me queda una opción, y es verlo cuando salga por la puerta.

El individuo da vueltas por la habitación sin decir palabra, abre los armarios, revisa los cajones del escritorio... Justo lo que he hecho yo. Al ver que todo está vacío, da una pequeña patada al aire y se dirige hacia la puerta. Repto por el suelo y clavo mis ojos en su espalda.

Ese pelo revuelto y castaño solo puede ser de una persona: Bruno.

Y, a diferencia de mí, él sabe lo que está buscando.

Al intentar salir de debajo de la cama, noto una tabla suelta. Meto las uñas poco a poco hasta que logro sacarla. Hay un cuaderno, pero solo consigo ver el lomo. Quito también las dos tablas consecutivas y por fin puedo extraerlo. Lo cojo con fuerza y salgo de la habitación, no sin antes dejarlo todo tal como estaba. Necesito ver cuanto antes qué esconden estas páginas.

Akva está dormida, así que aprovecho para hojear el cuaderno. Es una especie de diario, pero comienza con una nota para mí.

> *Daniela, sé que encontrarás esto. Son documentos que he recopilado estas últimas semanas. Te los entrego. Sé que tú tampoco te fiabas de este sitio. Verás que hay mucha información... Por favor, guárdala bien. Sé que seguramente me odiarás por lo que hice, pero quiero que sepas que no fue mi voluntad la que ejecutó el movimiento que mató a Philip. Amo a Philip, lo quiero. La culpa me ahoga. Acabo de recuperar la conciencia y mis lágrimas brotan sin cesar. He matado a una persona extraordinaria. Cuando leas esto, yo me habré entregado. Voy a ir a dirección a contar todo lo ocurrido. No sé qué harán conmigo.*
>
> *Te quiere y espera tu perdón,*
>
> STEVE

Las palabras de Steve me emocionan: es la primera vez que una persona confía tanto en mí. Abro el cuaderno y me sorprende encontrar muchísimos documentos grapados. Ha subrayado las partes importantes y tienen un montón de anotaciones.

Tendría que haber confiado en él, quizá si hubiésemos trabajado en equipo las cosas hubieran ido de otra manera... Enfrentarme a todo esto yo sola me aterra, sé que no debería ser así, me han preparado para adaptarme a cualquier situación y ser totalmente autónoma, pero el miedo siempre está acechando entre las inseguridades. Y, además, tengo a Bruno espiando cada uno de mis movimientos.

—¡Hola, Dani! —Es Akva, que acaba de despertarse.

—Hola, Akva —respondo mientras cierro el cuaderno con disimulo.

—¿Ha venido Philip? No lo encuentro por ninguna parte...

—No. No lo he visto. —Tenso la mandíbula al decir esto.

—¡Ayer quedamos para merendar juntos! Será traidor... —Es increíble cómo las cosas pueden cambiar tanto de un día para otro. En apenas un segundo tu vida puede dar un giro de 180 grados, sin darte siquiera tiempo a reaccionar. «Siempre en movimiento está el futuro», dijo Yoda.

—Si quieres, puedo merendar contigo.

—¿EN SERIO? —pregunta sorprendida. La verdad es que casi nunca propongo planes.

—Claro. ¿Dónde soléis merendar?

—En la biblioteca, así aprovechamos para estudiar o leer. ¡Y a ti te encanta leer! ¡PERFECTO!

—¿Por qué no me dijiste antes que este sitio tenía biblioteca? He estado aburrida sin saber qué hacer en más de una ocasión. ¿Y ahora me dices que hay una biblioteca?

—Porque no la hay, Dani. —Akva sonríe y abre mucho los ojos. ¿Qué querrá decir?—. Te lo explico por el camino. ¡Vamos!

Me agarra del brazo y volvemos a salir del cuarto. Dejo que me guíe, pero me libero de su presa. Cuando empezamos a subir las escaleras, comienza a hablar.

—Philip y yo llevamos aquí mucho tiempo, llega un momento en el que ya no sabes qué hacer, así que decidimos crear una guarida. Nos costó encontrar el sitio, pero descubrimos una pequeña buhardilla.

Cuando la encontramos, estaba toda llena de polvo y completamente vacía. Las primeras semanas íbamos con mucho cuidado, teníamos miedo de que entrase alguien, pero en todos estos años nadie más ha visitado nuestro paraíso.

—¿Y por qué lo llamas «biblioteca»?

—Está llena de libros, hay un montón. Año tras año íbamos robando alguno de las aulas o comprando algún ejemplar cuando salíamos. También tenemos una despensa, un pequeño sofá y una radio. ¡Estamos SUPEREQUIPADOS! ¿Alguna pregunta más antes de entrar?

—¿Por qué lo compartes conmigo?

—Philip y yo prometimos no contárselo a nadie. Cuando conoció a Steve, quiso contárselo y me pidió permiso. En ese momento llegamos al acuerdo de poder decírselo a una persona más. Solo a una. Llevo todo este tiempo esperando a la persona correcta. Y tengo un presentimiento que me dice que eres tú.

—¿Estás segura, Akva?

—Sí, y fijo que a Philip le encantará la idea.

No para de mencionar a Philip. «Philip y yo», «A Philip le encantará la idea», «¿Ha venido Philip?»... Quiero contárselo, se lo debo, ella ha confiado en mí desde el primer minuto... Se acabó el guardarme las cosas, debo confiar en la gente, debo crear mi propio equipo. La estrecho entre mis brazos con fuerza, escuchando un pequeño gruñido y viendo de reojo su gran sonrisa.

—Akva... Yo también tengo que contarte algo.

—¡Espera! Primero tienes que ver esto.

Apoya su mano en el pomo de la puerta que tenemos delante. Es una puerta muy pequeña y anticuada, pero tiene cerradura, detalle que me sorprende muchísimo. Akva se quita uno de sus zapatos y mete la llave.

—Nosotros pusimos la cerradura. Tenemos cuatro llaves. En mi decimotercer cumpleaños hicimos tres copias. Una para Philip, y las otras dos para nuestros próximos acompañantes. Cuando entremos, te daré tu propia llave. Pero tienes que prometer que la guardarás bien.

—La guardaré muy muy bien, Akva. —Ella asiente y me acaricia la cara. Cuando la puerta se abre, también lo hace mi boca.

Es un sitio bastante grande iluminado con una luz totalmente natural. Aunque está un poco ajado, el ambiente es tranquilizador e inspira una calma absoluta. Las estanterías están empotradas en las paredes y, entre ellas, se halla el sofá, delante del cual hay una mesa pequeña. Encima, una radio, un florero con flores frescas y dos libros.

—Este es el libro que estoy leyendo actualmente: *Orgullo y prejuicio* de Jane Austen. ¿Lo conoces?

—Claro que sí, es un gran libro. —Esta chica nunca dejará de sorprenderme... Estiro mis manos para coger la lectura de Philip, leía *Romeo y Julieta*, estaba en la página 108..., todavía no había llegado a la gran tragedia.

—¡Ahora tú también tendrás que traer tu libro! ¿Quieres ver toda la comida que tenemos?

—¡Claro! La próxima vez traeré una de mis barritas para contribuir a aumentar la despensa.

—Mira, aquí están nuestras reservas —dice señalando un mueble esquinero. Cuando abro los cajones, me encuentro con una asombrosa cantidad de comida: frutas, chocolate, magdalenas, zumos... De repente, un ruido suena a nuestras espaldas. Proviene de la parte sin «restaurar» de la buhardilla. Me vuelco rápidamente y veo a Steve.

Steve.

—¡Hola, Steve! —Akva no está para nada sorprendida —supongo que ella ya sabía que él tenía una copia de las llaves—, pero yo no puedo estar más impactada. Estos últimos días, las sorpresas y los hechos casi imposibles no dejan de invadir mi día a día.

Steve, el que se había entregado.

Steve, al que iban a matar.

No obstante, Steve está justo delante de mí, con los ojos inyectados en sangre.

—No fui capaz de hacerlo, Dani, no fui capaz de entregarme.

—Si lo hubieras hecho, estarías muerto.

Akva nos mira a los dos sin entender nada de lo que está sucediendo.

—¿Qué pasa, chicos?

—¿Ella no lo sabe? —pregunta Steve al borde de las lágrimas.

—No —le respondo con un susurro, no me queda voz..., no me quedan fuerzas.

—¿Qué es lo que no sé? —Akva está nerviosa, inquieta. Ninguno de los dos dice nada. Espero que sea él el que se lo diga. Yo soy incapaz—. ¡Decídmelo! ¡CHICOS!

Steve rompe en un llanto desconsolado, se arrodilla en el suelo y no para de repetir la palabra «perdón». Miro hacia otra parte.

—¡Dani, dime lo que está pasando por favor! —Akva también está empezando a llorar. Ha llegado el momento. Tiene que saberlo.

—Philip ha muerto.

Lo digo rápido, sin más. Ella busca mis ojos y, al mirarme, sabe que digo la verdad. Lo sabe. Su mejor amigo, su compañero, su mitad, ha muerto. Cuando comienza a llorar, no para. Su llanto es desconsolado, sus gritos de dolor me parten el alma. Akva abre la puerta y sale de la buhardilla, no la sigo, sé que necesita estar sola. El portazo abre un silencio incómodo, un silencio cargado de culpabilidad y rencor. Decido romperlo con una pregunta, pero me sale cargada de resentimiento.

—Steve..., ¿eres consciente de lo que has hecho?

—Yo... No... Yo tenía mucho miedo, no era consciente de lo que hacía. —Su rostro está empapado y me cuesta mirarlo mientras habla. Sé que dice la verdad, pero es una verdad tan horrible...

—¿Cuántas pastillas te tomaste? Finn te dijo que una al día.

—¿Cóm... cómo lo sabes?

—¡ESO DA IGUAL! ¿Cuántas pastillas te tomaste, Steve? —pregunto empotrándolo contra la pared. Mi calma se ha esfumado por completo.

—Ocho...

—¡MALDITA SEA, STEVE! ¿Y POR QUÉ TE TOMASTE OCHO PASTILLAS?

—Yo... Yo quería dejar de sentirme confundido, yo...

—Steve, tú sabías lo que querías. Lo único que te confundía era Finn. ¡No tendrías que haberte tomado ninguna pastilla! Para ellos eres como una jodida rata de laboratorio...

—Sé lo que hacen aquí... Ahora lo sé. Pero pensaba que sus medicamentos funcionaban.

—¡ESO NO SON MEDICAMENTOS! Los medicamentos curan o alivian enfermedades. Tú no tienes ninguna enfermedad.

—Lo siento...

—A mí no me digas «Lo siento». Creo que ya tienes bastante con el peso que arrastrarás el resto de tu vida. —Soy cruel, pero se lo merece. Aunque sé que no fue él quien mató a Philip, sino los medicamentos, no puedo pasar por alto su muerte. Pero ya es suficiente. Lo suelto y lo ayudo a sentarse en el sofá—. Tienes que ayudarme a averiguar lo que pasa.

Steve asiente, incapaz de decir nada más, pero me doy por satisfecha.

—Son las siete. A las doce subiré. Vamos a descubrir qué esconde Marlinn Dawn. Ni se te ocurra salir de aquí. Si te ven, te matarán.

Steve vuelve a asentir, y de su barbilla cae la última lágrima.

Segunda parte

Día 17

Son las doce.

Ya debería estar arriba, pero Akva está irreconocible. Está muy pálida, tiene la mirada perdida y se ha acurrucado en una esquina de la habitación. Cuando se pierde a un ser querido, se pasa por dos etapas:

1. La negación. El afectado, en este caso Akva, no acepta la pérdida. Se siente perdido y sin propósitos en la vida. El estado de *shock* se vuelve permanente, al igual que las lágrimas.
2. La aceptación. El afectado vuelve a la realidad y el sentimiento de tristeza se ve sustituido por la rabia. Tiene lugar un duelo interno, quiere superarlo, pero se ve incapaz, por lo que recae constantemente en la pena, hasta que, al fin, el dolor disminuye y con el tiempo la persona logra volver a la rutina.

Akva está en la primera etapa. Ella sabe que es real, pero aún tiene esperanzas de ver a Philip cruzando el umbral de la puerta. Decido intervenir, intentando de algún modo mejorar la situación:

—Akva, el tiempo lo cura todo.

—¡NO ME DIGAS ESO, DANIELA! Vivo en el hoy, no en el mañana. Philip ha muerto y seguirá muerto el resto de mi vida.

—Te acabarás olvidando de él. —En cuanto lo digo, soy consciente de lo mal que ha sonado.

—¡¿Cómo eres capaz de decir eso?! ¡CÓMO ERES CAPAZ! —me chilla tirándome lo primero que coge—. ¿Acaso no tienes sentimientos?

No tengo respuesta para eso.

—¿Nunca has perdido a un ser querido?

En verdad he perdido a toda mi familia. Mis padres son lo único que me queda. En uno de sus múltiples encargos, cuando yo era una niña, los enemigos descubrieron mi existencia. Fueron a buscarme a casa de mis abuelos, donde me escondía, para utilizarme cono señuelo y debilitar a mis padres. Cuando mis abuelos vieron a dos hombres cargados con Kalashnikov, me hicieron subir a la terraza y me ordenaron saltar. Cuando llegué a la calle, vi desde el exterior cómo le volaban la cabeza a mi abuela y cómo, después de dos tiros en las rodillas, mataban a mi abuelo. Recuerdo que mi corazón se hizo trizas y que mis piernas, actuando con voluntad propia, empezaron a correr para no parar jamás.

No consiguieron encontrarme a mí, pero sí a mis primos, a mis tíos y al resto de mi familia. Un día nos llegó por correo el dedo de mi padrino. Aquella tarde lloré tanto que mis ojos estuvieron rojos durante horas. Les pedí a mis padres que me entrenaran, que me hicieran fuerte y poderosa.

Les pedí una coraza de hierro para el corazón, y eso es lo que me dieron.

—Philip era tu amigo, Daniela. ¡Tú sabes que él no se merecía morir! Él era bueno, generoso... Siempre lo daba todo por los demás.

—Mucha gente muere cada día sin merecerlo —replico, con el recuerdo de mi familia perdida más vivo que nunca.

—¡ERES DESPRECIABLE! —lo dice con tanta rabia y con tanto desprecio que mis ojos se humedecen. Soy un ser horrible.

—Yo te entiendo. Compréndeme tú a mí. Es mejor actuar que lamentarse.

Dicho eso, doy un portazo y subo las escaleras en busca de Steve. Son las 12.08.

Y yo odio ser impuntual.

—¿Dani? ¿Eres tú? —pregunta Steve tras oír golpes en la puerta.

—¿Tú qué crees?

Es evidente que no está bien del todo, pero las ganas de venganza lo reconfortan.

—¿Tienes algún plan?

—Antes de nada tengo que decirte algo. Confío en ti, Steve. Pero si alguien más se entera de lo que tramamos, yo misma me encargaré de matarte. ¿Queda claro?

Él asiente.

—Vale. Lo primero que tenemos que conseguir es que Bruno nos diga todo lo que sabe. Él es aliado de Marlinn Dawn. Lo sabe absolutamente todo sobre este sitio, y nosotros necesitamos esa información. ¿Alguna idea?

—Embáucale.

—¿Qué? —No sé si el cóctel de emociones que se está creando en mi interior me está volviendo loca... ¿He escuchado bien?

—Si está aliado con ellos, no habrá modo de que confíe en ti lo suficiente como para darte esa información. Hazle creer que estás de su parte, que quieres ayudarlo.

Lo miro sin dar crédito: este plan es inviable.

—No va a funcionar, le he demostrado demasiadas veces mi desconfianza.

—Te equivocas, Daniela. Este chico está interesado en ti, se le nota. He visto cómo te mira. —Al oírlo el corazón me da un vuelco, pero no puede ser. Él sabe quién soy, si está interesado en mí no es porque le guste, sino porque soy su objetivo. Pero Steve insiste—. Si tratas de seducirlo, caerá rendido a tus pies.

—¿Estás hablando en serio?

—Totalmente. Si consigues llegar a su corazón, él querrá protegerte y acabará contándotelo todo para que estés a salvo de los experimentos.

Bajo la mirada y guardo silencio. Esto es de locos: ahora resulta que el chico que necesitaba consejo es un experto dándolos.

—Steve... No sé si lo lograré, los sentimientos no son mi fuerte.

—He visto cómo observas todo lo que te rodea, Dani. Sabes perfectamente cómo actúan las personas enamoradas. ¡Solo imítalas!

—Lo intentaré. —Me cuesta decirlo, pero es necesario. Si lo consigo, será la forma más rápida de acabar con todo esto—. Pero necesito una excusa... Es decir, no puedo entrar en su habitación para hablar con él, sería muy forzado...

—Organiza una fiesta.

—No sé organizar una fiesta...

—Habla con Akva, seguro que ella tendrá una idea. Creo que es la persona que más fiestas ha organizado de la humanidad.

—Akva está más muerta que viva en estos momentos. —Steve mira hacia el suelo abatido, no ha sido la mejor elección de palabras. Hablar sobre Akva me hace pensar que no debí dejarla sola en la habitación, fui cruel y egoísta. Tengo que volver.

—Explícale que fue este sitio el que mató a Philip y te apoyará en todo.

Parece que Steve jamás admitirá que fue él quien lo mató. Se engaña a sí mismo porque, si acepta la verdad, sabe que no podrá vivir con esa carga en su conciencia.

—Akva es muy inestable... No debe saber lo que ocurre aquí.

—Creo que ya te ha demostrado que puedes confiar en ella.

Y es verdad, no le dijo a Bruno nada acerca de mí, y eso que estaba enfadada conmigo.

—Vale. Mañana asistiremos a la fiesta y pasado mañana volveremos aquí, a las doce. Tenemos que averiguar lo que pasa en este sitio... Y ahora me tengo que ir.

Recorro de nuevo el trayecto que preveo que estos días se repetirá bastante: bajo las escaleras y abro la puerta de mi cuarto. Es curioso, en cada pierna, tengo una llave distinta.

Akva no se ha movido del suelo, sigue encogida en la esquina con los ojos enrojecidos y el pelo alborotado. Está decepcionada y entiendo perfectamente por qué, ni siquiera me mira cuando entro. Sin decir nada, me acerco a ella y la abrazo.

—Perdón —le acabo diciendo. Esa maldita palabra estaba atrapada en mi garganta. No aguantaba más sin decirla, a pesar de lo difícil que me resulta hacerlo.

—¿Por qué? ¿Por qué no han dicho nada los profesores? ¿Por qué nadie dice nada sobre Philip?

Estas semanas, desde que llegué al centro, a Akva no paran de sucederle cosas horribles. De algún modo, me siento responsable.

—Tengo que contarte algo.

Nos acostamos en la cama y le cuento lo mínimo posible, cuanto menos sepa, más segura estará. Solo menciono lo de Bruno y le doy los documentos que Steve robó. No cito mi encuentro con el psicólogo, ni la verdadera causa de la muerte de Philip...

—Esto es increíble... Llevo toda mi vida aquí y nunca me había percatado de nada.

—Confías demasiado en la gente. Te recomiendo que no lo hagas hasta que te den razones. Siento si sueno cruel, Akva, pero en estos momentos tienes que ser calculadora y fría. El peligro nos rodea.

—Lo seré. ¿Qué puedo hacer yo?

—Como te he dicho, Bruno posee toda la información. Para conseguirla intentaré embaucarlo, para lo cual necesito que organices una fiesta para mañana. Sé que no estás muy animada, pero...

—Haré lo que sea para vengarme. Philip se lo merece.

—Bien. Lo primero que tienes que hacer es preguntar en secretaría por Philip, para que no sospechen. Seguramente te dirán que se ha ido.

—Dani... —susurra.

—Dime.

—¿Crees que todos los que supuestamente se han ido están muertos? Todas mis compañeras de habitación... —En su voz se percibe miedo. Miedo a esta realidad que permanecía tan oculta.

—¿Se fueron sin despedirse de ti?

—Sí.

Es increíble cómo en un silencio pueden aflorar tantas palabras. Akva me abraza con fuerza y, gracias a la luz de la luna, puedo ver que aprieta los ojos, quizá intentando despertar de esta pesadilla.

—Nos vengaremos, Akva. Te lo prometo.

—Sé que así será. A partir de hoy, solo confiaré en ti y en Steve.

Un pequeño escalofrío invade mi cuerpo, si supiera lo de Steve... Ella me está jurando lealtad y yo le estoy ocultado algo importantísimo. Se lo tiene que contar Steve. Él se lo tiene que contar.

—Por desgracia, conozco a Bruno, te ayudaré en todo lo que pueda para que caiga rendido a tus pies.

—Dame una semana, Akva. En una semana todo esto se acabará.

—¿Y adónde iremos?

—A donde tú quieras.

Y ahí acabo nuestra conversación.

Seguro que Akva sueña con un lugar paradisíaco donde vivir. Un lugar pacífico en el que podamos pasar los días vagueando, sin hacer nada. Un lugar dorado donde el resplandor del sol nos bañe a cada instante y donde la vida pase lenta, perezosa.

A mí me cuesta un poco más dormir, mi mente está llena de lugares oscuros que necesitan ser iluminados de una vez por todas.

Día 18

El día de hoy ha sido una auténtica bazofia.

Las clases más aburridas y eternas de la historia, una comida asquerosa y teniendo que disimular las ganas que tengo de que anochezca para poner en marcha nuestro plan.

Akva sigue igual de mal que ayer, tiene unas ojeras enormes y una postura corporal decaída y triste. Aun así, ha ido a clase y ha sacado fuerzas para organizar una fiesta. El espectáculo debe continuar.

—¿Cómo son las fiestas que organizáis? —le pregunto mientras me maquilla. Son las once y media y tengo que estar lista para las doce. Akva no quiere ir, dice que ponga la excusa de que se encuentra mal. Sinceramente, no sé qué haré en la fiesta sin ella.

—No te esperes gran cosa. Solo quedamos en un sitio a una hora y vamos más arreglados que de costumbre. Y también hay alcohol.

—¿Alguien de aquí tiene dieciocho años?

—No, pero casi todos beben como cosacos. Lo ven como una forma de matar el aburrimiento... Yo ni siquiera lo he probado, ¿y tú?

—Yo tampoco.

—¿En serio? Cierra los ojos, que te voy a pintar la raya.

—En serio. Y no me maquilles mucho, sabes que no me gusta.

—Tranquila, tú déjamelo a mí. ¿Sabes? Tienes rasgos felinos. ¡Acabé! Ve a mirarte en el espejo, yo te iré escogiendo la ropa.

El maquillaje que me ha hecho esta vez me gusta muchísimo más. El delineado de los ojos es fino, lo que permite que la atención se dirija a mis labios, que resaltan al estar pintados de un lila oscuro. Parecen de vampiresa. Mis pestañas son mucho más largas y no me ha puesto nada en la piel. Se lo agradezco, odio las cremas, las bases y todas esas cosas que parecen queso de untar. Cuando vuelvo a la habitación, hay tres conjuntos sobre mi cama.

—Tienes dónde elegir. Uno más provocativo, uno más informal y otro... Bueno, el tercero es mi favorito, va a juego con tus labios.

El primero consta de una falda de tubo negra (bastante corta) y una camisa blanca que no logra convencerme.

El segundo es un vestido blanco con bastante vuelo. La espalda está descubierta, y no me apetece nada quitarme el sujetador.

Y el último también es mi favorito: unos pantalones pitillo con un top ajustado al cuerpo del mismo color que el pintalabios. Es precioso.

—¡Este!

—¡Lo sabía! Más vale que me cuides ese top, ¿eh? Es mi favorito. Venga, vístete. ¡Odias llegar tarde! —Aunque Akva se esfuerza por hablar con ilusión, su mirada perdida la delata.

Cuando me pongo la ropa, casi no me reconozco. Me siento poderosa, cómoda, pero también sofisticada. El pantalón, al ser tan ajustado, hace que mis curvas se noten más y el top..., el top es maravilloso.

—¿Estás preparada, Dani?

—Claro.

—Asegúrate de que Bruno beba algo de alcohol. Si lo hace, será mucho más fácil que se crea tu papel. ¡Tú puedes! —dice dándome ánimos. Me abraza con fuerza y nos despedimos.

Las «fiestas» se celebran siempre a las doce y media (secretaría cierra a las doce, así que se libran de que les digan algo) en la parte más alejada de los jardines. Según me explicó Akva, lo hacen siempre allí para que el ruido no moleste a los demás. Llego muy puntual.

—¡Dani! ¡Qué sorpresa, no contábamos contigo! ¡Estás guapísima! —me saluda Sasha. Las luces de las farolas iluminan lo suficiente para ver quiénes están a tu alrededor. Hay muchísima gente a la que no conozco. Solo reconozco a Hugo, a Alejandra y a Bruno.

—Muchas gracias, Sasha. ¡Lo mismo digo!

—¡Daniela! —Esta vez es Alejandra. Está mucho más feliz que en los últimos días. Viene con una sonrisa enorme a abrazarme.

—¿Y Vanessa?

—¿Quién es esa? —me pregunta con una sonrisa pícara—. La verdad es que no tengo ni idea. Hace varios días que no la veo.

Mejor.

—¿Quieres que te presente a gente?

—No, gracias, por ahora voy bien. —He venido con un objetivo fijo. Y es Bruno. Él está sentado apoyado en el tronco de un árbol rodeado de chicos, parece que se llevan muy bien. Al lado de dicho tronco, están todos los vasos de bebida: es la excusa perfecta para acercarme a él.

—¡Vaya!, ¿quién eres tú? —pregunta Bruno. Me vuelvo y lo miro a los ojos con una tímida sonrisa—. ¿Daniela? —Está sonrojado, en parte a causa del alcohol, y con los ojos como platos.

—La misma.

—¿Vienes a impartir orden, como en carnaval? —Si nos vieran desde fuera, parecería que estamos coqueteando. Solo él y yo sabemos que estamos jugando a un juego muy distinto.

—Vengo a divertirme, como tú.

—No te creo —replica entre risas.

—Créeme —respondo acercándome a su cara. Bruno se levanta y va a por otro vaso de bebida. Yo le doy la espalda y me voy a hablar con Alejandra. No sé qué hacer. Está rodeado de gente... Es imposible hacer de esto algo creíble. Me siento presionada y fuera de lugar, como un pingüino en medio del desierto. Decido beber del vaso que tengo en la mano.

—¡VAMOS A JUGAR A BP! —grita un desconocido. En apenas un segundo, todos estamos sentados en el suelo formando un círculo.

—¿Qué es el BP? —le susurro a Alejandra, que está a mi lado.

—Es un juego al que siempre jugamos en las fiestas. Es una chorrada, pero es entretenido. Una persona del círculo empieza preguntándole cualquier cosa a otro jugador. El jugador tiene dos opciones: responder a la pregunta o beber. Si responde, puede hacer pregunta; si bebe, el turno pasa a la persona que tiene enfrente.

—¡Empiezo yo! —anuncia Bruno, ¿quién si no? Su mirada se fija en mí. Me preparo para su pregunta.

—Daniela, ¿a cuántos chicos has besado?

No me lo esperaba. Pensaba que diría algo comprometido sobre mi vida; sin embargo, ha soltado una pregunta estúpida y banal. ¿Qué respondo a eso? Solo me queda una opción: la verdad.

—A uno.

—¿Solo? —dice levantando una ceja.

—Suficiente.

Tras el eterno duelo de miradas entre los dos y un silencio abrumador, Alejandra me da un toque en la rodilla: es mi turno.

—Bruno, ¿cuántas chicas desesperadas se han dejado besar por ti? —Mi pregunta va a traición, no puedo evitarlo. Él me dedica una carcajada que resuena en medio de las risas difusas de los demás.

—He perdido la cuenta.

Aunque responde, bebe igualmente. Seguro que mañana ya no se acuerda de nada. El juego continúa y no es hasta el final cuando me vuelve a tocar contestar a mí. Esta vez es un desconocido el que me pregunta.

—Si tuvieras que besar a un alumno, ¿a quién besarías?

Es el momento perfecto para insinuarme. Miro a Bruno, le guiño un ojo y bebo. Lo hago en tono bromista, esperando que mi gesto dé pie a insinuaciones. Aunque no respondo a la pregunta, todos son conscientes de mi guiño y vuelven a reírse. Entre los dos hay una química extraña, incomprensible.

A las tres de la mañana acabamos con la fiesta. Algunos ya se habían ido y los demás estábamos cansados y sin tema de conversación.

—Como es tradición aquí —expone Hugo—, el que más bebe es el que limpia. Y creo que has ganado tú, Bruno.

—¿Y nadie me va a ayudar?

Alejandra niega con la cabeza, Hugo agarra a Sasha de la mano y los dos salen corriendo y los dos chicos que quedan se ríen de él y se van. Bruno me mira poniendo morritos: tengo otra oportunidad.

—Yo te ayudaré.

—Gracias, Timantti.

—Bruno, no me llames así.

—¿Por qué? Es tu nombre.

—Mi nombre es Daniela. Daniela Niemi.

—Eres una mentirosa, Timantti.

No sé qué responder a su acusación, me limito a abrir una de las bolsas de basura que nos dejó Hugo y meter en ella todos los vasos de plástico.

—¿Has mentido también en mi pregunta?

—No he mentido en nada, Bruno.

—Has mentido en todo.

—¡NO! —grito tirando la bolsa. En el fondo sé que tiene razón. Soy una mentirosa.

—¿Solo has besado a un tío en tus casi diecisiete años? —Bruno se va acercando poco a poco, hasta que mi espalda da contra un árbol y lo tengo a unos centímetros de mí. Me siento atrapada, pero en realidad yo soy la trampa.

—Mi vida no ha sido fácil, ¿sabes? —«Dale pena, dale pena, dale pena, dale pena»—. Jamás he estado más de un año en un mismo lugar. Siempre escapando, siempre corriendo. No he tenido infancia, ni adolescencia. No he tenido amigos. Y cuando por fin tengo la posibilidad de vivir por primera vez como una chica normal, vienes tú y empiezas a destruir todos mis logros. Déjame vivir, Bruno, por favor. Necesito saber qué se siente al ser normal.

—No quiero que seas normal.

—¿Qué? —Sus palabras me sorprenden, colorean mis mejillas.

—Eres diferente a los demás. ¿Quieres dejar de serlo?

—No... Yo... Yo soy como soy, no quiero cambiar... Solo quiero vivir nuevas experiencias...

—Vívelas conmigo.

—¿Quééé? —A la mierda el papel. No puedo seguir con esto. No entiendo a este chico. Está borracho, no sabe lo que dice, pero me está confundiendo. Tengo que salir de aquí, su comentario ha sido demasiado dulce y mi mente no puede procesar tanto azúcar.

—Quiero conocerte.

Durante un segundo me creo sus palabras. Quiero creérmelas, pero sé que no son ciertas. No puedo caer en su trampa. Céntrate, Timantti. Esto no es real, es una misión y tienes que seguir con el papel. Hazlo por Akva, por Steve, por Philip. Hazlo por ti.

—Conóceme. —El verbo apenas sale de mi boca, lo digo tan bajito que solo espero que lo haya podido escuchar para no tener que repetirlo. Me parece absurdo estar tan nerviosa, pero jamás he vivido esta situación antes. Nunca me han enseñado cómo actuar en estas circunstancias. Por primera vez en mucho tiempo, me siento inferior, inexperta, patética.

—¿Seguro?

Estoy jugando con fuego. Noto que las yemas de mis dedos empiezan a calentarse, me acabaré quemando. Esto no va a salir bien.

—¿Vas a dejar que te conozca? ¿Que conozca tu verdadero yo? —repite al ver que no contesto.

—Sí.

Ni siquiera lo he pensado. Mis instintos se han apoderado de mi ser. ¿Ese sí lo he dicho yo o ha sido mi personaje?

Mis ojos bajan hasta su boca, ha sonreído. Su maldita sonrisa.

Y, de repente, el tiempo se ralentiza. Todo a mi alrededor va a cámara lenta y siento como si nosotros fuésemos el centro del universo.

Bruno pone su mano en mi cintura y me atrae hasta su boca posando sus labios en los míos.

Cierro los ojos y apoyo mis manos en su nuca, ascendiendo hasta el pelo y enredándome en él.

Me dejo llevar, como si estuviese en un sueño y no pudiera decidir qué hacer o qué no hacer. Él lleva el control.

—Mañana no te acordarás de nada —digo apartándome de sus labios, y al decirlo me doy cuenta de que quiero que lo recuerde.

—¿Tú crees?

Y me ofrece el enorme vaso rojo con el que llevaba bebiendo toda la noche. Apoyo mis labios en el borde y lo elevo, dejando que el líquido caiga y se deslice en mi garganta.

Es agua.

Bruno estaba bebiendo agua. ¿Cómo no pude darme cuenta? ¡Maldita sea! Acaba de besarme y ni siquiera me percaté del sabor de su beso.

Él se ríe, seguramente al ver cómo he abierto los ojos al descubrir que hasta yo estoy más borracha que él.

—Ven conmigo —susurra.

—¿Adónde?

—Quiero enseñarte un sitio. —Me agarra del brazo y tira de mí.

Corremos por los jardines hasta llegar de nuevo a secretaría. Subimos hasta la última planta con mucha prisa, y me descubro esperando, de algún modo, que esta noche nunca acabe. Y no solo por Bruno, sino porque jamás me he sentido tan libre, nunca antes había podido tomar mis propias decisiones, y poder hacerlo es impresionante: por primera vez yo tengo el poder de mi vida en mis manos.

Mi mente es una gran contradicción. Quiero que este momento sea eterno, pero a la vez sé que tendría que querer que acabase ya. Estoy traicionando mis planes y no debería seguir a Bruno hasta ese lugar. Debería pararme en seco y volver a mi habitación, pero no quiero.

Jamás me he dejado llevar, siempre he tenido que seguir unas normas y nunca he podido actuar como yo quería. Y ahora tengo la oportunidad de hacer lo que quiero. Y quiero que Bruno me enseñe ese lugar. Quiero verlo, y lo voy a ver.

—Vamos, entra por aquí —dice abriendo una ventana que da al tejado. Las alertas se disparan en mi cabeza. Puede que yo me haya vuelto loca y haya dejado atrás mi papel, pero todavía no he descubierto qué quiere de mí. ¿Y si quiere matarme—. ¿Daniela?

Se ha percatado de mi inseguridad.

—No te voy a hacer daño.

—¿Qué quieres de mí, Bruno?

Él suspira y me mira fijamente a los ojos.

—No debería, pero seré sincero contigo. Vine aquí a descubrir quién era el alumno infiltrado que robaba información. Era Vanessa. No solo robaba algunas de las sustancias para hacer medicamentos, sino que también distribuía información a otras empresas.

—¿Qué información?

—Tú ya sabes lo que pasa aquí, Timantti.

—¿Cómo sabes mi nombre? ¿A qué vino ese «sabía que eras tú»? —Son preguntas que llevan atormentándome varios días, necesito respuestas y él parece dispuesto a dármelas.

—Me llamaste la atención desde el primer día. Enseguida me di cuenta de que no eras una alumna normal. No sé por qué has venido aquí, pero la razón no es la muerte de tus padres. Tus padres no están muertos, lo sé. Al principio pensé que estabas relacionada con el robo de información. ¿Cómo no iba a pensarlo? Alguien con tus habilidades... Te estuve observando y me convencí de que no era posible, pero no podía estar seguro. Quise saber tu verdadera identidad y tiré de contactos, pero no fue nada fácil. No lograba descubrir nada sobre ti. Y, de repente, un día una fuente me dio una información sorprendente: Timantti Virta Westermann, hija de los espías más reconocidos del mundo estaba en el orfanato. Al instante pensé que tenías que ser tú, pero no tenía modo de contrastar que la información fuese correcta. Así que insulté a Akva expresamente para provocarte. Cuando me hiciste aquella técnica de lucha en el comedor, supe que tú eras Timantti, aquí no enseñan esa disciplina.

Me siento estúpida. ¡Lo sabe todo sobre mí y yo no sé nada acerca de él! ¿Cómo pudo averiguar todos esos datos? La realidad no para de abofetearme.

—¿Por qué se lo dijiste a Akva? ¿Por qué intentaste ponerla en mi contra?

—No quería ponerla en tu contra, solo intentaba saber si tú eras Timantti...

—¿Utilizaste a Akva para saber si yo era Timantti? —le pregunto poniendo una expresión de asco.

—Sí. Sé que estuvo mal, pero... necesitaba saberlo.

—¡Le pusiste un micrófono!

—Tuve que hacerlo, Akva había estado enferma y pasó mucho tiempo en la enfermería. Pensé que quizá estaba relacionada con el robo de información, así que le puse el micrófono para estar seguro, pero enseguida me di cuenta de que era inocente y dejé de espiarla.

Todo tiene sentido...

—¿Y tu supuesta abuela? ¿Quién era?

—Una actriz que contrató mi empresa.

—¿Tu empresa? ¿Cuántos años tienes?

—Tengo dieciocho años. Es una empresa de espionaje, llevo en ella desde los dieciséis. Marlinn Dawn nos contrató para descubrir al topo. Querían saber quién estaba robando información de sus alumnos. ¿Me crees ya o todavía desconfías de mí?

—La desconfianza me mantiene viva. ¿Sabes por qué murió Philip?

—No. Sé que alguien lo mató. Y sé que ha sido un alumno, me han prolongado el contrato para que encuentre al asesino, estaré aquí unas semanas más.

—Fue Steve.

Mi confesión lo sorprende. Por un momento ni se mueve, ni articula palabra.

—¿Sabes por qué Steve mató a Philip? —insisto.

—¿Sabes dónde está Steve?

—Responde a mi pregunta. ¿Sabes por qué Steve mató a Philip?

—No. No lo sé.

—Porque en este infierno para el que tú trabajas utilizan a los alumnos como ratones de laboratorio. ¿Te han dicho alguna vez de dónde viene toda esa información que Vanessa se dedicaba a robar? ¿Te han dicho alguna vez que están experimentando con los que vivimos aquí para crear medicamentos endemoniados? ¿Te has preguntado por qué los alumnos de aquí pasan tanto tiempo en la enfermería? ¿Te ha explicado, esa gente para la que trabajas, que solo pueden comprobar la eficacia de su información si la testan con humanos? ¿Te han dicho que la mayoría de los alumnos de aquí han sido víctimas de esos experimentos sin saberlo? POR ESO STEVE MATÓ A PHILIP. —La rabia que contenía mi cuerpo sale disparada en forma de palabras, de frases, de acusaciones.

—Eso... No lo sabía.

—Pues ahora ya lo sabes, así que tienes que decidirte. O estás con ellos o contra ellos.

—Necesito ganarme la vida de algún modo, ¿sabes? Este es mi trabajo.

—Pues entonces eres mi enemigo —le espeto mientras le doy la espalda y empiezo a bajar las escaleras.

—Timantti...

—¡NI SE TE OCURRA LLAMARME ASÍ!

Día 19

Son las siete y media y levantarme me cuesta más que de costumbre. No he pegado ojo en toda la noche pensando en todo lo que pasó ayer con Bruno. Su revelación, ese beso... Ayer cometí un gran error, le di información a espuertas y ahora él puede utilizarla en mi contra. Pero en estos momentos no puedo pensar en ello.

—Akva, arriba, son las ocho menos diez. —Siempre tengo que mentirle respecto a la hora, si no, no hay quien la levante.

—No quiero ir a clase...

Ni siquiera me pregunta por Bruno. Se tapa y se protege del sol con la almohada. Me entristece verla así, tan apagada...

—¿E irás a desayunar?

—No. Tengo comida aquí.

—Vale... Pues, ya nos veremos.

Cojo mi mochila, las llaves y me voy. Cuando llego al aula, todos están de pie y hablando hasta que entra el profesor.

—Buenos días. Sacad los libros, por favor. —Se dispone a cerrar la puerta cuando, de repente, una mano se lo impide.

—¡Espere! —Es Bruno.

—Bruno, tiene que aprenderse los horarios. Ya es la segunda o tercera falta.

—No volverá a ocurrir, se lo prometo —le responde sentándose junto a mí, como la primera vez que hablamos.

La clase empieza y la pizarra se llena de múltiples anotaciones. Intento centrarme, para que así Bruno me vea concentrada y no me hable. Aunque no creo que funcione...

—Necesito decirte algo —me susurra. Tengo muy claro que no voy a contestar—. Estoy en tu bando, Dani. Ayer dijiste que si estaba con ellos era tu enemigo. Pues bien, quiero ser tu amigo, tu aliado.

—Un poco tarde, ¿no crees?

—Sé muchas cosas sobre este lugar y estoy en contacto con el exterior, puedo servirte de ayuda.

—Bruno...

Le hago señas con los ojos. El profesor nos está mirando con el ceño fruncido. De repente, Bruno estalla en una carcajada muy sonora. ¿Qué hace este chico? Creo que jamás entenderé su comportamiento.

—¿Creen que a mis clases se viene a contar chistes? ¡Son unos maleducados!

—Perdón, señor Remb...

—¿De qué me sirve un perdón si lo van a volver a hacer? ¡Fuera del aula, señor Bruno y señorita Daniela! ¡YA!

Bruno se levanta primero y yo lo sigo. Salimos al pasillo y apoyo mi espalda contra la pared, dejándome caer.

—¿Has escuchado lo que te dije? —insiste él.

Guardo silencio y cierro los ojos. Me estoy comportando como una niñata, pero es el trato que se merece.

—No quiero seguir trabajando para este sitio. Quiero ayudarte. —A medida que habla, va bajando la voz—. Ayer, cuando me dijiste que hacían pruebas con los alumnos, no me lo podía creer. He estado siguiendo a Diana y he visto cosas sospechosas: ¿qué es esa especie de puerta a la que solo ella puede acceder? ¿Qué esconden ahí dentro? ¡He sido muy ingenuo!

—Tendrías que haberte dado cuenta desde el principio.

—Me siento culpable... De alguna forma, he ayudado a este sitio...

—¿Y qué piensas hacer ahora?

—Fingir que sigo trabajando para ellos, pero ayudarte a ti. Transmitirte toda la información que consiga y atrasar todos sus progresos. Por eso he hecho que el profesor nos echara de clase, para tener tiempo a solas y poder seguir investigando mientras todo el mundo está en las aulas...

—¿Y por qué tengo que creerte?

—No tienes por qué hacerlo. Tú decides.

—Yo...

Y, de pronto, el timbre interrumpe mi contestación. Los treinta minutos que quedaban de clase han pasado volando. Los alumnos empiezan a llenar los pasillos.

—Chicos, Rembrat os llama. Lo siento, pero nos lo ha preguntado y... Vosotros erais los responsables —nos dice un compañero de clase, que sale del aula en la que estábamos. Bruno me mira y se encoge de hombros.

—Daniela, cierre la puerta —ordena el profesor cuando entramos.

—¿Qué pasa? —pregunta Bruno.

—Saben que dejamos que celebren fiestas, lo vemos justo. Pasan aquí toda una vida y necesitan una manera de entretenerse. Por eso nos hacemos los suecos y nunca les decimos nada. Pero hoy, al salir a los jardines, pude ver con mis propios ojos que todo estaba lleno de basura. —Vaya, para eso nos llamaba. Por un momento pensé que había escuchado nuestra conversación. Me estoy volviendo paranoica—. Ya se han limpiado los jardines, pero, como castigo, pasarán todo el día en el aula de apoyo. Un compañero les llevará el desayuno y la comida. No hay más que hablar. Váyanse.

Salimos del aula y sigo los pasos de Bruno, yo no sé dónde queda esa clase.

—Lo siento, Dani, fue culpa mía.

—Todo lo que pasó ayer no tendría que haber pasado, dejémoslo ahí.

—¿En serio piensas eso?

—Si no lo pensara, no lo diría.

—Está mal arrepentirse del pasado. Hagas lo que hagas, no podrás cambiarlo nunca. ¿Por qué arrepentirse entonces?

Quizá Bruno tenga razón. Lo que haya pasado entre nosotros en el pasado ya no importa. Lo que es importante es lo que va a pasar a partir de ahora. Él lo sabe todo de mí, podría haberme delatado o utilizado y no lo ha hecho. En cambio, se ha sincerado conmigo y me ha dado muchas respuestas. Y ahora quiere ayudarme. Quizá sea el momento de empezar a confiar en los demás.

—Pasa —me pide mientras me abre la puerta. El aula solo tiene una hilera de mesas y está como nueva... Supongo que solo la utilizarán para esto. Hay dos cámaras, Bruno las mira de forma exagerada para que me dé cuenta.

—Lo sé —afirmo poniendo los ojos en blanco. ¿Por quién me toma?—. Oye, Bruno...

—¿Qué?

—Quiero que estés conmigo en eso, pero no en eso otro. ¿Me explico?

—No mucho, la verdad —dice riéndose. Me ha entendido perfectamente y sus carcajadas logran sacarme una sonrisa.

—Eres un idiota.

Aunque me cuesta admitirlo, con Bruno me lo paso muy bien, siempre consigue hacerme reír.

Cuando termina de reírse, abre su mochila y coge una libreta. Parece que va a escribir algo, algo que no puede decirme mientras estas cámaras nos enfocan.

Quiero hablar contigo. Voy a desactivar las cámaras.

Asiento con la cabeza, no puedo evitar sentir curiosidad. Además, yo también tengo varias preguntas. Él se levanta y quita con cuidado los cabezales de unos cuantos cables, los objetivos de las cámaras caen y enfocan el suelo.

—Así que has cambiado de opinión y me quieres en tu equipo...

—Sí, pero necesito pruebas que demuestren tu fidelidad.

—¿En serio?

—Bruno, no confío en ti. Ni lo haré hasta que me demuestres que puedo hacerlo.

—¿Y cómo puedo demostrártelo?

—¡Tú sabrás! Yo... Yo no puedo confiar tan rápido en una persona que apenas conozco. Entiéndeme.

—Bueno, quizá cuando te salve la vida confíes en mí.

—¿Qué? —No entiendo nada de lo que dice. ¿Adónde quiere llegar?

—Voy a salvarte la vida.

—¡No vas a salvarme la vida!

—¿Cómo que no? Ya lo verás, es cuestión de tiempo. Estamos en constante peligro y, tarde o temprano, cometerás algún error.

—No voy a cometer ningún error. Sé cuidarme sola. —¿Acaso se cree superior a mí? Está muy equivocado, aunque no trabaje para ninguna empresa, aunque no haya estado en ninguna misión, aunque apenas sepa comunicarme... Yo... ¿Tengo el mismo nivel? Mis propios pensamientos me hacen dudar, ¿todo el entrenamiento no ha servido para nada?

Me contesta como si me leyera el pensamiento:

—Dani, puede que te hayan entrenado, pero solo tienes la teoría; yo tengo, además, la práctica. No quiero ser duro contigo, pero... No te has enfrentado al mayor desafío de todos: la vida.

Bruno es muy inteligente, sabe elegir las palabras correctas y ejecutar los movimientos adecuados en todo momento. Es como si estuviese dentro de mí. Lo envidio, y no es una envidia sana.

—Deja de infravalorarme.

—Si en algún momento lo hubiese hecho, no estaría aquí hablando contigo.

—¿Te crees superior a mí por estar en una empresa? Porque te recuerdo que no sabías que los alumnos somos ratas de laboratorio...

—Cuando me hacen un encargo, me limito a ESE encargo. Así es como tenemos que trabajar, centrándonos en aquello que nos piden. Sé que a ti te pasa lo mismo. Por eso te cuesta tanto relacionarte con la gente, porque eso no forma parte de ninguna misión. Para eso no te han entrenado. Dani, ¿estás segura de que quieres dedicarte a esto?

—¡BASTA! Crees que lo sabes todo sobre mí, pero no me conoces en absoluto. ¡Basta, Bruno!

—Lo que pasa es que te duele admitir la verdad. No eres capaz de ver la realidad, te estás dando cuenta de que el destino que te impusieron...

—¡NO ME IMPUSIERON NADA! —lo interrumpo gritando, dando un golpe en la mesa. Enseguida me vuelvo a sentar, ha sido un impulso muy vergonzoso—. Yo elegí mi destino. En ningún momento he dicho que quiera trabajar como lo haces tú.

—¿Acaso no quieres ser como tus padres? —¿Cómo sabe todo eso? Llevo toda mi vida soñando con ser como ellos—. Dani... Estás perdida. Si queremos averiguar qué pasa aquí, tenemos que afrontar quiénes somos.

Esas palabras invaden cada centímetro de mi ser.

Me rodean.

Me atraviesan.

Entran en mi cuerpo con cada inhalación.

—Lo sé —susurro. Y no me duele decirlo, me duele admitirlo. Bruno tira de mí y me estrecha entre sus brazos, apoyo mi cabeza en su pecho e inspiro su olor. Huele a desodorante, huele a verdad, a pureza, a libertad. Él hace lo que quiere cuando quiere. Y si quiere abrazarme, me abraza.

Y yo me dejo. Me dejo porque lo necesito. Necesito ver que le importo a alguien, que alguien quiere sentirme cerca.

—Las personas sois muy extrañas... —comento sin separarme de él.

—Hablas como si tú no fueras una persona.

—Bueno, no sería tan descabellado pensarlo... —Mis pausas al hablar se vuelven continuas, me cuesta expresar mis sentimientos—. Soy tan diferente a vosotros... No lloro con lo que os hace llorar, no me río con lo que os hace reír... A veces sois... incomprensibles.

—¿Sabes cómo se llama eso? —pregunta mientras levanta mi barbilla con su dedo.

—¿Cómo?

—Ser antisocial. Pero, tranquila, tiene cura.

—¿Ah, sí? —respondo en tono irónico.

—Sí: hacer amigos.

Le dedico una mirada asesina acompañada de una sonrisa.

—Ajá, mírame así, porque me presento voluntario.

—Bruno... —Cierro los ojos esperando que consiga leerme la mente.

—Lo sé, lo sé, no puedes confiar en mí. Necesitas una prueba. ¡Y te la voy a dar!

Bruno se levanta y vuelve a conectar las cámaras con los cabezales, luego va hacia la puerta y me hace señas para que lo siga. Aunque no podemos salir, no dudo en hacerlo. Necesito ver esa maldita prueba.

—Es el contrato de mi compañía, para que veas que mi trabajo se limitaba a encontrar al topo —me dice cuando llegamos a su habitación.

—¿Y qué? Puede haber otro contrato...

—Y lo hay. —Alarga el brazo y coge otros papeles—. Fíjate en las fechas. En este, mi trabajo consiste en encontrar al asesino de Philip, como puedes ver, tú no figuras en ninguna parte.

—¿Tienes fotos de tus otros trabajos?

—Sí, abre el armario. Están pegadas.

—¿En serio eres tan indiscreto?

—Que Philip supiera lo de la empresa no iba a influir en nada.

—Te equivocas. Philip se lo hubiera contado a Akva y Akva me lo hubiera contado a mí.

—Eres estresante.

—¿Qué?

—Si tienes en cuenta todos esos detalles, no vives. Es mi trabajo; si sale mal, no cobro. Eso es todo.

Decido no responder y anotar esa frase en mi cabeza, quizá para ponerla en práctica en un futuro.

Las fotos que tiene son muy bonitas, él siempre está sonriendo y disfrutando. Mientras estoy mirándolas, se acerca y señala una.

—Esta es de mi primer año, era el más pequeño de mi escuadrón. ¿Ahora me crees?

Dudo.

Pero estoy harta de dudar, estoy harta de desconfiar de todo el mundo. Solo quiero vivir, disfrutar de cada día y hacer lo que crea adecuado en cada momento. Así que respondo:

—Sí.

Respondo «sí» y le declaro mi confianza.

—Ahora trabajamos juntos —dice con una sonrisa. En ella no veo ni un ápice de engaño...

—Así es.

Contesto sonriendo, y por primera vez lo abrazo de verdad.

Sí: yo abrazando a Bruno.

Sin que nadie me haya obligado, por voluntad propia.

Porque quería y podía.

Día 19 (2.ª parte)

A las diez de la noche nos dejaron salir para cenar y mientras comía guardé algo de comida para llevársela a Steve. Y aquí estamos, cenando juntos en nuestro escondite. Que en teoría no es mío, ni suyo.

—Me diste un buen susto. Pensaba que te había pasado algo... —admite mientras arrastra la comida de un lado a otro, no está comiendo nada.

—Me castigaron por no recoger los restos de una fiesta...

—¿Qué tal el plan de conquistar a Bruno?

Al escuchar su pregunta, no puedo evitar pensar en lo idiota que fui. Lo idiotas que fuimos. Ninguno de nosotros tenía razón, todos estábamos equivocados. El jodido de Bruno siempre consigue sorprendernos.

—Bruno es de los nuestros, Steve.

—¿QUÉ? —Ha tenido que ser una gran sorpresa para él, porque por un momento olvida la comida y me mira de una forma intimidante.

—Nos quiere ayudar —insisto.

—Corrijo: nos quiere *engañar.* —Steve sigue sin fiarse de él, y no lo culpo.

—Steve, creo que te puedes fiar de mí. Y yo te digo que es de los nuestros. Nos va a ayudar, nos dará información sobre este sitio.

Su expresión habla por él: no le gusta nada la idea, pero la acepta porque sabe que no le queda más remedio.

—¿Vendrá con nosotros hoy?

—No. Actuará desde la sombra. Es lo menos arriesgado.

—¿Y de qué nos sirve que actúe desde la sombra? —replica con cara de asco.

—Es como un comodín. Es nuestro comodín. Tenemos que protegerlo, tiene toda la información necesaria para atentar contra este repugnante lugar.

Steve prefiere no contestar. Hacerlo sería como darme la razón de nuevo, y ya me la ha dado muchas veces. Cuando acaba de comer, deja el envase del yogur y la piel del plátano sobre la mesa.

—Vámonos. Ya son las doce de la noche, no habrá nadie por los pasillos.

—Es mejor esperar un poco más —respondo. Son las doce, lo que significa que hoy es mi vigésimo día aquí.

—Llevo todo el día aquí encerrado, Dani. Vámonos, por favor.

—Steve, secretaría acaba de cerrar justo ahora. Tenemos que esperar... Puede que Diana siga ahí ordenando papeles o hablando por teléfono...

—¡Piensa un poco en mí! Estoy harto de respirar polvo.

Odio la arrogancia con la que habla. Parece que se le ha olvidado por completo que se ha convertido en un asesino. ¿Tan rápido olvida a la persona de la que estaba terriblemente enamorado? Se excusa diciendo que obra pensando en él, pero yo solo veo a un adolescente egoísta e insensato.

Steve podría estar muerto y enterrado. Tiene suerte de estar con vida, después de todo lo que han experimentado con su cuerpo. Podría estar respirando tierra, podría haber sido él, en lugar de Philip. Podría haber muerto de mil formas.

Sin embargo, está aquí, a unos metros de mí. Vivito y coleando.

—¡Vámonos de una vez!

Ha agotado mi paciencia.

—Steve, no quiero oír ni una palabra más de tu boca. Como te vuelvas a quejar, cojo la tijera con la que mataste a Philip y te abro en canal. O aún mejor, llamaré a Akva para que lo haga ella. Dicen que matar con rabia es más doloroso para la víctima. Cuanta más rabia tienes, más fuertes son tus embestidas. Cuanta más rabia tienes, más ganas tienes de matar. Así que cállate. CÁLLATE.

No dice nada, solo mira hacia el suelo y retrocede hasta llegar al sofá. Se sienta y no ejecuta ningún movimiento. Está totalmente quieto.

¿Me habré pasado? ¿He utilizado palabras muy crueles? Puede ser, no lo niego, pero se las merecía. Se merecía cada una de esas palabras.

La balanza de mi ser está totalmente desequilibrada. Igual si hubiese ido a una escuela, tendría amigos. Igual si no me hubiesen entrenado tanto, sabría cómo hablar a las personas y tendría las manos suaves como Akva. Igual si no me hubiesen inculcado todos sus valores, yo no sería tan fría, tan... diferente.

Igual si... Esas dos palabras me torturan. Hacen que mi corazón lata más rápido y que mi respiración se acelere. Por su culpa siento frío, a pesar de estar sudando.

Y, entonces, pienso en lo que Bruno me dijo: «Está mal arrepentirse del pasado. Hagas lo que hagas, no podrás cambiarlo nunca. ¿Por qué arrepentirse entonces?».

Jamás podré cambiar mi niñez. Es hora de asumirlo. Es hora de empezar a vivir con quien realmente soy, con lo que me gusta y con lo que no. Es hora de empezar a mirar hacia fuera.

—Nos vamos —le digo a Steve. Él me sigue en completo silencio—. Cuando entremos en una habitación, mira a la derecha, después a la izquierda, luego al techo y por último al suelo. En ese orden, jamás lo alteres. Y dedícale un segundo a cada posición. Memoriza lo que puedas. A la una y media bajamos las escaleras. Están desérticas. El primer paso del plan es encontrar la sala de cámaras. Hay miles de dispositivos grabándonos todo el tiempo, así que hay muchas posibilidades de que haya una sala de control con miles de pantallas en las que se proyectarían las grabaciones. En dichas pantallas deberían aparecer todas las salas ocultas de este rompecabezas.

—¿Dónde buscaremos primero? —susurra.

—Los cables están ocultos, tendríamos que levantar el rodapié para seguirlos. No podemos hacerlo, así que mi plan es ir a secretaría a buscar planos de este sitio.

—¿Y los planos que están colgados en las columnas?

—Steve, esos planos te indican un camino para salir en caso de incendio. ¿Crees que te pondrán en ellos sus salas secretas? —No sé qué le pasa. Steve parecía mucho más inteligente. ¡Era mucho más inteligente! Achaco el problema a su enfermedad, no puedo asumir más incógnitas.

—Ah... Claro... Y... ¿las cámaras no nos verán entrar en secretaría?

—Tenemos que buscar puntos ciegos y aprovechar cada movimiento que hagan. Es muy fácil, tú solo reproduce lo que yo haga.

Por un momento se me pasa por la cabeza decirle que vuelva a subir a la buhardilla. No lo necesito, pero sé que él sí me necesita. Necesita distraerse.

—Esquina derecha, hay una cámara. Si vamos agachados por la esquina izquierda, no nos cogerá —le informo cuando llegamos a la secretaría. Nos movemos con mucha precaución, con extrema delicadeza. Cuando estamos en la parte interna del mostrador, abrimos la puerta del despacho. Hay tres cámaras enfocándonos.

—Mierda —musito.

Ahora habrá que cambiar todo el plan, necesitamos borrar estas imágenes del historial.

—¿Has estado aquí antes? —pregunta Steve.

—Nunca había abierto esta puerta.

—¿Y qué haremos ahora?

—Encontrar el historial y borrar estos vídeos.

—¿No se darán cuenta? Será como arrancar las páginas del medio de un libro...

—Copiaremos las imágenes de las doce de la noche y las pegaremos sobre estas. Es sencillo, le diré a Bruno que nos ayude. Pero ahora céntrate en esto, tenemos que encontrar los planos.

Empezamos a abrir todos los cajones, todos tienen dentro material de oficina: clips, rotuladores, libretas en blanco, lápices, sellos... Pero ni rastro de los planos.

—¡AQUÍ! —grita Steve.

—Chis —lo mando callar mientras me acerco a él. En efecto, los ha encontrado. Son cinco láminas, una para cada planta. En la primera están la secretaría y todas las habitaciones (¡oh!, Akva y yo tenemos la más grande). En la segunda también está determinado el espacio de cada habitación y el área del comedor. El salón de actos y la enfermería ocupan la tercera lámina, en la cuarta tenemos todas las clases, y en la última, los espacios destinados a las actividades extraescolares. Todo muy normal.

Cierro los ojos e inspiro. Dejo la mente en blanco centrándome en mi respiración. Solo escucho cómo el aire penetra en mis pulmones y el diafragma sube para expulsarlo de mi ser. Tiene que haber algo, Timantti. Tiene que haber algo.

—Todo mentira. —Steve está frustrado y cierra el cajón con fuerza. Pienso en lo que acaba de decir: «Todo mentira». ¿Por qué tiene que ser todo mentira? Igual lo que nos faltan son más planos, igual el orfanato tiene más de cinco plantas.

—Steve, abre el siguiente cajón.

—Solo hay un paquete de folios y una bolsa de patatas —dice desanimado. Me acerco y veo que tiene razón. No hay absolutamente nada más.

Nada más que se vea a primera vista.

Memorizo la colocación de los objetos y los saco lentamente. Doy pequeños toques con el dedo en el cajón y no puedo evitar sonreír al comprobar que suena hueco. Un trozo de cinta de color marrón tapa una esquina; cuando la despego, veo una cerradura. ¡Lo hemos conseguido!

—¡Eres increíble! ¿Con qué se abre eso?

—Parece una cerradura normal, dame un clip y listo. —Mi sonrisa se ensancha por segundos. Sé que es precipitado, pero me dejo llevar por la emoción. Cuando el clip llega a mis manos, me siento poderosa. Al extirpar el doble fondo, una carpeta amarilla deslumbra sobre la vieja madera. La cojo como si de una joya se tratase y la abro con una delicadeza suprema.

—Una lámina... —si estuviésemos en una película, la cara de Steve estaría iluminada por una luz cenital y sonaría una música celestial.

—*La* lámina —corrijo. Estoy sonriendo tanto que los ojos se me achinan y las mejillas empiezan a dolerme. Respiro hondo, aliviada, y procedo a ver con atención cada centímetro de nuestro cáliz de oro.

Es la planta 0. Un lugar subterráneo que se encuentra justo debajo de nosotros, justo debajo de la planta 1. Y nosotros, en este momento, estamos encima de la sala de cámaras.

Día 20

—Tiene que haber una trampilla... —dice Steve palpando el suelo.

—No creo.

—¿Escaleras?

—Es posible. Seguro que alguna pared de estas se mueve o es falsa.

—¿Eso no es... un poco fantasioso?

—La realidad es la mayor fantasía de todas. Te sorprenderías.

—¿Qué crees que encontraremos ahí abajo?

—No lo sé... Pero si lo ocultan tanto, será por algo. ¿Has visto la película *La llave de Sarah*?

—Sí.

—Seguro que aquí hay una puerta escondida, como cuando ella oculta a su hermano. ¿Me explico?

—Sí. Tenemos que buscar una puerta disimulada.

—Eso mismo. Son casi invisibles, así que mira con atención y ve dando toques en la pared. Cuando te suene hueco, avísame.

Los dos nos ponemos a dar golpecitos con los nudillos en las paredes, esperando dar con la puerta. Él empieza por la izquierda y yo por la derecha. Cuando lo hago por octava vez, siento el vacío que hay al otro lado. Un escalofrío sube hasta mi nuca.

—Steve, está aquí.

—¿Y cómo vamos a abrirla si ni siquiera tiene cerradura?

—Sí que tiene, solo que tú no la ves, y no me malinterpretes, yo tampoco la veo. Tienes que visualizarla, y luego, la verás.

—¿Y cómo la visualizo? —Steve es una máquina de hacer preguntas, y yo parezco un libro de instrucciones.

—Primero trata de encontrar la cinta que esconde la cerradura.

—¿La cinta?

—Sí, como cinta adhesiva. Esta puerta se abre y se cierra continuamente, no pueden pintar cada día, pero sí pueden pegar cinta que se camufle con la pintura cada vez que la abren. Está muy bien pegada, es difícil de ver. Si quieres encontrarla, ve arañando la pared hasta que tus uñas se enganchen con algo. Empieza por la mitad, es lo más probable.

Evidentemente, yo sé dónde está la cerradura, para un ojo entrenado es fácil, pero quiero que sea él quien la encuentre.

—¡Está aquí!

—¡Bien! También se abre con una llave corriente. Pásame el clip.

La puerta se abre y unas escaleras nos invitan a bajar. Steve me mira y yo lo miro a él: los dos queremos descubrir qué esconde la planta 0. Después de bajar veintiocho escalones, la decepción nos abofetea en la cara.

—¿Otra puerta más? ¿En serio? —pregunta retóricamente Steve.

No nos lo iban a poner tan fácil... Necesitamos entrar ahí, pero para abrir la última puerta es imprescindible la llave de huella digital, pero no hay tiempo de andar robando las huellas de Diana de nuevo. Podría no funcionar esta vez. Pero ahora tenemos otra opción.

—Bruno puede conseguirnos una llave. Solo tenemos que volver atrás y pedírselo.

De repente, Steve empieza a respirar trabajosamente, tiene la mirada fija en un punto y todo su mundo parece concentrado en no perder ni una gota de oxígeno. Inhalar. Espirar. Inhalar. Espirar. Cada vez con más trabajo. No sé qué le está pasando, pero sé que lo primero que tengo que hacer es cortar ese ritmo agitado de respiración. Está hiperventilando. Su cuerpo le dice que lo haga, pero su cuerpo se está poniendo en su contra. Agarro la parte superior de su camiseta y se la subo hasta la nariz, a modo de mascarilla. Le pido que respire despacio, que se concentre en soltar el aire lo más lentamente posible. Poco a poco, se va recuperando.

—¿Qué pasa?

—La... cámara nos ha grabado. —En ese momento reparo en que hay una cámara más.

Así que es eso lo que tanto lo asusta. Pero yo sé que la cámara no está funcionando.

—La cámara no está grabando, Steve —lo contradigo. Estoy entrenada para darme cuenta de estas cosas, pero no caí en que iba con un novato.

—¿En serio? —contesta entre risas. Risas de alivio.

—Tienen bastante con las grabaciones de secretaría. Nadie aparecerá aquí sin haber pasado antes por allí. Mañana conseguiré la llave y volveremos. Venga, tenemos que dejar todo como estaba.

—¿Se la vas a pedir a Bruno? —pregunta Steve, y a juzgar por su tono de voz, no parece entusiasmarle la idea.

—Sí —afirmo con fuerza. Si no quiere confiar en mí, que no lo haga. Podría robar la llave de nuevo, pero sería absurdo. Necesitaremos entrar aquí más de una vez, tarde o temprano me descubrirían en secretaría o se acabarían las huellas.

Cuando terminamos de dejar todo como estaba, yo me voy a mi habitación y Steve regresa a su sofá en la buhardilla. Tenemos que acabar con esta situación, pronto la desaparición de Steve va a empezar a levantar sospechas entre el profesorado. Son las tres y media de la madrugada cuando por fin me acuesto en mi cama.

—Quiero escapar —la voz de Akva le roba espacio a la oscuridad.

—¿Qué?

—Me quiero ir de aquí. No aguanto más este sitio.

—Pronto nos iremos.

—¿Y adónde nos marcharemos?

—Ya te lo dije, a donde tú quieras.

Akva está sumida en una tristeza infinita. Su tono de voz, sus ojeras... ¿Cómo un sentimiento puede cambiar tanto a una persona? En mi plan de escape no contemplé el cambio que ella está sufriendo. Quiere que nos vayamos, pero antes debo descubrir qué está pasando aquí. Y para poder hacerlo necesito que Akva esté entera, no puedo estar cuidando de ella.

El amor nos vuelve idiotas, la pena nos vuelve inútiles, la ira nos vuelve insensibles, el miedo nos vuelve peligrosos... ¿De qué sirve que nos conozcan si no conocen nuestras emociones? La mayoría de los seres vivos sienten más que piensan. Y ese es mi problema, que mis sentimientos llevan dormidos desde que nací y nunca he querido despertarlos. Y creo que ya va siendo hora de hacerlo.

Tengo que pedirle esa llave a Bruno y comentarle lo de las grabaciones. No voy a esperar hasta mañana.

—Vuelvo ahora —me despido de Akva y llamo a la puerta de enfrente. Las últimas horas han estado llenas de puertas y llaves, llaves y puertas. Noto un cosquilleo en el estómago que intento ignorar, quiero echarme atrás, por favor, que no haya oído los golpes.

—¿Dani...? —Bruno abre la puerta en pijama. Lleva una camiseta blanca ceñida al cuerpo y pantalones cortos negros. ¿Cómo unas prendas tan simples le pueden quedar tan bien? Tiene los ojos hinchados y el pelo muy despeinado (como siempre). La parte que más me gusta de su cuerpo son sus cejas. Suena absurdo, pero hacen que su mirada sea profunda y misteriosa. Son grandes y están muy bien definidas. Aunque también me encanta su pelo negro azabache y siempre despeinado. Y su boca, que tiene los labios carnosos y una dentadura perfecta. Y sus ojos, que no sé si son verdes o azules, solo sé que podría ahogarme en ellos. Y la barba que le está empezando a salir. Y sus hombros...—. ¿Daniela?

—¿Pu... pueeedo pasar? —improviso. Me ha pillado devorándolo con la mirada. ¿Cómo no me iba a pillar? Estaba a centímetros de su cuerpo...

—Claro. —Le extraña que esté aquí, lo sé—. ¿Ha pasado algo? —dice mientras se sienta en la cama.

—Necesito tu llave.

—¿Qué? —pregunta abriendo mucho los ojos entre risas. Oh, lo ha malinterpretado. ¿A quién se le ocurre decir «necesito tu llave» a las cuatro y cuarto de la madrugada? A mí, solo a mí.

—Quiero decir... Obviamente, no esa llave en la que estás pensando. Necesito...

Solo soy capaz de levantar mucho las cejas y abrir la boca para intentar hablar.

—No... Yo... Mmm... Necesito una llave con huella digital para abrir la puerta de la sala de cámaras. Pensé que tú... Vaya, que podías conseguir una.

—Lo intentaré.

—También necesito que elimines unas grabaciones, las cámaras nos han captado entrando en secretaría.

—¿En serio? Ese es un fallo de principiante. —Su comentario me enerva.

—Bueno, todos cometemos errores.

—Tranquila, lo arreglaré. ¿Necesita algo más, señorita?

Guardo silencio, quiero responder a su pregunta, pero no tengo el valor necesario para hacerlo. No obstante, sé que si no lo digo me arrepentiré, así que lo suelto sin más:

—Necesito otra llave... La llave de mis sentimientos.

Ha sonado muy patético y solo espero que Bruno no se ría en mi cara, pero para mi alivio se queda quieto y me mira fijamente a los ojos. No hay intriga en ellos, no hay interrogación, no hay estrategia. No está intentando averiguar nada sobre mí y puede que por primera vez en mi vida yo tampoco esté intentando averiguar nada. Estoy exponiéndome.

—¿Qué quieres, Dani? —Me alegra ver que no se ríe de mí. Ha hecho la pregunta serio, esperando una respuesta seria. Soy yo la que no puede evitar esgrimir una sonrisa tonta. He dicho algo demasiado empalagoso, algo que yo nunca diría; sin embargo, siento la necesidad de seguir desahogándome.

—Quiero que me enseñes a sentir.

—¿Confías en mí?

Odio esa pregunta con todo mi ser. Odio el verbo «confiar», pero me obligo a responder. A responder con la verdad.

—Sí.

—Ven.

Me siento a su lado con las piernas cruzadas, él se vuelve para poder mirarme directamente. Soy como su reflejo, es como mi reflejo.

—Eso es fácil: tenemos cinco sentidos. Primero está la vista —dice mientras apoya sus labios en mis párpados—; luego el olfato —besa la punta de mi nariz—; después, el oído —besa los lóbulos de mis orejas—; le sigue el tacto —coge mis manos con mucha delicadeza y las besa con dulzura— y, por último, el gusto —me acerca hacia él poniendo un dedo en mi barbilla. Sus labios están casi pegados a los míos, como una mariposa cerca de una flor. Me trata como si fuera un diamante, y es la primera persona en hacerlo.

—¿Por qué me tratas tan bien? —digo en apenas un susurro.

—Porque eres especial.

—¿En qué soy especial?

—La pregunta sería en qué no lo eres.

—Por favor, llámame Timantti. Necesito oír mi nombre.

—De acuerdo, Timantti.

Se acerca para salvar los dos centímetros que separaban sus labios de los míos, pero salgo corriendo.

Cruzo el pasillo, entro en mi habitación y apoyo la espalda en la puerta. Joder, todo está yendo demasiado deprisa. Deseo contarle a alguien lo que acaba de pasar y miro a Akva, pero está dormida. Le doy un beso en la frente y vuelvo a mi cama. Son las cinco menos diez y mañana me tengo que despertarme a las siete.

—No estoy dormida.

—¿Akva? ¿Qué haces todavía despierta?

—No puedo dormir.

—Tienes que intentar volver a la normalidad... Sé que suena tópico, pero Philip no querría verte así.

—Lo sé. Mañana no iré a clase, pero pasado sí. Lo prometo. Ya se lo he dicho a Diana.

—¿QUÉ? —En cuanto oigo ese nombre salto de la cama.

—Diana ha pasado a verme esta tarde. Me ha dicho que vuelva cuando me encuentre bien, ha sido muy buena conmigo, me ha dado unas pastillas para la ansiedad...

—¿Qué pastillas?

—Las tengo en mi mesilla. ¿Qué pasa, Dani?

Las cojo a toda velocidad y las tiro por el retrete. Akva está llorando detrás de mí.

—¿Por qué haces eso? ¡Las necesito! ¡Necesito volver a sentirme bien!

—Akva... ¿Cuántas pastillas te has tomado?

—Tres.

—Baja la cabeza.

—¿Qué?

—Akva, por favor, baja la cabeza.

Cuando lo hace, mis ojos no asimilan lo que ven.

Akva está volviendo a ser pelirroja.

Tiene las raíces de su pelo pelirrojas.

Las pastillas no eran para la depresión, por supuesto.

—¿Hace cuánto que no te miras al espejo?

—No lo sé... ¿Qué pregunta es esa?

—Ve al baño.

Asustada, se levanta y va a encontrarse con su nuevo yo. Akva ha perdido la luz que desprendía y ha recuperado otra cosa.

—¿Qué está pasando? ¿VOY A VOLVER A SER PELIRROJA? —grita desde el baño.

—Eso parece.

Y después de encerrarse en el baño y vomitar todo lo que sea que le han dado, Akva y yo nos quedamos dormidas. A las cinco y media de la mañana.

Día 20 (2.ª parte)

Son las siete de la mañana.

He dormido una hora y media.

No puedo con mi alma.

Las clases empiezan a las ocho, pero quiero correr. Bueno, no es que quiera, es una necesidad. Mi mente está obstruida y necesita liberarse, esos cuarenta minutos corriendo siempre consiguen relajarme.

Nada más poner un pie en el exterior, soy consciente del calor que hace fuera. El aire cálido dificulta mi respiración y la atmósfera pegajosa hace que el sudor ya esté impregnando mi cuerpo sin apenas haber avanzado unos metros. Sé que si me quedo aquí quieta acabaré volviendo a la cama, por lo que empiezo a correr sin pensarlo dos veces.

Hago un esfuerzo por mantener mi mente en blanco y por concentrarme en mi respiración, pero me es imposible. Un cóctel de acontecimientos y de ideas invade mi cabeza: pienso en Bruno, en Akva, en Philip... e incluso en mis padres. ¿Estarían ellos orgullosos de mi conducta?, ¿no sería más inteligente huir en lugar de quedarse?

Aumento la velocidad pretendiendo escapar de mis complicados pensamientos, pero por mucho que lo intente, es imposible escapar de tu conciencia. Mi respiración se vuelve irregular, los latidos de mi corazón se apresuran y el sudor empapa mi frente... No estoy corriendo bien, nada bien. El cansancio pasa de ser físico a ser mental, y mi cerebro obliga a mis piernas a parar. Decido hacerle caso y descansar a los pies de un árbol; aun estando en la sombra, el calor es inaguantable.

El clima de Australia es impredecible y sorprendente; de hecho, juraría que ahora mismo alguna gota está mojando mi piel. Miraría hacia el cielo para comprobar si es un espejismo o si en verdad está lloviendo, pero estoy en una postura demasiado cómoda como para moverme...

Intento relajarme y controlar la respiración. Noto que mi diafragma vuelve a la normalidad y que, poco a poco, mis hombros se relajan y mis párpados van cerrándose. Creo que voy a dormirme, puede que escapar de la conciencia no sea imposible, ¿o acaso no lo hacemos cuando dormimos? Al dormir olvidamos, en parte, lo malo y lo bueno de nuestro presente y dejamos que el subconsciente nos lleve a su lecho de sueños y pesad...

Cuando abro los ojos lo primero que me llama la atención es que ya no tengo la cabeza apoyada sobre la dura superficie de un tronco, sino sobre una suave y confortable almohada. Descarto la idea de estar en mi habitación en cuanto observo lo desordenado que está todo.

—Vaya, parece que ya has vuelto a la vida.

—¿Bruno?

Bruno está sentado a su escritorio, tiene un lápiz entre los dedos y otro en la oreja.

—¿Por qué estoy aquí? —pregunto desorientada.

—¿En serio, no te acuerdas? Llamaste a mi puerta totalmente desesperada gritando: «¡Bruno, por favor, te necesito!». Obviamente, abrí la puerta, ya que soy todo un caballero. Y nada más abrirla, te tiraste a mis brazos suplicando mi amor —contesta en un tono muy exagerado y gesticulando de forma muy teatral.

—Bruno, ahora en serio —le pido. Una ceja levantada manifiesta mi desconcierto. Él esboza una gran sonrisa y me cuenta la verdad:

—Aproveché que estaba lloviendo para salir a correr y de pronto te vi tirada bajo un árbol durmiendo, estabas empapada. Te cogí en brazos y te traje a mi habitación. He evitado que cojas una pulmonía.

—¿Por qué no me llevaste a mi habitación?

—No tengo la llave.

—Sé perfectamente que eres capaz de abrir la puerta sin ninguna llave.

—Ya, quizá no quise hacerlo —responde, dedicándome una sonrisa pícara.

Hundo mi cara en la almohada y compruebo que está mojada, al igual que mi ropa. Tiene razón, debo de haberme quedado dormida bajo la lluvia.

—Bruno, estoy empapando la cama.

—¿Hubieras preferido que te quitara ropa?

—No, gracias.

Ahora soy yo la que sonríe de forma irónica.

Después de mirarme durante unos segundos, vuelve a fijar la vista en su escritorio. La luz que entra por la ventana favorece sus facciones y hace que sus ojos adopten un color distinto. Bruno no tiene los rasgos propios de un prototipo de hombre ideal, pero hay algo en él que lo hace especial, algo que no me permite apartar la vista de su cara.

Su piel no es perfecta, está llena de pecas y de pequeñas cicatrices. Pero eso no hace más que aumentar su misteriosa identidad y mis ganas de acariciar sus mejillas.

Sus ojos no son verdes ni azules: son una explosión de diferentes gamas cromáticas, son pequeñas galaxias comprimidas en dos iris y enmarcadas por unas cejas poderosas que imponen y logran atraparte.

—¿Has conseguido la llave? —pregunto, intentando llevar esta situación a un terreno que controle. No es momento para dejarse llevar. No podemos perder más tiempo.

—¿Disfrutas de las vistas? —Él es más listo y sabe lo que está pasando. Por supuesto que se ha dado cuenta (de nuevo) de cómo estaba mirándolo.

—Estaba intentando ver lo que haces —miento.

—Estoy dibujándote.

—¿Dibujándome? —Me sonrojo un poco al ser consciente de que ahora mismo está plasmándome en un papel.

—No todos los días tengo la oportunidad de verte tan quieta y con una apariencia tan inocente... ¿Quieres verlo?

—Sí.

Bruno se hace a un lado y tapa el dibujo con sus dos manos. Me levanto de la cama decidida.

—¿Preparada?

—Sí. —Y nada más responder, sus manos se apartan y dejan a la vista el dibujo. Es realista y está totalmente elaborado a lápiz; me sorprende muchísimo que algo tan fino y delicado haya salido de unas manos que han matado. Deslizo mis dedos por los trazos maravillada ante su creación. Los dedos se me manchan de lápiz y una parte de mí, de mi yo dibujado, se me queda pegado a las yemas. Separo mi mano del papel, tengo miedo de desdibujarme del todo—. Es precioso, Bruno —comento con total sinceridad—. ¿Dibujas a menudo?

—Siempre ha sido mi afición favorita.

—¿Y siempre lo haces a lápiz? —pregunto al ver que tiene cientos de lápices de todos los tamaños por el escritorio.

—Nueve de cada diez veces.

—¿Y qué ocasión es tan especial para que utilices color?

—Por ahora solo he utilizado lápices de color en una ocasión.

—¿En cuál?

No dice nada y se levanta, agarrándome de la cintura, su contacto me pone nerviosa, pero a la vez me hace sentir... Todavía sin decir nada, rebusca en uno de sus bolsillos y saca una llave. Tardo tan solo unos segundos en ser consciente de lo que ha conseguido.

—¡Bruno! —exclamo eufórica, sonriendo—. ¡Lo has conseguido! —Y le abrazo con ganas y fuerza. Él se ríe y me aprieta entre sus brazos.

—La he hackeado y responderá a tu huella digital. Ahora es toda tuya.

Estiro mi mano para coger la llave, pero él la aleja de mí, gesto que logra asustarme.

—Pero antes dos condiciones. —La sonrisa que antes ocupaba mi cara se vuelve difusa y nerviosa. ¿Hice bien en confiar en Bruno?—: Si quieres la llave, tendrás que pasar el día entero conmigo.

—¿Qué? —exclamo incrédula, frunciendo el ceño.

—Quiero llevarte a un lugar especial que sé que te va a encantar. —La ilusión inunda sus ojos, sé que está siendo sincero conmigo.

—Bruno... Eso retrasaría muchísimo nuestra misión.

—En realidad, lo más prudente es actuar solo por la noche... —Y aunque me cueste admitirlo, tiene razón.

—Acepto. ¿Cuál es la otra condición?

—Que esta mañana descanses y no hagas nada más que dormir.

—¿En serio? ¿Quieres ayudarme o perjudicarme? —pregunto al ver que va a retrasar muchísimo mi plan.

—¿Sabes cuáles son los pilares de una vida sana? Descanso, buena alimentación, ejercicio e hidratación. Tu vida ahora mismo es de todo menos sana. ¿Crees que cuando llegue el momento de luchar contra Marlinn Dawn vas a estar preparada?

—Bruno, pareces un político con tantos argumentos.

—Piénsalo, sabes que tengo razón.

Y la tiene.

—De acuerdo, acepto también esa condición, pero permíteme poner una.

—Está bien... ¿Cuál es tu condición?

—Akva viene con nosotros —respondo con una gran sonrisa. Bruno bufa y pone los ojos en blanco—. Está pasando por un mal momento y salir fuera le vendrá muy bien.

—Sabes que me odia, ¿verdad?

—Lo sé, pero también sé que dejará ese odio a un lado con tal de salir de esta cárcel. ¿Aceptas mi condición o no?

—¿Tengo alguna opción más?

—No —contesto sonriendo mientras niego con la cabeza.

—Pues no tengo más remedio que aceptar, supongo.

Bruno estira su brazo para darme la mano y sellar el trato, y después de un duelo de miradas, decido darle la mano y esperar la sorpresa de hoy con los brazos abiertos.

Día 21

—¡Vamos, Dani!

Cuando le he contado a Akva el plan que teníamos para hoy, ha reaccionado de una forma un poco extraña: parecía contenta, pero a la vez decepcionada. Supongo que no le hace mucha gracia que Bruno esté presente.

—Te veo más animada. —De hecho, creo que es la primera vez que sale de la cama en todo lo que va de semana.

—Toda excusa es buena para salir de esta cárcel. ¡Venga, levántate! Quiero aprovechar este día al máximo.

—¿Ya estás preparada?

—Totalmente preparada. —Ante su respuesta, decido incorporarme y ver cómo va vestida.

—¿Crees que nos llevará a una playa? —le planteo al ver que ha escogido unos pantalones cortos y una blusa azul a conjunto.

—No es que lo crea, es que te lo aseguro. Bruno sabe que te encanta nadar y un plan playero nunca falla: esto es Australia.

Y tiene razón. He recorrido medio mundo, conociendo nuevas

culturas y empapándome de información sobre cada país. Viajar enriquece a las personas de una manera abrumadora, yo he sido muy afortunada de tener los medios para visitar tantos lugares: España, Bélgica, Argentina, Japón, Alemania... Sin embargo, esta es la primera vez que piso Oceanía.

—¿Quieres que te deje algo colorido? Hace un día demasiado precioso para vestirse de negro. —Comparar el armario de Akva con el mío es igual a comparar un arcoíris con un agujero negro, exactamente igual.

—Gracias, pero no. Creo que tengo un mono negro que encaja a la perfección con la situación.

—Tienes suerte de ser tan paliducha, los colores oscuros te quedan genial.

—¿Tú crees?

—Ajá, el contraste es fabuloso, aunque deberías arriesgarte de vez en cuando con los rojos.

—Quizá algún día —comento mientras cojo el mono y voy quitándome el pijama.

—¿Eso es un tatuaje? —pregunta Akva sorprendida.

Tengo un pequeño tatuaje en la zona baja de la cadera que intento que no se vea nunca. Es un círculo pequeño con una luna muy discreta en su interior que simboliza la unión familiar.

Mi padre y mi madre lo tienen, al igual que todos nuestros antepasados. Significa que, estemos donde estemos, siempre veremos la misma luna, siempre estaremos unidos de alguna manera y nuestras vivencias siempre tendrán algo en común.

Yo tenía dieciséis años cuando decidí seguir con la tradición y dejar mi cuerpo marcado para siempre.

—No, es una marca de nacimiento —digo, esperando que sea incrédula y se lo crea.

—El otro día leí en internet un artículo que decía que nuestras marcas de nacimiento eran la causa de nuestra muerte en nuestra anterior vida. ¿No es increíble?

—Increíble y mentira.

—¡Qué aguafiestas! Yo tengo una en el pie, quizá me mordió una serpiente o algo así.

Me alegra ver que Akva recupera el ánimo, poco a poco vuelve a ser la misma que conocí cuando llegué. Nunca creí que llegaría a sentir tanta empatía por alguien, pero ver cómo ella, una persona tan positiva y feliz, se iba apagando despertó en mí esa compasión que creía inexistente.

—¿Qué tal estoy? —pregunto una vez vestida.

—¡Divina! Venga, vamos a buscar a Bruno, me quiero ir ya.

—Espera, aún tengo que cepillarme los dientes y peinarme —contesto, y me voy corriendo al baño.

Mientras el cepillo vaga por mi boca, no puedo evitar fijarme en la imagen que se refleja en el espejo. Últimamente (y muy a mi pesar) me preocupa más que nunca mi físico. ¿Desde cuándo mis preocupaciones son tan banales, tan estúpidas?

Hoy me veo especialmente guapa, seguramente sea porque la alegría de mi interior afecta a mi exterior o puede que también sea por el mono, que consigue subir mi autoestima. Quién sabe, yo solo sé que me siento bien y que quiero comerme el mundo.

—Lista —anuncio abandonando el cuarto de baño.

Cuando salimos al pasillo, nos encontramos a Bruno sentado en el suelo, con la espalda apoyada contra la puerta de su habitación. Lleva un bañador negro a modo de pantalón, una camiseta blanca básica y unas deportivas también blancas.

—Punto —me susurra Akva al oído. Y en efecto, punto para ella, tras ver el bañador de Bruno no cabe duda de cuál será nuestro destino.

—¿Preparadas, chicas?

—Preparadas —respondemos al unísono.

—¿Y no vais a preguntar el destino?

—Es obvio, Bruno —el tono que emplea Akva para dirigirse a él es cortante y tiene tintes de resentimiento.

Trato de no darle más importancia. Tengo curiosidad por saber cómo va a hacer Bruno para sacarnos de aquí. Por mucho acceso que tenga a las llaves, no creo que pueda hacer nada por desactivar las cámaras. Alguien lo notaría. Como si me hubiera leído el pensamiento, se detiene un momento, me mira y declara:

—Os prometo que os voy a sorprender.

Y tras la promesa, comienza a recorrer los pasillos llevándonos hasta la salida de nuestra cárcel.

Desde que era pequeña, tengo la manía de mirar hacia arriba. Podría pensarse que forma parte de mi entrenamiento, tener siempre controladas las cuatro dimensiones de cuanto me rodea. Pero no es por eso o, al menos, no solo por eso. Lo empecé a hacer después de que mi padre me contase una historia que me dejaría marcada para el resto de mi vida. Decía lo siguiente:

«En un pequeño lugar perdido en la inmensidad del océano, los habitantes tenían prohibido mirar hacia el cielo. Todos y cada uno de ellos caminaban con la cabeza gacha por miedo a ser ejecutados si contemplaban algo que no fuese el suelo. Vivían felices, pensando que aquello que miraban era lo más hermoso de su mundo. Hasta que un valiente joven, lleno de curiosidad, decidió elevar la vista y descubrir qué había por encima de sus cabezas. Cuando lo hizo, fue tan hermoso lo que vio que prefirió morir antes que dejar de ver el cielo. La muerte del joven solo aumentó la curiosidad por descubrir qué había allí arriba, así que, poco a poco, todos los habitantes se arriesgaron. Como la mayoría lo había hecho, la prohibición se revocó y todos pudieron contemplar el maravilloso panorama que había por encima de sus cabezas. Gracias a aquel joven valiente, el mundo se hizo más grande para sus compañeros. Prométeme, Timantti, que tú también te arriesgarás y lucharás por lo que quieres».

Y yo se lo prometí.

A los ocho años me entró la paranoia y empecé a caminar mirando hacia arriba, y gracias a mi estúpida manía, voy dándome cuenta de que este techo está lleno de cables camuflados y de que en cada esquina hay una maldita cámara casi microscópica. Así que no solo están las cámaras que vemos, también están las que no vemos. Voy a hacerle una señal a Bruno cuando dobla una esquina del pasillo y, de repente, se para en seco, volviéndose hacia nosotras.

—Paraos justo donde estáis. No deis un paso más. Me costó encontrarlo, pero aquí tenéis el punto ciego del muro de contención. —Estamos en la parte trasera del orfanato y no puedo evitar sorprenderme al ver que está desértica y aparentemente sin cámaras; es un fuerte contraste, ya que los pasillos estaban abarrotados de ellas.

—Bruno, ¿estás seguro?

—Totalmente. Aquí solo había una cámara y se cayó accidentalmente —ironiza—. Tardarán unos días en sustituirla y tenemos que aprovechar.

No puedo evitarlo, sigo desconfiando de él. Me ha dado muchas razones para dejar de hacerlo, pero soy totalmente incapaz. ¿Y si pretende tendernos una trampa? ¿Y si la llave que ha conseguido ni siquiera es la correcta? Sin darme cuenta de lo que hago, doy un pequeño paso atrás. Es apenas imperceptible, pero él lo nota. Antes de que pueda volver a entrar en el ángulo de visión de las cámaras, Bruno alarga su brazo y me agarra de la mano, tirando de mí hacia él, colocándome de nuevo en el perímetro seguro.

—¿Piensas que voy a tenderos una trampa o algo así? —pregunta al ver mi inseguridad—. Creía que te había dejado claro que formábamos parte del mismo equipo.

—Quizá no sea tan fácil de convencer.

—«Convencer» es un verbo que no está en mi vocabulario. Si quieres confiar en mí, adelante, creo que ya te he dado motivos suficientes para que lo hagas. Si por el contrario no crees en mí, ya sabes dónde quedarte. —Suelta mi mano mientras me dice esto. No hay duda de que mi desconfianza lo ha ofendido—. Decide: te quedas o vienes.

—Voy. —Doy un paso al frente y ante mi respuesta, él comienza a andar hacia el muro que nos separa de la libertad—. Pero, escúchame, Bruno: como esto sea una trampa o estés tramando algo que nos perjudique a mí o a Akva, te arrepentirás, te arrepentirás de haber nacido.

Su respuesta es un guiño, típico de él.

Después de escalar el muro con la ayuda de unas cuerdas, conseguimos pisar el suelo del exterior. Marlinn Dawn está en medio de la nada, rodeado de árboles y vegetación.

Sin embargo, a lo lejos vislumbro un vehículo. Nos aproximamos a él: hay un hombre al volante.

—Esperad aquí —nos pide Bruno mientras se acerca a hablar con él—. No quiero que sepáis adónde vamos hasta que lleguemos.

—Timantti, ¿estás segura de que no nos va a raptar, violar, asesinar, trocear, envenenar, ahogar, acuchillar o disparar? —me susurra Akva al oído una vez en el coche.

—No creo que haga eso, pero si en algún momento se atreve, no me quedaré de brazos cruzados. —Y mientras respondo, toco con cuidado el puñal que llevo oculto en el mono.

Circulamos por un paisaje deslumbrante hasta que, de pronto, el conductor se detiene para que descendamos. Entonces, andamos entre la vegetación durante treinta y cinco minutos, que parecen ser horas interminables para Akva, quien no deja de quejarse de que los mosquitos la están acribillando.

El aire fresco que, de repente, nos besa coincide con un cambio en el paisaje y un suelo arenoso nos confirma cuál es nuestro destino. La atmósfera que nos rodea me hace sentir algo extraño, como si fuera parte de la naturaleza, como si yo fuese un arbusto más. Me paro por un momento a disfrutar de esta sensación, nueva para mí.

—¡Vamos, Dani, que te quedas atrás! —grita Akva, que ya está unos metros por delante de mí. Cuando los alcanzo, Bruno nos hace cerrar los ojos, parece ser que estamos a punto de llegar al enigmático lugar. Le hago caso, no sin antes mirarlo de una forma amenazante y acariciar con disimulo mi puñal. Sigue ahí, sigo aquí, sigo siendo yo.

—¡Qué pesada eres! —protesta Bruno mientras apoya sus manos

sobre mis párpados cerrados, asegurándose de que no vea nada antes de tiempo—. Tres... dos... uno... ¡Abridlos!

Y en ese momento todo se paraliza.

Cuando por fin puedo ver lo que tenemos ante nosotros, mi mente explota ante tanta belleza.

—No volvamos nunca. Quedémonos aquí. Nunca me cansaré de ver esto —dice Akva con una gran sonrisa.

Por un momento le doy la razón y quiero olvidarme de la conspiración que bulle en mi cabeza, de Marlinn Dawn y de lo que sea que esté pasando allí. Quedarme aquí, cerrar los ojos.... Vivir para siempre como aborígenes con Akva y con Bruno. Esto es lo más parecido al paraíso. El cielo, de un intenso azul, está plagado de nubes blancas iluminadas por la luz de un sol resplandeciente. La playa tan solo está a un kilómetro de donde estamos, pero desde aquí puedo intuir lo fina que es la arena y lo traslúcida que será el agua del mar. Bruno me observa satisfecho: ha conseguido impresionarme.

—Vamos, tenemos que coger un barco.

—¿Un barco? —preguntamos Akva y yo al unísono.

—Esto solo acaba de empezar.

Una pequeña zódiac nos espera en la costa. En la cubierta hay material para hacer submarinismo. Atando cabos, no es muy difícil descubrir nuestro destino. Nos dirigimos a la Gran Barrera de Coral australiana, uno de los lugares más impresionantes de nuestro planeta, un sitio que una persona como yo, amante incondicional del agua, debe visitar por lo menos una vez en su vida.

—Supuse que te haría ilusión.

—No sé cómo agradecértelo.

—Seguro que encontramos la manera —contesta mirándome con una sonrisa y guiñándome un ojo.

—Hemos llegado. —Ahora es el piloto de la zódiac el que habla—. Disponéis de una hora para disfrutar de la Gran Barrera. Si tenéis algún problema, no dudéis en llamarme, no me moveré de aquí. Y disfrutad, chicos, lo que os espera ahí abajo es indescriptible.

—A Philip le hubiese encantado este lugar —comenta Akva nostálgica, con una sonrisa que solo expresa tristeza.

Por un momento solo somos tres chicos normales. Bruno se sienta en el borde de la embarcación, de espaldas, baja sus gafas de buceo y se propulsa hacia atrás para lanzarse al agua. Akva lo imita, aunque sus movimientos son nerviosos e inseguros. Luego llega mi turno, pero, por alguna extraña razón, me quedo paralizada.

—Solo quedas tú, cariño. —El señor de la barca me mira con compasión, animándome a saltar. Como si fuera una niña torpe que tiene miedo al agua. No sabe con quién habla. No sabe que mi miedo no es ese.

—Me gustaría que este momento fuese eterno, no quiero que acabe.

—Esa es la magia, cielo. Si los momentos fuesen eternos y pudiesen repetirse, jamás los apreciaríamos tanto. Deja de pensar y disfruta.

Y decido hacerle caso a este señor barbudo y de apariencia tranquila.

Cojo aire, me siento de espaldas en el borde, cierro los ojos y empujo mi cuerpo hacia el mar, rompiendo la barrera entre estos mundos tan diferentes.

Creo que nunca había estado tan nerviosa, el agua ya rodea por completo mi cuerpo y, hasta que consigo abrir los ojos, no soy consciente de dónde estoy. El agua es tan cristalina que los corales brillan con una intensidad cegadora. Lo que contemplo es tan bello que parece totalmente surrealista. ¿Cómo la naturaleza puede crear tales obras de arte?

No puedo evitar pensar en los pececillos que nadan cada día por estas aguas... ¿Se podrá acostumbrar uno a ver esta maravilla? Lo dudo.

Akva y Bruno se acercan a mí sonriendo, lo que puedo ver de sus semblantes, tapados parcialmente por las gafas, expresa una emoción plena; el mío también manifestará lo mismo, supongo.

La hora que teníamos pasa volando, como si de un minuto se tratase, y cuando tenemos que volver a pisar tierra firme, nos sentimos extraños, como si ese no fuera nuestro lugar, como si nuestro hogar estuviera debajo del agua, entre esos millones de corales y sus extravagantes formas y colores. Este día quedará marcado en mi vida para siempre, lo sé.

Ahora los tres estamos sentados en la arena de una pequeña cala desértica. Es Akva quien rompe la magia del momento:

—Tengo hambre.

—He traído sándwiches y refrescos.

—¿Y después haremos algo más?

—Eres un poco exigente, Akvacita.

No puedo evitar reírme ante el nuevo apodo de mi amiga.

—¿Cómo me has llamado, Brunito?

Los dos se enzarzan en una pelea en tono burlón y yo aprovecho el momento para volver al agua. Yo le guardo un especial cariño a Finlandia, fue el país que me vio nacer y, por tanto, siempre será mi verdadero hogar, pero vivir aquí, en Australia, sería fantástico.

Al recordar mi casa no puedo evitar pensar en mis padres. Puede que hayan muerto y yo ni siquiera me haya enterado... Quién sabe... La falta de información es como tener una venda en los ojos, te vuelve estúpido e incompetente. La información es el arma más poderosa de todas, sin lugar a dudas. Mi cuerpo inerte flota sobre las transparentes aguas australianas, mi mente por fin es capaz de quedarse en blanco y limitarse a disfrutar del momento, una sonrisa de liberación se cuela en mi rostro y decido cerrar los ojos para concentrarme en el vaivén del mar.

—Te veo muy concentrada. —En cuanto oigo la voz de Bruno, me vuelvo para verlo. Estaba tan absorta en mis pensamientos que no me había dado cuenta de que se estaba aproximando. Ahora está a un metro de mí, clavando su mirada en mis ojos. Él, al ser más alto que yo, logra tocar fondo, pero yo, que muy a mi pesar tan solo mido un metro setenta, no logro pisar la arena que se extiende bajo mis pies. Esto le da una total ventaja sobre mí. Si quiere matarme, esta es una oportunidad perfecta.

—Estaba muy concentrada.

—Siento haberte interrumpido. —Mientras habla, me voy acercando a la orilla hasta por fin tocar fondo. Error detectado, error corregido.

—No pasa nada.

—¿Ha merecido la pena confiar en mí?

—Totalmente, no sé cómo agradecerte todo lo que has hecho por nosotras.

—Yo sí sé cómo puedes hacerlo.

—Sorpréndeme —respondo riéndome.

Pero enseguida dejo de reírme y lo miro fijamente a los ojos. Me aproximo a él sin apartar la mirada de esa constelación de verdes y azules. Vuelvo a notar esa descarga eléctrica indescriptible que noté cuando estábamos en su cuarto. No voy a dejar pasar otra oportunidad. Si tiene que hacerme daño, que así sea, me repondré. Pero no quiero resistirme más. Lo miro a los labios y, cuando voy a dar el paso, Bruno desvela su sorpresa:

—Hoy vas a intentar entrar de nuevo en la planta 0, ¿verdad?

—Verdad —le respondo, confusa. He malinterpretado el momento.

—Deja que te acompañe. —O puede que no lo haya malinterpretado. Está en mi bando, quiere protegerme. La misión es lo importante, la misión.

Medito mucho mi respuesta, pero, al fin y al cabo, Bruno ha sido el que consiguió la llave.

—Me parece bien.

—¡No lo puedo creer! ¿Desde cuándo es tan fácil convencerte? —Da golpes en el agua mientras se ríe con fuerza.

—¿Tanto te gusta acompañarme?

—Sabes de sobra que me encanta; planeé todo esto solo para poder estar contigo.

Es increíble lo rápido que Bruno hace que una conversación se vuelva incómoda. No sé qué contestar ante su confesión, así que me limito a abrazarlo. Tampoco sé qué maldita zona de mi cuerpo ha activado esta parte tan cursi y empalagosa de mí.

—Ojalá hicieras esto más a menudo —susurra cerca de mi oído.

—Si lo hiciese más a menudo, no sería tan especial.

—Eres muy complicada, lo sabes, ¿verdad?

—Lo sé.

—Y me estoy arriesgando por ti. Eso también lo sabes, ¿no?

—Lo sé.

—¿Te arriesgarás algún día tú por mí?

—No lo sé.

El silencio invade la poca distancia que hay entre nuestros cuerpos, solo las olas son lo suficientemente valientes como para hacer ruido.

—Venga, salgamos, que Akva ya ha empezado a comer.

Una vez separados (y después de dedicarme una mirada un tanto intimidante), nos dirigimos hacia las toallas. Akva está sentada devorando uno de los sándwiches de la mochila de Bruno.

—Lo siento, chicos, la comida está demasiado buena como para hacerla esperar.

Día 22

Llegamos a Marlinn Dawn a las doce de la noche, Akva está tan cansada que se desploma en la cama nada más entrar en la habitación. Yo, sin embargo, tengo una tarea pendiente: descubrir de una maldita vez qué esconde la planta 0.

Pero antes, debo comprobar cómo está Steve.

—¿Nos conocemos? —ironiza cuando entro en la buhardilla. Tiene mal aspecto: ojeras muy pronunciadas, una palidez exagerada, eccemas en los labios y la mirada completamente perdida.

—Steve, ¿estás bien?

—He estado mejor.

—¿Estás bebiendo y comiendo lo suficiente?

—No tengo hambre.

—Steve... —Es increíble cómo ha empeorado en estos últimos días. Supongo que está comenzando a aceptar lo que pasó con Philip, empieza a sentirse culpable y no sabe cómo manejar la culpa.

—Quiero descansar, hablamos mañana.

Y respetando su voluntad, me voy.

No fue buena idea dejarle solo tanto tiempo, lo más seguro es que se haya pasado horas y horas pensando en lo que sucedió, repitiendo en bucle la escena de la muerte de Philip.

Pero pronto todo habrá pasado. Pronto sabré qué esconde este lugar y podremos largarnos de aquí. Ahora necesito centrarme en la planta 0, necesito avisar a Bruno y cumplir mi estúpida promesa de ir a investigar juntos.

En esta historia, ni hay amor, ni hay espectadores. Esto es la vida real.

Yo escribo mi guion.

—Bruno —susurro pegada a la puerta de su habitación. Él la abre enseguida.

—Listo, general. —Está imitando los movimientos militares. Se me escapa una pequeña risilla.

—¿Seguro que estás preparado, cabo?

—Nunca he estado tan seguro de algo. Somos un equipo infalible, Timantti —dice guiñándome un ojo. Por mucho que me cueste admitirlo, cuando me llama «Timantti» se me derrite el alma.

—Eso espero.

—He creado un emisor de PEM simple para desactivar las cámaras de recepción.

—¿Un emisor de pulsos electromagnéticos?

—Un emisor de pulsos electromagnéticos simple. —Me siento estúpida al recordar que la primera vez que entré en la secretaría apenas había pensado en las cámaras. Todavía pensaba que esto era un colegio.

—Vaya, eso está genial.

—Lo sé.

Cuando llegamos a secretaría, Bruno enciende su emisor y notamos que la frecuencia de las cámaras cambia.

Rápido y sencillo.

Repito los pasos que seguí con Steve hasta que consigo abrir la puerta oculta de la pared.

—¿En serio? Esto es muy sencillo.

—Estoy segura de que lo que hacen en la planta 0 no es, de ninguna de las maneras, algo legal. Necesitan estar escondidos como las ratas.

—¿Qué crees que encontraremos ahí abajo?

—¿Acaso tú no lo sabes? —pregunto amenazante mientras bajamos las escaleras.

—Sé lo mismo que tú. Ahora, responde a mi pregunta.

Cuanto más cerca estamos de llegar al final de las escaleras, más bajamos nuestro tono de voz.

—Creo que encontraremos algo parecido a una clínica o un hospital clandestino.

—¿Y quiénes son los pacientes?

Decido no responderle, él sabe muy bien quiénes son.

Estamos enfrente de la puerta metálica que solo se abrirá con la llave que Bruno consiguió. A partir de este punto, todo es desconocido para nosotros, dato que aumenta mis ganas de seguir.

—Abre de una vez esta maldita puerta.

—¡Ni siquiera sabes qué encontraremos detrás!

—Bruno, para esto estamos aquí, para descubrirlo. No nos queda otra opción. Para avanzar, tenemos que abrir esta p-u-e-r-t-a.

—Y luego, ¿qué?

—Piensas tanto que tardas demasiado en actuar.

—Me han entrenado para pensar —replica de forma intimidante, acercándose a mí.

—¡Y a mí para actuar! —replico a mi vez, acercándome todavía más a él. Nuestras caras están separadas por escasos centímetros y nuestras respiraciones se han acelerado como consecuencia de la agresividad que rezuma de nuestra conversación. Bruno me mira a los ojos, y luego a la boca, y luego otra vez a los ojos, y después de nuevo a la boca. Aprovechando su distracción, intento arrebatarle la llave de las manos, pero él la sostiene en alto fuera de mi alcance.

—Sabes que está programada con tu huella, ¿verdad?

—Puedes ponerla por las buenas o por las malas.

—Me encantaría ver cómo lo consigues por las malas.

—¡Oh! —exclamo riéndome de una forma un tanto malévola—. Créeme, no te gustaría.

Y después de una lucha de miradas acompañada de un silencio sepulcral, colocamos la llave y la puerta se abre de forma automática. Los dos nos echamos hacia los lados rápidamente, esperando escuchar o ver algo desde una posición segura.

—Enciende de nuevo el emisor. Intuyo que habrá alguna cámara.

Bruno emite otro pulso electromagnético y asomo un poco la cabeza para poder ver de una vez por todas la planta 0.

Estamos ante un pasillo totalmente desértico y de un blanco impoluto. Justo delante de nosotros, hay un mostrador en el cual supongo que tendría que haber alguien haciendo guardia. Hemos tenido mucha suerte.

En la parte izquierda del pasillo hay cuatro puertas, cada una con su numeración. En la parte derecha, más de lo mismo. Lo más probable es que sean habitaciones.

—No creo que debamos seguir.

—¿Qué? —pregunto incrédula.

—Si nos pillan, se acabó todo. Necesitamos refuerzos.

—Pero no van a *pillarnos*. —Bruno cierra los ojos y me dedica un largo suspiro, no lo estoy convenciendo—. Mira, si quieres quedarte, quédate. Yo no me voy a rendir estando tan cerca.

—Tenemos que ser muy rápidos.

—Lo seremos. —La expresión corporal de Bruno me desvela que, aunque intente ocultarlo, está nervioso e inseguro. Le tiembla el labio inferior, no es capaz de mantener la mirada fija y le sudan las manos.

—Vale, venga. Vamos, vamos ya.

Los dos nos adentramos en el pasillo acelerando el paso.

—Las cerraduras de estas puertas son como la cerradura de la entrada. Dame la llave.

—¿Vas a abrirlas?

—Primero intentaré escuchar a través de ellas; si no oigo nada, las abriré. ¿Te parece bien?

—¿Acaso te iba a importar que me pareciese mal?

—No. No me iba a importar. —Y le dedico una pequeña sonrisa. Bruno está empezando a conocerme—. Tú ve al mostrador e intenta recabar alguna información, he visto que hay una fotocopiadora, así que ya sabes qué hacer.

Mientras Bruno va hacia el mostrador, yo apoyo la oreja en la puerta 01.

Reina un silencio absoluto.

Quizá no debería actuar tan rápido, pero los impulsos me dominan y enseguida llamo a Bruno para abrir la primera puerta juntos y avanzar al siguiente nivel. Sin embargo, la decepcionante verdad nos abofetea la cara: la habitación está totalmente vacía y sin restos de actividad reciente.

—Iré yo a la fotocopiadora, tú vigila aquí. —«Así tardaremos menos tiempo», pienso mientras corro hacia el mostrador. Yo conozco más los documentos sobre este lugar, sé cuáles he de fotocopiar. Bruno estaba haciendo copias de unos documentos de la carpeta «Pacientes 01-08». Entre los documentos hay un listado con el nombre de todos los alumnos del centro y, al lado, los mismos códigos que vi en la carpeta de la profesora de química y en los botes que encontré en la enfermería. Al momento entiendo que eso que vi no eran medicamentos: eran muestras de sangre de los alumnos. Por eso Akva dijo que les pinchaban siempre que iban a la enfermería. Al acabar, tras guardar los folios incautados en la cinturilla del pantalón, sigo con otra carpeta del archivador, la primera que cojo: «Avances dermatológicos».

—Todas vacías, Timantti. Pero he encontrado esto en la 07. —Bruno levanta un expediente donde, en una bolsa transparente, está guardada una pulsera de cuerda.

—¿De quién era? —No entiendo nada, pero por su expresión deduzco que no es una buena noticia que esa pulsera esté separada de su propietario.

—De Hugo. Era de Hugo.

Hugo, hacía algunos días que no lo veía, ahora entiendo por qué. Seguramente ahora estará muerto, y nosotros podríamos haberlo evitado.

—Tenemos que acabar con esto. Y lo tenemos que hacer *ya*.

—Esta noche ya hemos hecho demasiado. Vámonos. Si nos quedamos más tiempo, se darán cuenta y vendrán a por nosotros.

Y tras habernos asegurado de que no dejamos ni una sola prueba de nuestra presencia, nos vamos. Tanto él como yo somos conscientes de que en la planta 0 suceden atrocidades y de que solo nosotros tenemos la oportunidad y el deber de acabar con ellas. Y debemos hacerlo lo antes posible.

Una vez desandados todos nuestros pasos, volvemos al lugar de origen: la habitación de Bruno.

—Si quieres, podemos ver los documentos juntos. No dudo de que estás tan interesado como yo en saber qué pone en ellos —le ofrezco intentando ser amable y justa, sacándome las fotocopias de la cinturilla del pantalón.

—Me encantará leerlos contigo, pero deberíamos llevarlos a un sitio más seguro.

—De acuerdo. —No creo que haya peligro aquí; al fin y al cabo, nadie sabe que hemos estado ahí abajo, pero Bruno está visiblemente nervioso y decido hacer una concesión.

—Habrá que subir algunas escaleras más.

Con «algunas escaleras más» se refería a un total de ochenta escalones. Me ha llevado a la última planta de Marlinn Dawn.

—La primera vez que te traje aquí te fuiste corriendo después de empezar una fuerte discusión —me recuerda Bruno.

—Hoy no me quedan energías para comenzar otra, tranquilo.

—No sabes lo aliviado que estoy. Venga, pasa —me indica abriendo la ventana que estaba frente a nosotros—. Cuidado con la cabeza.

Salgo con precaución hasta que, por fin, me siento sobre las tejas rojizas del tejado. Segundos después, Bruno está a mi lado. El cielo nocturno australiano es uno de los más hermosos que he visto nunca:

las estrellas brillan con tal intensidad que parece que las puedas tocar alargando el brazo.

—Padezco de insomnio, así que cuando no puedo dormir, siempre vengo aquí.

—Es precioso.

—Y sobre todo si eres un fanático del espacio exterior, como yo.

—¿Crees que hay vida extraterrestre? —pregunto, sin saber muy bien por qué.

—Sí. Los seres humanos somos tan egocéntricos que creemos que para haber vida más allá de nuestro planeta, es necesaria la presencia del agua, de una atmósfera, de unas determinadas temperaturas... Es absurdo. Totalmente absurdo. En otros planetas, o incluso en otros sistemas u otras galaxias, la vida puede tener necesidades muy diferentes a las nuestras.

—Estoy totalmente de acuerdo contigo, Bruno.

—Vale. Ahora me toca preguntar. —Frunzo el ceño al ver lo rápido que aprovecha para interrogarme—. ¿Sabor de helado favorito?

Ante su pregunta suelto una carcajada sonora, muy sonora. No creo que sea el momento para tener esta conversación, pero me divierte.

—Menta.

—Oh, por favor, ese sabor no tiene nada que hacer contra una gran bola de chocolate con tropezones.

Los dos empezamos a reírnos, pero a reírnos con ganas. Es como si pudiésemos espantar con la risa toda la tensión que acabamos de vivir. Por un momento, somos dos adolescentes normales subidos a una azotea. Creo que la sensación de no poder parar de reír por mucho que se intente es una de las más bellas de todas. Aprovecho mi turno para preguntar otra cosa.

—¿Película favorita?

—*Kill Bill.* Gran director, gran guion, grandes actores, escenas memorables... Tiene todo lo que ha de tener una buena película.

—Coincido —digo sorprendida—. Venga, te toca preguntar.

—¿Has matado a alguien?

—¿Qué clase de pregunta es esa? —Quizá estuviese demasiado relajada, pero su pregunta me pilla totalmente desprevenida. El buen rollo se desvanece al segundo.

—Responde.

—No. No he matado a nadie.

—¿Y cómo sabes que estarás preparada cuando llegue el momento? —Bruno, que lleva desde que nos sentamos mirando el horizonte, ahora se vuelve para mirarme a la cara. Tiene una expresión pensativa y seria.

—Porque llevo preparándome toda la vida.

—Quizá no estés lo suficientemente preparada.

—Lo estoy.

—¿Cómo lo sabes?

—Confío en mí misma. Sé que podré hacer lo que me proponga siempre que luche por ello y siempre que dé mi vida por una buena causa.

—¿Estarías dispuesta a sacrificarte por una causa? La vida es algo demasiado valioso como para abandonarla tan fácilmente. —El Bruno bohemio sale a la luz.

—Hay circunstancias por las que uno debe sacrificarse.

—Pues yo jamás daría mi vida por nada, ni por nadie.

—Y ahí demuestras lo egoísta y egocéntrico que eres.

Y vuelve a ocurrir lo mismo que antes: la adrenalina provocada por la discusión nos altera y nos confunde, nos hace poderosos, pero también incontrolables. Volvemos a estar apenas a unos centímetros y nuestras respiraciones vuelven a acelerarse. La mirada de Bruno es dura y fulminante, creo que ahora mismo tiene las mismas ganas de besarme que de pegarme.

—¿Qué estás pensando? —pregunto manteniendo la corta distancia que hay entre nosotros.

—Estoy pensando en las ganas que tengo de besarte.

—¿Y por qué no lo haces?

—Estoy a punto de hacerlo.

Y en cuanto acaba de hablar, sin dejarme siquiera tiempo para pensar en lo que termina de decir, posa sus labios sobre los míos de una forma lenta, pero muy contundente.

Y en ese momento, me olvido de los documentos, me olvido de la planta 0, me olvido de absolutamente todo.

Día 22 (2.ª parte)

Llego a mi habitación a las dos de la madrugada, pero me paso dos horas analizando los documentos robados. Le juré a Bruno que no lo haría, que esperaría a mañana para verlos juntos, pero no puedo cumplir mi palabra. La incertidumbre y la impaciencia están devorando mi interior, leerlos era una necesidad.

Y tras hacerlo, no puedo pegar ojo en toda la noche.

Las primeras hojas eran fichas médicas de los pacientes de las habitaciones en las que entramos. Entre ellos, estaba el nombre de Sasha y el de Hugo. Pienso que la última vez que los vi fue durante la fiesta, hace unos días. ¿Cómo nadie se había dado cuenta de su ausencia? ¿Es que a todo el mundo le parece normal que desaparezcan alumnos de la noche a la mañana con la simple justificación de que alcanzan la mayoría de edad?

Ahora son las siete y media de la mañana, Akva se acaba de despertar: es mi oportunidad para interrogarla.

—Buenos días.

—Buenos días —gruñe mientras se viste.

—¿Qué ha pasado con Sasha y Hugo? —decido ir directa al grano. Quiero respuestas y las quiero ya.

—Ambos estaban a punto de cumplir dieciocho años, querían irse juntos y lo han hecho.

Por eso casi todos los alumnos tienen diecisiete años: alcanzar la mayoría de edad es la excusa más fácil para explicar su desaparición. Akva puede ser la siguiente.

—¿Qué tenemos a primera hora? —pregunta totalmente despreocupada.

—Yo tengo matemáticas; tú, biología.

—Buuuff... Qué pereza.

—Venga, vámonos, no quiero llegar tarde.

Salimos de nuestra habitación. Akva hace días que no asiste a clase, cuando la ven, todos la saludan con alegría, puesto que es muy querida aquí. Ella actúa de forma cordial, pero mantiene las distancias, actitud que despierta incertidumbre.

—¡Esperad! —grita alguien. Al volverme, veo a Bruno corriendo hacia nosotras. Me siento un tanto incómoda al recordar lo que pasó ayer en la azotea, pero ver que él se comporta con total normalidad me tranquiliza—. ¿Tienes mates ahora, Dani?

—Sí.

—Yo me quedo aquí, chicos, nos vemos en la comida —se despide Akva, dejándonos solos en medio del pasillo. Esta situación es muy, muy extraña... No tengo entrenamiento para esto. Ni referencias. No sé qué decir, ni cómo actuar.

—¿Y si nos hacemos los locos y no vamos a clase? —Bruno habla de un modo muy relajado, la única tensa soy yo.

—No, podríamos levantar sospechas.

—¿Sospechas de qué?

—No lo sé, pero estamos demasiado cerca como para estropearlo.

—Venga, sé que estás deseando venir conmigo.

Levanto una ceja ante su prepotencia. Puede que me lo llegase a pensar, pero ahora tengo muy claro que no voy a acompañarlo a ningún sitio.

—Esta es mi clase —digo parándome en el aula de matemáticas—. Y voy a entrar en ella. Nada de lo que digas podrá detenerme.

—¿Estás segura? Dicen que soy bastante convincente.

—Y no lo dudo, pero conmigo tus tácticas no funcionarán.

Nada más acabar de hablar, Bruno vuelve a besarme. Un beso rápido, cargado de fuerza y agresividad. Con delicadeza muerde mi labio y emite un suspiro.

—Ven conmigo —me susurra al oído.

Yo espero unos segundos para responder y, cuando por fin suena el timbre, digo:

—No.

Le guiño el ojo y le cierro la puerta en la cara. «No eres el único que sabe jugar», pienso. A través del ventanuco de la puerta puedo ver cómo se ríe y niega con la cabeza para después apartarse y dejar entrar al profesor.

—Buenos días.

—Buenos días —contestamos todos los alumnos sentándonos a nuestros pupitres. Me pregunto si todos los profesores estarán al corriente de lo que ocurre en este lugar. Lo más seguro es que lo sepan absolutamente todo.

—Empezaremos corrigiendo los deberes de ayer. Daniela, ¿por qué no estuviste ayer en mi clase?

—No me encontraba bien —miento.

—¿Fuiste a enfermería?

—Solo era un dolor de cabeza.

—Sé que llevas menos de un mes aquí, pero te aseguro que no mordemos. Podías haber pedido algún analgésico.

«No, puede que no mordáis, pero torturáis y matáis a jóvenes tratándolos como ratas de laboratorio.»

—Ya estoy totalmente recuperada, no se preocupe.

—Me alegro. Sal a la pizarra a hacer el primer ejercicio, por favor.

Obedientemente, me levanto a resolver la ecuación que me dictan mis compañeros, pero justo cuando voy a comenzar a despejar la equis, unos ruidos procedentes del pasillo logran distraerme.

—¿Qué demonios está pasando? —pregunta el profesor al escuchar el cúmulo de voces que traspasa la puerta. Todos los alumnos de las otras clases han salido al pasillo y nosotros, con curiosidad, hacemos lo mismo.

—¡¿Akva?! —grito intentando encontrarla entre la multitud.

—¡Estoy aquí!

Me abro paso entre la gente para conseguir llegar hasta su lado. Está pegada a la ventana, pero tras mirar por ella me hace señas, indicándome que vaya hacia las escaleras. Cuando nos reunimos allí, Akva solo dice un nombre:

—Steve.

Enseguida me llevo las manos a la cabeza, avanzándome a lo que estoy a punto de ver. Bajamos corriendo hasta llegar al exterior del edificio, donde también hay personas congregadas.

En cuanto veo a Steve allí, se me corta la respiración.

Se ha subido al muro de contención, sus ojos están completamente rojos y se tambalea de un lado a otro. Tiene la apariencia de un loco.

—Dani, se va a tirar. ¡Se va a tirar! —Akva ha comenzado a llorar, sin entender muy bien lo que pasa. Nadie comprende nada, y no me extraña. De pronto, un chico que lleva desaparecido días aparece subido a un muro amenazando con acabar con su vida.

—No va a tirarse, la distancia hasta el suelo no es demasiado grande. Solo quiere llamar la atención.

—¿Qué demonios, está pasando, Tima... Dani? —Bruno llega hasta nosotras frunciendo el ceño. Creo que solo yo entiendo lo que va a hacer. La culpa lo ha consumido. Desvío mi vista a sus bolsillos, en busca de una silueta de arma blanca. Es lo más fácil y lógico.

«No lo hagas, Steve, no seas tan cobarde.»

—¡ESTE ORFANATO ES EL MISMÍSIMO INFIERNO! ¡ELLOS MATARON A PHILIP! ¡ELLOS LO MATARON! —Sus gritos están llenos de desesperación e ira. Por un momento, fija su mirada en mí. «No lo hagas», susurro negando con la cabeza. Steve me ha visto, y me ha entendido, pero va a seguir. Sé que va a seguir—. TODOS CORREMOS PELIGRO AQUÍ. MAÑANA PUEDE SER NUESTRO TURNO. ¡MAÑANA PUEDE QUE DECIDAN MATARNOS! ¡SON UNOS MONSTRUOS!

Algunos profesores están empezando a escalar el muro para obligarle a bajar. Cuando Steve se percata, termina su discurso proclamando:

—PHILIP SEGUIRÍA VIVO SI NO FUESE POR VOSOTROS. DANI, TIENES QUE ACABAR CON ESTO. ELLOS HAN ACABADO CONMIGO. ¡HAN ACABADO CONMIGO!

Se lleva la mano al bolsillo.

Saca un cuchillo.

Y sin pensarlo ni un solo segundo, hunde la punta en su pecho.

La sangre empieza a salir a borbotones.

Los gritos se vuelven cada vez más sonoros.

El cuerpo de Steve cae al vacío.

Cierro los ojos con rabia y frustración: podía haber hecho algo para impedir que esto sucediese; sin embargo, me quedé de brazos cruzados. Akva se ha ido corriendo totalmente fuera de sí.

—Lo siento —murmura Bruno mientras me ofrece su hombro para consolarme. Acepto su ayuda y me refugio entre sus brazos. Somos los únicos que aún permanecemos aquí. Irónicamente, su cuerpo ha caído hacia la libertad, ahora su sangre regará la verde hierba que tapiza el interior del orfanato—. Ha dicho tu nombre.

—Lo sé.

—Estás jodida.

—Gracias por recordármelo. —Todos han escuchado mi nombre en el discurso de Steve. Descubrirán nuestra alianza, desconfiarán de mí y acabaré en la planta 0, sin duda. Es un hecho, hoy o mañana formaré parte de alguno de sus experimentos.

—¿Qué vamos a hacer ahora?

—En cualquier momento me llevarán a la planta 0. Aquí arriba soy peligrosa. Seré la siguiente.

—Joder...

—Si lo piensas, no está tan mal. Atacaré desde su base, cuando menos se lo esperen, lograré acabar con este sitio desde dentro.

—¡¿Estás hablando en serio?! —Ha empezado a subir su tono de voz y sus brazos ya no me rodean, ahora se lleva las manos a la cabeza.

—Sí.

—Eres un maldito desastre.

—Confía en mí.

—¡No puedo confiar en ti en una situación así! ¿Piensas que esto es un juego de niños? ¿Sabes dónde te estás metiendo? ¡Ni siquiera pareces afectada, joder!

—¿Puedes parar de decir palabrotas?

—¿Eso es lo que te preocupa? ¿Mis putas palabrotas? ¡Un amigo tuyo se acaba de suicidar!

—No era mi amigo, era un compañero —aclaro manteniendo la calma.

—¡Parece que todos te importamos una mierda! Solo, solo... Solo le prestas atención a la planta 0. ¡Piensa por un momento en los que estamos aquí! A nosotros nos importas.

—Todos vosotros sois insignificantes comparados con lo que ocurre ahí abajo.

En cuanto las palabras salen de mi boca, soy consciente de lo crueles que han sonado. Ya es la segunda o tercera vez que cometo el mismo error. Bruno, que ya estaba preparado para contestar, cierra la boca y se va en absoluto silencio. Qué dura es la realidad y qué difícil es asumirla.

Las clases se han suspendido y las actividades también. Todas las instalaciones comunes del centro están desiertas, así que decido ir a mi habitación para ver cómo se encuentra Akva. Tengo que fingir que todo sigue más o menos igual, tengo que dejarles que vengan a por mí.

—¿Akva? —pregunto al entrar.

No me responde, pero puedo oír el agua en el baño. Entro y veo que ha llenado la bañera y está en posición fetal, aún con lágrimas resbalando por su rostro. Me resulta gracioso ver cómo imita mis manías, aunque creo que no es el mejor momento para reírse. Preguntar por su estado de ánimo sería absurdo, es obvio que no está bien.

—¿Necesitas algo?

—No. Solo quería relajarme y estar sola.

—¿Quieres que te deje sola? Voy a ir a dar un paseo.

—Sí, Dani. Vete, vete a dar un paseo o a correr por tu estúpido circuito. Me pone muy nerviosa verte tan animada después de lo que acaba de suceder.

—No estoy animada, solo que...

—¿Qué excusa tienes ahora? —me interrumpe—. ¿Lo veías venir? Y si fuera yo la muerta, ¿acaso te importaría? ¿Acaso te importa alguien?

No estoy dispuesta a oír otro discurso más en el cual se me tache de insensible, así que yo también decido escapar hacia mi método de relajación. Estoy harta de ser juzgada tan a la ligera, ¿es que nadie me entiende? Ojalá mis padres estuviesen aquí, ellos me darían la razón... ¿Verdad? ¿O se pondrían de parte de Akva y Bruno?

Más confundida que nunca, salgo de la habitación, pero algo me detiene. Enfrente de mí está la puerta de Bruno. Sin pensarlo una segunda vez (porque si lo medito más no lo haría), llamo a la puerta.

—¿Qué quieres? —pregunta Bruno con cara de indiferencia cuando abre y me ve.

—Venía a... Creo, creo que te debo una disculpa —hablo como una estúpida, intimidada por la vergüenza de admitir mis errores. Quizá por eso intento no cometer ninguno, porque, cuando me equivoco, admitirlo es doloroso, un disparo directo al egocentrismo—. Bruno, soy un ser humano, ante situaciones agobiantes mi cuerpo genera tensión, es algo totalmente normal.

—¡Qué alivio! Estaba empezando a dudar si de verdad eras humana.

—Necesito moverme, ir a algún sitio. ¿Vienes o no? —pregunto cansada de sentirme humillada.

—Vamos —responde cerrando la puerta y dedicándome una sonrisa microscópica, casi imperceptible. No sé ni cómo ha aceptado.

Al pasar por delante de la piscina, nos colamos en el interior. Está completamente vacía y lo único que se oye es el batir del agua contra las paredes. Al salir tan deprisa de la habitación se me olvidó por completo coger el biquini, pero no me importa, la ropa interior que llevo es tan simple que pasa desapercibida. Me desprendo del uniforme y me sumerjo.

Ya no hay gritos, ya no hay llantos, el silencio submarino vuelve a ofrecerme su paz. Abro los ojos y me quedo unos segundos a ras del fondo, dejando que mi cuerpo flote ligero en busca de oxígeno.

Cuando salgo a la superficie, ahí está él, nadando hacia mí. A tan solo unos centímetros de mí, se detiene y me mira profundamente. Tenerlo tan cerca me hace pensar en nosotros: la evolución de nuestra relación no deja de sorprenderme, lo he odiado, he desconfiado de él e incluso he tenido hasta ganas de matarlo. No obstante, tras un juego de seducción que al final no sirvió para nada, he acabado prendada de su carismática forma de ser, de su humor y de su picardía.

Al fin y al cabo, soy una adolescente que no ha recibido cariño en toda su vida, y es normal que al encontrar a una persona que está dispuesta a darme un mínimo de amor me emocione y me entregue a la causa.

—¿Crees que soy de hielo, Bruno? —La necesidad de preguntárselo era cada vez mayor. Tras ver a Akva tan afectada sabiendo que Steve no era de su agrado, me pregunto por qué yo no estoy triste, por qué no estoy llorando.

—Creo que a lo largo de los años te han obligado a construir una coraza de hielo alrededor de ti misma. Pero en el fondo sé que tienes sentimientos, sé que algún día aprenderás a mostrárselos al mundo. Solo... Solo necesitas ese fuego que esté dispuesto a derretir esa coraza.

—¿Y crees que alguien estaría dispuesto a ser ese fuego?

—Yo. —Aunque odio las cursiladas, he de admitir que sus palabras me descomponen. Nunca nadie me ha querido tal como soy, jamás me han demostrado un mínimo de afecto, incluso mis padres me infravaloran con el propósito de espolearme para que mejore mis habilidades. Bruno es la primera persona que se arriesga por mí, que me defiende y es capaz de ponerse a sí mismo en peligro para ayudarme.

—Fuego y hielo... ¿Tan diferentes somos?

—Puede que difiramos en muchas cosas, pero, en otras, somos exactamente iguales. Los dos quemamos, los dos...

No le dejo terminar, me acerco y ahora soy yo la que lo besa. Mis piernas lo rodean y el espacio entre nosotros se vuelve inexistente, siento que su pecho sube y baja, que su respiración se acelera y que, aunque no quiere hacerlo, decide separarse.

—Podemos irnos, Timantti. Tú, yo. Y Akva. Pero tenemos que hacerlo ahora, fugarnos de este sitio antes de... —Pongo mi dedo índice en sus labios para callarlo.

—Escapar es de cobardes. Y más todavía sabiendo que nuestro deber es detener esto. —Bruno apoya su cabeza en mi pecho, suspirando. Paso mis manos por su pelo mojado hasta llegar a su barbilla y elevar su cabeza—. Tenemos que seguir actuando como si no supiéramos nada, hacerles creer que siguen llevando ventaja, que controlan la situación. Si quieres ayudarme, encuentra la habitación en la que me meterán y desactiva la cámara que me estará grabando. Pero no la inutilices, rómpela, que crean que he sido yo, que vean que algo pasa.

—¿Y qué harás tú?

—Improvisar, es lo que mejor se me da. Cuando veas que los profesores se dan cuenta y llaman a los agentes de seguridad, como hicieron hoy con Steve, espérame en recepción con todas las armas que puedas conseguir.

—Esto se pone interesante... —afirma Bruno con una sonrisa pícara, intentando recuperar el ánimo. Ya empieza a ser consciente de que no podrá hacerme cambiar de opinión.

—Muy interesante.

Le dedico mi mejor sonrisa y lo vuelvo a besar. El éxtasis que ahora mismo invade mi cuerpo vuelve mis acciones mucho más atrevidas. Esta vez soy yo quien muerde sus labios, porque... Quizá no pueda volver a hacerlo.

Día 23

Hoy también han suspendido las clases, y menos mal, porque son las once y media y Akva sigue durmiendo.

Todo está sucediendo con la más absoluta normalidad. Parece que todavía no van a venir a por mí. Quizá se están preparando. Ante el aburrimiento que me acompaña desde que me desperté a las 7.28, decido ir a visitar a Bruno. La conversación que mantuvimos ayer hizo que me replantease muchas cosas: ¿Qué siento por él? ¿Qué siente él por mí? Lo único que sé con certeza es que disfruto cada uno de los minutos en los que estoy a su lado, y creo que eso es más que suficiente.

—Buenos días —me saluda Bruno al abrir la puerta. Tiene los ojos hinchados y no para de frotárselos, además de que está más despeinado que de costumbre (y eso ya es difícil).

—¿Te he despertado?

—Tranquila, pasa antes de que te vean en el pasillo.

Se vuelve a meter en la cama y me hace indicaciones para que me acueste a su lado. Acepto su invitación y dejo que me estreche entre sus brazos. Hace unos días esta situación me habría parecido de lo más incómoda, pero ahora me gustaría hacer este momento eterno. Sentirse querida es una de las mejores cosas de este mundo, encontrar a una persona que te quiera tal como eres... Quizá me esté precipitando, pero hoy todo me da igual. Hoy me permito ser esa versión de mí misma que he intentado ocultar a lo largo de los años. Esa versión en la cual vivo sin precauciones, en la cual me arriesgo y dejo de observar el mundo con una visión tan objetiva.

Hoy me permito ser una adolescente normal.

—¿Puedo confesarte algo? —pregunta Bruno abriendo los ojos para observarme.

—Dime.

—Estoy un poco asustado por lo que pueda pasar hoy. Llevo toda la noche dándole vueltas.

—Pasará lo que tenga que pasar.

—Desde el primer día en que te vi sabía que serías diferente —confiesa apartando pequeños mechones de pelo de mi cara. No sé cuántas veces me lo ha dicho ya...

—No te pongas sensible.

—Solo me permito serlo contigo —bromea en tono dramático; en realidad, nunca dejará de ser un capullo.

—Vale, esta conversación se está volviendo demasiado empalagosa.

Bruno me besa en la frente y se levanta de la cama dispuesto a enseñarme algo. Abre su armario y saca una pequeña maleta cerrada con candado, el cual se abre con la llave que lleva colgando del cuello.

—Tomas pocas medidas de seguridad, yo misma podría quitarte esa llave.

—¿Tú crees?

—Totalmente —respondo segura de mí misma.

—Inténtalo.

Me yergo decidida a quitarle el collar (que más bien es una cuerda) y demostrarle que no ha de subestimarme. Con mi mano izquierda hago el amago de quitársela, y mientras él se centra en parar mi movimiento, con la mano derecha lo agarro del cuello empotrándolo contra la pared. Levanto una pierna para apartar el brazo con el que sujeta mi mano; lo consigo, pero Bruno también logra cambiar nuestra posición y que sea yo la que está contra la pared. Como me enseñó mi padre, toda situación, por desventajosa que sea, tiene su parte buena, y aunque ahora esté arrinconada puedo enganchar mis piernas a sus rodillas haciendo que estas se flexionen y que, por tanto, Bruno caiga contra el suelo.

—Aaargh... —se queja cuando su espalda choca contra la madera. En mi cara aparece una sonrisa de satisfacción, estando yo encima de él, a Bruno se le agotan las posibilidades. Intenta que nos demos la vuelta, pero resisto empujándolo con fuerza hacia el lado contrario. Como mis dos manos están bloqueando sus brazos, le quito el collar arrancándolo con los dientes. Una vez que lo tengo en mi poder, dejo de ejercer presión y me lo coloco alrededor del cuello.

—Gané.

Bruno vuelve a intentar hacerme girar para acabar encima de mí y, en esta ocasión, una vez cumplida mi misión, no opongo resistencia. Ahora es él el que tiene agarradas mis manos.

—Yo también. —Y me besa. Es uno de esos besos de película que crees que jamás recibirás. Aunque seas una antisocial como yo, aunque hayas perdido la fe en la humanidad... Al final acaba llegando esa persona que cambia tus planes, tu forma de ver el mundo, la persona que le da un motivo a tu sonrisa.

Puede que nunca tenga el valor suficiente para decírselo en voz alta, pero creo que empiezo a quererlo. Solo un poco. Es una lástima que estemos en una situación de vida o muerte.

—¿Quieres abrir la maleta?

—Será un verdadero placer.

Cuando tiro de la cremallera, me encuentro un arsenal compuesto por diferentes armas: dos M9, un AR-24, una SIG P226, dos armas blancas, cinco granadas y munición.

—Es el material que debemos llevar por obligación a las misiones que nos organiza la empresa. No es mucho, pero creo que valdrá.

—Yo también tengo algo en mi habitación, creo que será suficiente.

—Será una auténtica matanza. Eres consciente de ello, ¿verdad?

—Sí.

—Somos dos contra a saber cuántos.

—Mejor calidad que cantidad —digo intentando animarlo.

—¿Y si no sale bien?

—Merece la pena arriesgarse, Bruno. Si no hacemos nada, en este sitio seguirán ocurriendo barbaridades. Nosotros tenemos la oportunidad de detenerlas.

—Sabes que te apoyaré en todo, estoy contigo en todos los sentidos.

Me mira fijamente a los ojos y guarda silencio, esperando mi respuesta.

—Voy a ver cómo está Akva. —Quizá ha sido un poco descarada la manera en la que he zanjado la conversación, pero estaba a punto de entrar en terrenos fangosos.

—¿Demasiado dulce? —pregunta mordiéndose el labio mientras yo abro la puerta para irme.

—Demasiado dulce —afirmo, contenta de que no se lo tome a mal.

Cuando entro en mi habitación, Akva ya se ha despertado, pero está mirando por la ventana totalmente desconectada de su realidad.

—¿Qué tal estás?

—Estoy mejor. —Sus palabras no dicen lo mismo que su rostro. Cuando una persona no está acostumbrada a las pérdidas, estas le duelen demasiado. La muerte no solo acaba con la vida de uno, sino también un poco con la de todos los que le rodean. Puede que yo esté más que acostumbrada a perder gente, pero tengo que entender que los demás no son como yo. Tengo que comenzar a empatizar con Akva.

—¿Quieres ir a dar una vuelta o algo? Lo mejor en estos casos es mantener la mente ocupada, te hablo desde la experiencia.

—No me apetece salir, pero si pudieras traerme algo de comida, te lo agradecería muchísimo. Me muero de hambre.

—Claro, ahora mismo voy.

Ayer nos avisaron de que dejarían el *catering* todo el día por si queríamos comer en privado, una especie de «luto« que no acabo de entender. Cuando llego a la cocina, apenas quedan alimentos para el desayuno, así que cojo lo que puedo: un zumo de melocotón (por supuesto), un yogur natural y dos plátanos. A las mesas solo están sentados tres alumnos que susurran nada más verme. Decido ignorarlos y volver con Akva: odio ser el centro de atención y esta situación me obliga a serlo.

—¡Aquí está tu comidaaaa! —digo emocionada, intentando sacarle una sonrisa. Akva ni siquiera se ha movido, sigue en la misma postura en la que estaba cuando me marché.

—Gracias.

Clava la pajita en el *brik* de zumo en absoluto silencio. Los roles han cambiado: yo he adoptado su personalidad y ella tiene el mismo ánimo que tenía yo cuando llegué aquí. Es abrumador lo mucho que nos pueden cambiar las circunstancias que vivimos. Nuestras personalidades se forjan a partir de las vivencias que tengamos en nuestra vida.

—Akva...

—Voy a salir, me apetece respirar aire fresco —me interrumpe.

—Oh, claro, vamos.

—Dani, quiero ir sola...

—Ah. —Eso no me lo esperaba—. No hay problema. Estaré aquí cuando decidas volver. —O eso espero... Quizá no vuelva a verla y ni siquiera me he despedido.

Y así, sin más, se va. Su actitud comienza a desesperarme, no sé qué decirle ni qué hacer para mejorar su situación anímica. Mi mente empieza a formular paranoias: ¿y si comete una atrocidad? Su estado de ánimo ha vuelto a recaer y quiero ayudarla en todo lo posible; ante ella se despierta en mí un instinto protector exagerado. Por suerte, estar en la primera planta me ofrece unas estupendas vistas del jardín y puedo controlar que Akva no siga los pasos de Steve.

Está sentada en la hierba, acabándose el zumo, con la vista perdida en el horizonte y todavía con el pijama puesto. Me quedo absorta mirándola cuando unos fuertes golpes me alertan: alguien está llamando a la puerta con mucho ímpetu.

¿Vendrán ya a por mí? Inmediatamente, abro la maleta, su doble fondo y saco la píldora letal que incluí a última hora en mi equipaje. En mi período de entrenamiento, mis padres no dejaban de insistir en la importancia de dicha píldora. Muchas veces en situaciones de alto riesgo nos encontramos totalmente bloqueados por una sola persona, estamos desarmados y completamente inmovilizados y solo necesitamos una cosa: librarnos de ese maldito personaje. En este caso, es muy fácil, solo tengo que hacer que se trague la píldora y en pocos minutos acabará convulsionando en el suelo. Esconder una granada, una pistola o un arma blanca en mi cuerpo sería imposible. Ellos me desnudarán y se asegurarán de que no lleve nada conmigo, pero algo tan pequeño, algo tan insignificante como una píldora, es muy fácil de ocultar. Me la pego con cinta detrás de la oreja; entre el pelo y el pabellón auricular, es casi imposible advertir el minúsculo bulto.

Los golpes se repiten, esta vez con más fuerza y más rapidez.

—¿Bruno? —pregunto impactada al abrir.

—Me han dicho que venga a buscarte. Ha llegado el momento, Timantti. —Habla entre dientes, como si le diera miedo que alguien pudiera escucharlo.

—¿Por qué te han mandado a ti?

—Para no levantar sospechas. Recuerda, trabajo para ellos. Después de esto desaparecerás, si viniese a por ti un profesor, sospecharían. ¿Está Akva dentro?

—No, ha salido a los jardines.

En cuanto termino de hablar, Bruno empuja la puerta, que estaba entreabierta, y los dos acabamos dentro de la habitación, contra la pared; volvemos a estar separados por tan solo unos centímetros. Él me besa lentamente, alargando el momento lo máximo posible.

—Este no será nuestro último beso. Prométemelo.

—Yo... Yo no puedo prometértelo, Bruno.

—Joder... —suelta apoyando su frente contra la mía. Comprometerme a hacer cosas que no pueda cumplir es uno de mis principios, y me niego a romperlo. Comprometerme y no poder cumplirlo sería un castigo moral eterno—. Tienes que seguirme.

Nos separamos, salimos definitivamente del cuarto y lo sigo escaleras arriba.

—Tienes que hacerme un favor —susurro entonces rompiendo el silencio.

—Dime.

—Tienes que explicarle a Akva todo lo sucedido.

—¿No lo sabe ya?

—A grandes rasgos, jamás entré en detalles... Pero ella... Ella se merece saber lo mismo que sabemos nosotros. Lleva aquí toda su vida, Bruno.

—De acuerdo, pero ahora escúchame tú —responde volviéndose y mirándome fijamente—. Creo que los directivos de este infierno desconfían de los dos, no solo de ti.

—¿Y por qué iban a hacerlo?

—Noté una ironía especial en la forma en que me pidieron que viniera a por ti. Pueden habernos visto juntos todo este tiempo y seguramente tengan las grabaciones de la piscina.

—Tenemos que lograr que dejen de pensar eso.

—Lo sé. Estar los dos allí abajo sería muy desventajoso.

—Tú sígueme el juego, yo contestaré si hacen preguntas.

Él asiente y seguimos andando hasta llegar a un lugar que desconocía por completo. Antes de abrir la puerta, Bruno me guiña el ojo y estrecha mi mano con fuerza. En sus labios puedo leer un «Todo saldrá bien».

Ojalá sea verdad.

Al entrar me sorprende mucho la atmósfera del lugar: es muy oscuro, tres profesores están sentados frente a un gran escritorio en el que creo que hay un monitor; además, un foco apunta a la pared que está ante ellos. Por mucho que intento verlos, no lo consigo, el juego de luces y sombras me lo impide.

—Aquí la tenéis —dice Bruno agarrándome del brazo con brusquedad, ya se ha metido en su papel y yo he de hacerlo también.

—Hola, Daniela.

Esa voz... Intento procesarla lo más rápido que puedo, unirla con una situación, con una cara, con una persona...

Bingo.

Es el señor que estaba en el pasillo el día de la muerte de Philip. El señor alto, moreno, con cejas bien definidas y unos zapatos que creo que podrían ser una talla 40 o una 41. No hay duda, es él. El infame que sustenta la odisea que tiene lugar entre las paredes del orfanato.

—Supongo que ya sabrás por qué estás aquí... —su voz grave cuadra a la perfección con la escena que estoy viviendo.

—Me hago una idea —bromeo con tono irónico.

—Quiero que me digas por qué Steve te mencionó en su discurso.

—Steve era mi amigo —exagero—. Y para él yo era una confidente. Me contaba todo sobre su vida, y por eso mismo me enteré de las pastillas que le suministrabais. Busqué información sobre ellas y descubrí que era un medicamento totalmente nuevo que provocaba en Steve una gran agresividad. No es muy difícil atar cabos, ¿no crees?

—Quiero que me digas todo lo que sabes. TODO —grita golpeando la mesa.

—Eso es lo único que sé —miento esperando sonar creíble.

—¿Seguro que este individuo no te ha contado nada más? —pregunta señalando a Bruno. Él tenía razón, desconfían de una alianza entre los dos.

—¿Bruno? ¿Qué tiene que ver Bruno con todo esto?

Me hago la ingenua, como si no supiera nada de su trabajo, como si desconociese por completo que Marlinn Dawn lo contrató.

—¿Crees que me voy a creer tus mentiras, pequeña zorra?

El señor se ha levantado acercándose a mí; eso sí, sin salir de su perímetro sombrío de seguridad. Parece una sombra.

—No estoy diciendo ninguna mentira.

—¿Y cómo explicas esto?

Sombra abre uno de los cajones del escritorio y saca un mando, pulsa cuatro teclas y en el monitor empieza a reproducirse el vídeo grabado por la cámara de seguridad de la piscina.

—Somos amigos —le respondo. Sombra levanta las cejas con una sonrisa malévola—. Bueno, amigos con derecho a roce. Ya sabes, estamos en estas edades en las que... —Sombra me interrumpe lanzándome el mando con fuerza a la cara. Logro esquivarlo. Alguien se está poniendo muy muy nervioso... Quizá no le guste que me tome esto con tanto sentido del humor, pero estos monstruos no se merecen ni un ápice de seriedad.

—Ahora explícame por qué entrasteis casi a la vez en este orfanato.

—Eso debería preguntárselo a él, yo entré aquí tras la terrible e imprevista muerte de mis padres. Creo que es motivo suficiente. —Intento sonar convincente y consigo incluso que mis ojos se humedezcan un pelín. No me preocupa mucho el fingir ser una niña ingenua e inocente, haga lo haga, actúe como actúe y responda lo que responda, voy a acabar atada a una camilla.

—Te voy a contar un cuento, querida Daniela.

—Soy toda oídos.

—La curiosidad mató al gato. Tu curiosidad te matará. ¿Querías información acerca de los medicamentos que creamos en este orfanato? Ahora tú misma podrás experimentar lo que hacemos aquí.

—Será todo un placer.

Ante mi respuesta, Sombra emite una carcajada tenebrosa y perturbadora.

—Oh, querida, créeme, te vas a arrepentir de esa respuesta.

—Yo no he hecho nada para merecer lo que sea que tengáis planeado para mí.

—Nadie de aquí ha hecho nada para merecerlo. Pero os necesitamos para hacer que la ciencia avance, gracias a vosotros los avances en medicina podrán ser mucho mayores. ¡Deberíais sentiros orgullosos! —habla por primera vez el señor de la izquierda. Sus palabras hacen que se me revuelva el estómago... ¿Cómo es posible que alguien pueda pensar así? ¿Tanta crueldad puede existir en un solo ser? Contengo mis ganas de avanzar hasta ellos y estamparles la cara contra el suelo solo porque sé que estoy en situación de desventaja, así que me limito a decir:

—Sois repugnantes.

—Bruno, pégale —ordena Sombra contundentemente.

—¿Qué?

—Trabajas para nosotros. Demuéstranos que no estáis relacionados. Quiero que le pegues hasta dejarla inconsciente. Ya se despertará en su nuevo y precioso hogar de cuatro paredes.

—No me pagáis para esto —replica Bruno. Sé lo que está haciendo. Intenta ganar tiempo. Durante unos segundos no se mueve, está inmóvil en una esquina del cuarto pensando qué hacer. Lo miro fijamente hasta que consigo que él también me mire; entonces, de forma muy disimulada, asiento con la cabeza, diciéndole, de algún modo, que tiene que hacerlo. Tiene que dejarme inconsciente.

Parece entenderme, así que se aproxima a mí dándole la espalda a los tres capullos que han vuelto a sentarse con total tranquilidad. Aprovechando que ellos no pueden verle la cara, mueve los labios para decirme:

—Lo siento.

Y tras unos segundos de completo silencio, me da un fuerte golpe en la zona adecuada para hacer que pierda el conocimiento lo antes posible. Aun así, tiene que volver a propinarme otro puñetazo más hasta conseguir que empiece a tambalearme. Su expresión mientras lo hace se quedará grabada en mi mente el resto de mi vida: rabia, ira, tristeza, frustración, amor y vergüenza. ¿Cómo con tan solo una mísera expresión se puede decir tanto?

Cuando mi labio comienza a sangrar, Bruno se detiene, no es capaz de continuar.

—¡ACABA YA! —chilla Sombra histérico al ver que Bruno no se siente con fuerzas de volver a propinarme otro golpe.

—Vamos, Bruno —le susurro yo.

Y lo último que veo es su puño en mi cara, intentando no darme en la nariz y en las zonas vitales, intentando no hacerme daño.

Un pitido y acabo en el suelo.

Día 24

Abro los ojos.

Después de no sé cuánto tiempo perdida en la inmensidad de mi inconsciencia, abro los ojos.

Me encuentro en una de las habitaciones de la planta 0, acostada en una camilla de sábanas blancas cuyo olor me recuerda a un hospital. Analizo mi situación: mi cuerpo está resentido, adormilado, pero aparentemente conservo una movilidad completa. Siento un fuerte dolor de cabeza y es muy probable que tenga el ojo derecho hinchado, ya que me duele al pestañear. Estoy conectada a una vía, así que inmediatamente levanto el esparadrapo para apartarla, pero, para mi sorpresa, no está penetrando en mi piel, solo está apoyada sobre ella.

Eso solo puede significar una cosa...: Bruno ha estado aquí.

Y lo más seguro es que yo pueda moverme gracias a él. Además, la cámara de vigilancia que debería estar grabándome apunta al suelo, lo que no hace más que confirmarme su presencia.

Me levanto en busca de algún elemento útil para la defensa personal. En cuanto apoyo los pies en el frío suelo, mi cuerpo comienza a tambalearse, todo me da vueltas. Andar se convierte en un auténtico reto y mis piernas flaquean, haciéndome caer. Aunque Bruno me quitase la vía, seguramente la tuve puesta unas horas y mi cuerpo aún se encuentra semidormido, necesita más tiempo para despertarse por completo.

Inspecciono el lugar con lentitud: los armarios están vacíos y en el baño no hay nada más que una pileta, un retrete y una minúscula ducha. Ni siquiera hay un espejo que pueda romper... No hay conductos de ventilación por los que escapar y la puerta está cerrada con una de esas llaves de tecnología punta, lo que me da otra pista: alguien estuvo aquí después de Bruno, si no, él se las habría apañado para dejar la puerta abierta.

No tengo ninguna opción, solo puedo volver a la cama y esperar a que suceda algo. Solo hay un hecho a mi favor y es que ellos piensen que estoy inmovilizada cuando en realidad puedo moverme.

Vuelvo a «ponerme» la vía y tan solo transcurren diez minutos hasta que el pomo de la puerta se mueve hacia abajo. Alguien está a punto de adentrarse en mi prisión.

—Veo que te has despertado.

Un adulto de unos cincuenta años se dirige hacia mi cama y se sienta a los pies. Lleva gafas, una bata blanca y su rostro luce una barba incipiente. Su tono de voz es agudo, molesto, habla desde la prepotencia, creyéndose muy superior a mí.

—¿Te gusta tu nuevo hogar? —pregunta con sentido del humor, mientras se sienta en una silla al lado de mi cama. Cabrón... Decido no contestar, mantener el silencio—. Me han dicho que eres rebelde, y los rebeldes aquí no duran mucho. Espero que no te importe estar completamente inmovilizada, a partir de ahora pasarás así tus últimos días. Te alimentaremos mediante esa vía que asoma por tu brazo y alguien se encargará de limpiarte una vez por semana. Y, por favor, no pienses que somos así con todo el mundo, tan solo somos así de estrictos y crueles con las personas que se lo merecen. Dime, Daniela, si dejásemos que te movieses a tus anchas, lo primero que harías sería intentar escapar ¿verdad?

—Así es —respondo haciéndome la adormilada.

—Y lo segundo, al ver que es imposible escapar de este lugar, sería acabar con tu vida, ¿a que sí?

—Sí.

—Por eso mismo te tenemos inmovilizada.

Y concluye su intervención con una risa repulsiva. ¿Cómo alguien puede disfrutar haciendo tantísimo daño? ¿Qué experimentos tendrán preparados para mí?

—¿Te vas a quedar ahí sentado todo el día? —le suelto al ver que, aunque ha terminado de hablar, no se levanta y sigue observándome.

—Tu cámara de seguridad se ha averiado, así que sí, me quedaré contigo todo el día. Pero nos lo podemos pasar muy bien... Te queda muy bien la bata... —dice levantando la sábana que tapa mi cuerpo. Los deseos de levantarme y demostrarle de lo que soy capaz aumentan por segundos. Espero, por su propio bien, que no se atreva a tocarme—. Aunque creo que estarías mucho mejor sin ella...

El asqueroso ser que tengo a mi lado ha empezado a subirme la especie de camisón que llevo puesto. Sus manos avanzan por mis piernas desnudas, con calma, no tiene prisa... Noto cómo sus uñas rascan mis poros, cómo sus dedos se apresuran a invadir mi intimidad. Me pregunto cuántos jóvenes habrán tenido que pasar por esto, cuántos de mis compañeros habrán estado atados en una cama como esta, asustados e indefensos. Pero a diferencia de ellos, yo puedo moverme.

Puedo vengarlos.

—¡Se acabó!

Con toda la ira que llevo dentro, lo empujo con una contundente patada que lo estampa contra la pared. Su expresión cambia por completo, la sorpresa ha sido gigantesca. Me levanto despacio para no marearme y camino hacia él. La rabia me da fuerzas, pero soy consciente de que mis habilidades están mermadas, debo concentrarme.

Agarrándolo del pelo intento golpearle la cabeza contra la pared, un par de golpes bien dados deberían ser suficientes para acabar con su vida.

—¡AYUDA! —grita desesperado intentando escabullirse de mis piernas y brazos. Mi complexión delgada no casa con la fuerza que tengo.

—Cállate o seguiré —susurro.

—Está bien, pero tranquilízate, por favor —implora rápidamente, asustado.

Aprovechando su estúpida ingenuidad le asesto el último golpe, el golpe de gracia.

En la nuca.

Su cuerpo cae ya sin vida en el suelo.

Lo arrastro hasta el armario todo lo rápido que puedo, necesito ocultar el cadáver. Cuanto más tiempo tarden en descubrir lo peligrosa que puedo llegar a ser, mejor.

Una vez que está todo más o menos limpio, soy consciente de lo arriesgado que es el siguiente paso: tengo que salir por el pasillo.

Ya tengo llave (¡gracias, violador!), pero también necesito su huella. Por suerte, el médico que está en el armario tiene diez. Con las tijeras que tenía en uno de sus bolsillos corto ese trocito de piel que tanto necesito. Seguramente tendré que entrar y salir de más lugares y no puedo llevar un cadáver encima, llamaría demasiado la atención. Aprovecho y cojo también dos bisturís de su bolsillo. Seguro que me serán de utilidad.

Antes de salir inspiro profundamente para recuperarme. Parece que mi cuerpo empieza a responder, lo que me alivia. En cuanto salga, las cámaras me grabarán, he de ser fugaz. Sin más detenimiento, abro la puerta.

No hay absolutamente nadie en el pasillo, pero las cámaras revelan mi posición en todo momento. En breves minutos vendrán a por mí. Necesito encontrar la salida lo antes posible. Tengo que llegar arriba y reunirme con Bruno, pero no sé exactamente dónde estoy, así que pierdo unos minutos preciosos intentando ubicarme. Me concentro para recordar el trazado de la lámina que encontramos con el plano de la planta 0. Era un plano complejo, pero mi memoria no me falla y, por fin, me sitúo: tengo que recorrer un total de ocho pasillos hasta llegar a la recepción.

Los tres primeros están desiertos.

En el cuarto, una enfermera está a punto de doblar la esquina y yo me veo obligada a entrar en una habitación para no ser vista. Abro la puerta rápidamente para luego cerrarla de la forma más silenciosa que puedo.

Sobre la cama duerme una chica, tiene la cara hinchada y se le está empezando a caer el pelo. Me acerco para mirarla con detenimiento.

—¡¿Alejandra?! —exclamo sorprendida. Está irreconocible, tremendamente deteriorada. Al no obtener respuesta, le doy unos toques en el hombro.

—¿Dani? ¿Eres tú? —Se queda perpleja al verme, casi tanto como yo al comprobar su estado. Llevaba días sin verla, tendría que haber imaginado que estaría aquí.

—No tenemos tiempo para hablar, pero luego te lo explicaré todo. ¿Puedes moverte?

—Sí.

Respiro aliviada. Si no pudiese hacerlo, debería cargar con ella y eso dificultaría demasiado las cosas. ¿Qué habría hecho si hubiera respondido con un no? ¿La habría dejado tirada? Ni si quiera yo lo sé.

—Venga, vámonos.

—Es imposible escapar de aquí, este lugar tiene una vigilancia extrema...

—¿Prefieres quedarte y morir? —Soy clara y concisa, no tenemos tiempo para tonterías.

Alejandra me mira fijamente durante un segundo y, a modo de respuesta, se levanta de la cama. Llevamos el mismo camisón, y ahora que lo puedo ver en otra persona, soy consciente de lo vergonzoso que resulta. Nuestros cuerpos se intuyen a través de las transparencias...

—¿Adónde quieres llegar?

—A la planta de arriba, accederemos por la recepción.

—¿Y cómo vas a liberar a todos los pacientes? —Al oírla me paralizo por completo. Ni siquiera había pensado en eso.

—Buena pregunta.

—¿No lo sabes? —inquiere preocupada mientras meto la llave en la cerradura.

—No, no lo sé.

—Pero lo harás, ¿verdad?

Me tomo mi tiempo para contestar. Será muy complicado, casi imposible. Mi objetivo principal es sacar a la luz pública las atrocidades que suceden en este orfanato, pero no puedo dejar a los enfermos aquí abajo. No aguantarán lo suficiente. ¿Cuántas habitaciones puede haber en esta planta? Quizá más de cincuenta, y seguro que muchos de los enfermos no podrán ni moverse. Si queremos rescatarlos a todos, necesitaremos más ayuda, necesitaremos la ayuda de todos los alumnos.

—Por favor, Daniela. Esto es el infierno. El infierno —suplica con lágrimas en los ojos. Su mirada me perturba, en sus ojos puedo comprobar lo mucho que ha sufrido. Lo mucho que todos los alumnos están sufriendo.

—Lo haré —le aseguro. Al fin y al cabo, me gustan los retos—. Hoy todo terminará.

—¿Me lo prometes?

No puedo prometer nada, así que, sin responder, abro la puerta.

—Mierda.

Digo al ver el panorama que nos espera fuera. Estamos rodeadas: dos agentes de seguridad armados nos flanquean, uno a la derecha y otro a la izquierda. Todas las salidas están bloqueadas.

—Alejandra, es mejor que esperes dentro.

Día 24 (2.ª parte)

«Esto no ha hecho más que empezar», pienso mientras cierro la puerta de la habitación de Alejandra. Ambos guardias me apuntan con sus cañones. Yo levanto las manos, para demostrar que aparentemente estoy desarmada. Ellos se acercan a mí, pero yo, aprovechando el factor sorpresa, dejo caer los bisturís que tenía escondidos en las mangas del camisón y con un gesto rápido, los lanzo a la altura de sus cuellos: uno a la derecha y el otro a la izquierda.

Gracias a lo mucho que entrené mi puntería, acierto con exactitud en las yugulares. Los guardias se llevan las manos a sus cuellos y, presos del pánico, dejan caer sus pistolas.

—Alejandra, ya puedes salir.

Cuando ve sendos charcos de sangre que se extienden por el suelo y es consciente de que dos personas están muriendo a escasos centímetros de ella, algo cambia en su expresión. Me mira como lo hizo cuando me vio torturando a Vanessa, pero igual que aquella vez, no dice nada.

Tomo una pistola en cada mano y me dirijo a los cuerpos ya sin vida de los guardias. No puedo permitirme dejar armas por el camino, así que recupero los bisturís y los engancho como puedo a mi camisón. En estos momentos, me llevaría conmigo hasta un martillo.

—Coge esas dos pistolas Taser que cuelgan de sus cinturones —le ordeno a Alejandra.

—¿Taser?

—Esa especie de pistolas amarillas. Dan descargas eléctricas que inmovilizan por unos minutos. Seguramente las necesitarás, cógelas.

—¿Pue... pue... puedes cogerlas tú?

Suspiro a modo de queja, pero como entiendo el estado de *shock* que debe estar sufriendo, me agacho y cojo las Taser de los cuerpos inertes. Me parece hasta cómico que no lleven más armas. ¿En serio creían que iba a ser tan fácil capturarme? ¿Mandan a dos soldados armados solo con unas malditas pistolas y unos juguetes que emiten descargas? Patético.

—Toma. Solo tienes que apuntar a tu enemigo y pulsar el botón. Intentaré que no necesites usarlas.

Ella asiente, demasiado aturdida para hablar.

—Venga, sigamos. No podemos pararnos en un mismo sitio más de medio minuto.

Avanzamos todo lo rápido que podemos hasta que me detengo en seco.

—¿Qué pasa? —pregunta Alejandra intrigada.

No es muy difícil prever adónde quieren ir dos chicas que intentan escapar de unas torturas terroríficas. Obviamente, nuestro objetivo es llegar a la superficie. Seguro que, en estos momentos, todos los asesinos que trabajan en este lugar nos estarán esperando en recepción. ¿Qué haremos al llegar ahí? ¿Empezar un tiroteo con tan solo dos pistolas y un par de Taser?

Demasiado arriesgado, no sé cuántos enemigos habrá. Lo ideal sería conseguir granadas, pero no creo que vaya a encontrar ninguna por aquí. Claro que, a falta de granadas, buenas son bombas: fabricaré una.

—¿Sabes dónde puedo encontrar un laboratorio? En este sitio tiene que haber alguno sí o sí.

—Me llevaban a uno cada día. Puedo mostrarte el camino.

—Vale, corre.

Desandamos nuestros pasos y después de dos minutos corriendo con desesperación nos encontramos ante tres puertas de metal.

—Es la segunda.

Cojo la llave que llevo oculta en mis bragas (este maldito camisón no tiene bolsillos) y, antes de abrir la puerta, apoyo la oreja para intentar escuchar algún ruido. Capto varias voces.

Es hora de continuar con la matanza.

Abro la puerta con sigilo. Dos médicos están inspeccionando el cuerpo sin vida de un joven que yace inerte y abierto en canal sobre una camilla blanca con algunas gotas de sangre. En cuanto me ven, se quedan boquiabiertos y fruncen el ceño intentando darle una explicación a mi presencia.

Lo que no saben es que no van a tener tiempo para buscar esa explicación.

Dejando las pistolas en el suelo (cuantas más balas ahorre mejor), enarbolo mis amigos los bisturís y corro hacia los médicos. Tirando de la cabeza de uno hacia atrás, rebano su cuello, mientras que con la mano izquierda hundo la punta del otro en el estómago del otro que tengo detrás de mí. Mi camisón, que antes lucía un blanco impoluto, ahora está sufriendo una metamorfosis muy gore.

Suelto al médico que tengo agarrado del pelo y remato al segundo atacando directa a la yugular.

Alejandra se acerca con las dos pistolas en las manos, ofreciéndomelas.

—Así me gusta, que colabores —digo con una sonrisa—. Ahora tenemos que encontrar alcohol etílico, cloro y un bote con tapa. Recuerda: debemos ser rápidas, no hay tiempo que perder.

Alejandra asiente y busca con desesperación, tirando muchos frascos de las estanterías.

—¡He encontrado un bote!

—Perfecto, yo he dado con el cloro. —Abro el bote que me ha

dado y vierto mi hallazgo. El alcohol es lo más fácil de encontrar, tienen un frasco encima de la camilla para esterilizar los bisturís que estaban usando para la autopsia—. Coge ese bote de alcohol.

—Toma. —Me lo tiende entre lágrimas, intentando no mirar el cadáver. No entiendo por qué le pondrían un paño en la cara. ¿Acaso tenían remordimientos de conciencia? ¡Hipócritas!

—Creo que es mejor que lo lleves tú hasta que sea el momento. No puedo cargar con los dos botes y las pistolas.

—De acuerdo...

—Perfecto. Venga, tenemos que volver a la entrada.

Y nos volvemos a introducir en los pasillos blancos que no paran de acogernos. Por el camino reviso los cargadores de nuestras armas y me alegra ver que están llenos, por lo que no creo que tengamos problemas con la munición.

—Cuando doblemos esa esquina, estaremos en el pasillo de recepción, seguramente quieran despedirse de nosotras. Tú quédate a...

—¡ESTÁIS RODEADAS! —grita una voz interrumpiéndome. Han cometido un gran error, nos han confirmado su presencia.

—Es el momento —le digo quedamente a Alejandra, quitándole el frasco de alcohol de sus manos. Lo vierto dentro de la botella, y lo tiro con fuerza hacia recepción.

El sonido de la explosión, combinado con los gritos de auxilio, nos paraliza por unos instantes. El pasillo se llena de gas, lo que entorpece la visión.

—¿Y ahora qué?

—Vendrán hacia nosotras, es su única salida. En ese instante aprovecharé para disparar, ellos estarán demasiado distraídos como para esquivar las balas.

Y en apenas unos segundos, cuatro sombras se ponen a tiro.

Alejandra se tapa los ojos y yo gasto cuatro balas. De repente, se oye una segunda explosión y vemos el fulgor de una llamarada. Una de mis balas debe de haber acertado en una de las granadas de los guardias.

El humo nos inunda y el rociador de incendios se activa, salpicando agua sin cesar. Solo quedan dos agentes de seguridad que se han puesto a rodar por el suelo intentando apagar las llamas que ahora los abrasan.

Sendos tiros a la cabeza y fin de su agonía: ya han dejado de hacer la croqueta.

—Tenemos que esperar un poco a que el fuego mengüe para salir. Vendrán a combatirnos, así que agáchate y pégate a la pared —lo ideal sería utilizar el mostrador como escudo, pero está ardiendo. Me pongo enfrente de Alejandra, intentando tapar lo máximo posible su cuerpo y apunto hacia las esquinas. Vienen dos soldados más, los abato a ambos. Casi no me queda munición y empiezo a ponerme nerviosa.

Tras cinco minutos de espera y otros dos soldados sin vida en el suelo, la intensidad del fuego ha disminuido lo suficiente como para salir por la puerta.

—Arriba habrá más, ¿verdad?

—Sí. —Y lo más seguro es que Bruno esté entre ellos. Él es la única ventaja que tengo en estos momentos, solo espero que no me falle.

Nada más abrir la puerta que nos libera de la planta 0, veo a dos guardias, una mujer y un hombre que caen al suelo antes de poder dispararnos. Bruno estaba detrás de ellos: no me ha traicionado. Mi mirada se fija en su eterna sonrisa, una sonrisa que hoy intenta demostrarme su fidelidad y su entrega a la misión que tenemos que afrontar. Yo también sonrío. Por ahora, todo está saliendo bien. Le doy un abrazo breve y él me entrega un poco más de munición.

—Estáis muertas —nos susurra de forma cómplice casi sin emitir ningún sonido para después subir las escaleras. Aunque Alejandra no entiende nada, yo comprendo lo que acaba de decir. Él supuestamente ha venido a matarnos, formaba parte del escuadrón.

—Listo —oímos que dice una vez llega arriba—, recoged sus cuerpos.

Bruno acaba de mandar a unos cerdos al matadero: en cuanto pongan un pie en el primer escalón una bala atravesará sus cráneos.

Dicho y hecho. Con una pistola en cada mano, acabo con los cuatro hombres que vienen a por nuestros cadáveres. Escucho tiros arriba, por lo que me apresuro a ver qué es lo que ha sucedido: Bruno ha acabado con los últimos integrantes que quedaban del escuadrón.

—¿No me vas a dar las gracias? —pregunta en tono irónico.

—Gracias —digo poniendo los ojos en blanco; cuando me vuelvo en busca de Alejandra, me sorprende ver que no está—. ¿Alejandra?

—Estoy aquí. —Su voz suena apagada, muy difusa.

—¡Sube!

—Tengo miedo.

—¿Cómo está Alejandra? —me susurra Bruno, preocupado.

—En pésimas condiciones...

—¡ALE! ¡SUBE! TE LLEVAREMOS A UN LUGAR SEGURO —grita intentando ganarse su confianza. Por suerte, surte efecto, Alejandra sube corriendo con el miedo metido en el cuerpo. Hoy ha visto demasiadas muertes, está traumatizada.

—¿Y Akva? —le pregunto a Bruno.

—No estoy seguro. Esto es un caos. Habéis disparado todas las alarmas y han convocado a los alumnos en el comedor. Los tienen allí encerrados. No se les permite salir... Imagino que Akva estará entre ellos.

Me llevo las manos a la cara. No solo tenemos que rescatar a todos los pacientes de la planta 0, sino que también tendremos que rescatar a todos los alumnos del orfanato.

—¿Cuál es tu plan? —ahora es Bruno el que pregunta.

—No tengo ninguno. ¿Y tú?

—Improvisar —contesta con una sonrisa. Y eso me da fuerzas, me pone en marcha.

—Lo primero que tenemos que hacer es liberar a los de abajo —decido—. ¿Sabes cuántas habitaciones hay?

—Cuarenta y ocho, sin contar la tuya y la de Alejandra nos quedan cuarenta y seis.

—¿Y arriba?

—Hay noventa habitaciones, pero sesenta están vacías. Eso nos deja con treinta habitaciones dobles, sesenta alumnos, menos tú, Philip, Steve y yo. En total, serían cincuenta y seis.

—Tenemos que desalojar a ciento dos personas.

—Exacto.

Es más de lo que había calculado, pero tendremos que arreglárnoslas.

—Yo me encargo de esta planta, tú baja con Alejandra, ella podrá guiarte. No dudes en disparar, Bruno, dispara a todos.

—Y tú, ¿qué tienes pensado?

—Abriré las puertas del comedor, les diré a todos los alumnos que corran hacia los jardines y mataré al resto.

—Decirlo suena fácil, pero... ¿estás segura de que conseguirás hacerlo?

—¿Dónde está el material? —pregunto a mi vez para evitar responderle. Odio que dude de mí, pero entiendo que lo haga.

—¿Respondes a mi pregunta con otra pregunta?

—Ajá. —Bruno pone los ojos en blanco ante mi respuesta. Los dos somos conscientes de lo arriesgado que es lo que vamos a hacer.

—Tienes una mochila encima de mi cama. Esta es mi llave.

La cojo, me vuelvo rápidamente y empiezo a correr hacia su habitación. Pero Bruno me detiene agarrándome del brazo.

—Por cierto, las transparencias te favorecen —dice guiñando un ojo.

—Eres un idiota —contesto sonriendo, escapando de su atadura.

Día 24 (3.ª parte)

Después de coger la mochila y comprobar el material con el que cuento, me dirijo al comedor. Casi no encuentro guardias en el pasillo, lo que me preocupa: ¿estarán todos en la planta 0? ¿Atraparán a Bruno antes de que pueda liberar a los enfermos? Me exijo no pensar en eso. Tengo que concentrarme, tengo que cumplir mi parte. Debo confiar en Bruno, seguro que él no me falla y consigue llevar a cabo su parte. Sigo corriendo hasta que llego a mi destino y, tras deshacerme de los dos hombres que estaban en la entrada, irrumpo con fuerza en el comedor. Al abrir las puertas, todos los alumnos vuelven sus cabezas hacia mí, extrañados. Me sorprende que no esté presente ninguna autoridad: ni profesores, ni vigilantes... Seguramente su presencia alertaría a los alumnos, y eso es lo último que quieren. Lo más probable es que estén ocultos en la cocina... He de actuar con rapidez.

—¡Salid a los jardines! —La multitud ni se inmuta, para ellos soy una igual, por eso no me obedecen—. ¡YA! —grito levantando las pistolas. En medio segundo, todos empiezan a correr hacia la puerta. Es increíble el poder que consigue una persona al poseer un arma, te convierte en una amenaza y su miedo los hace esclavos.

—¡Dani! ¿Por qué nos han encerrado aquí? ¿Qué está pasando? —pregunta Akva. ¡Akva! El alivio que siento al verla es indescriptible, antes de responder, la abrazo con fuerza liberando toda la presión que sentía en mi interior.

—Ve con los demás y ten mucho cuidado. Luego iré a por ti. —El ruido que invade el comedor me obliga a susurrárselo al oído. Los gritos y los pasos apresurados son lo único que se escucha, cuando, de repente, un disparo crea un silencio sepulcral.

Un disparo que no proviene de mis pistolas.

De improviso, vuelven los gritos, pero esta vez más altos y desesperados. La amenaza se ha vuelto una realidad.

Desvío mi vista hasta el origen del estampido; una fila de guardias ha salido de la cocina, están buscándome. El estruendo que han montado me da unos minutos de ventaja. Arrastro a Akva detrás de una columna para hablar con ella un minuto más sin que me vean.

—Tengo miedo, Dani... —tartamudea mi amiga con los ojos llorosos. La acumulación de estrés que lleva aguantando estas semanas y la situación tan extrema a la que la están sometiendo pueden con ella.

—Escúchame atentamente. ¿Me estás escuchando? Tenemos muy poco tiempo —le digo apretando su cara entre mis manos intentando tranquilizarla. Todos los síntomas que veo en su cuerpo apuntan a que está sufriendo un ataque de pánico: dificultad para respirar, se lleva al pecho las manos sudorosas (señal inequívoca de que tiene palpitaciones y opresión torácica)... He de seguir unas reglas para estabilizarla—. ¿Me estás escuchando? —pregunto de forma firme y segura. Akva tiene que ver que yo estoy tranquila y que ella también tiene que estarlo.

—Sí.

—Podemos superar esto, sigue mis indicaciones y lo superaremos, ¿vale?

—Vale.

—El peligro es real, Akva, pero tenemos que afrontarlo con serenidad y calma. —Negarlo sería estúpido. Necesita estar alerta, necesita ser consciente de la situación—. Respira lentamente, inspira muy profundamente, con calma, aspira por la nariz y espira por la boca. —Yo misma lo hago para que me imite; ella cierra los ojos y relaja su respiración—. Muy bien Akva. Ahora quiero que te camufles entre la multitud, como si fueras una más, ve con ellos hasta los jardines. Espera un tiempo, y cuando nadie te vea, escapa hasta la buhardilla de Philip. Ahí no te encontrarán y no correrás peligro. Yo volveré a por ti. ¿Lo has entendido?

—Sí.

—Te voy a dar una pistola, Akva. —Su cara al oírme se contrae en una mueca de horror. Sé que en sus manos un arma corre peligro, pero necesita algún tipo de protección—. Ocúltala y utilízala solo como último recurso. Jamás te apuntes con ella. Confío en ti, Akva.

Ella asiente y corre hacia la multitud, justo como le dije que hiciese. Ahora es mi turno, he de centrarme.

Avanzo a contracorriente entre las filas de mesas, para llegar a un punto con mayor visibilidad. Vuelco una de las mesas para utilizarla a modo de trinchera, el movimiento me delata, pero ya contaba con ello. Ahora sí que saben dónde estoy, pero tarde o temprano lo iban a descubrir, así que prefiero que me encuentren protegida. El comedor ha quedado libre de inocentes.

Ha llegado la hora de empezar el tiroteo.

He contado un total de seis guardias, y ahora corren todos hacia mí. Abro la mochila, arranco la anilla y tiro una granada.

3, 2, 1...

Un poderoso estruendo atruena mis oídos, salgo de mi improvisado refugio y me alegra ver a cinco guardias abatidos en el suelo: el último de ellos se ha librado del impacto. Me agacho para estar fuera de su alcance y disparo, directo a la cara, quizá tenga un chaleco antibalas y no quiero perder ni una sola bala. La cara es un magnífico blanco. Cuando lo abato, me doy cinco segundos para descansar y recapitular.

El siguiente paso es acabar con todo el claustro, con todos los médicos, conseguir información de los aliados de este lugar y, sobre todo, matar a Sombra.

Salgo corriendo hacia la umbría sala a la que me llevó Bruno ayer. Parece mentira que solo fuese hace un día. Subo las escaleras mientras pienso un plan que pueda ejecutar. Intuyo que Sombra y sus secuaces me estarán esperando, no es muy difícil averiguar adónde quiere ir una joven asesina con sed de venganza. Así que tengo que estar preparada. Antes de seguir avanzando me detengo y busco en mi mochila cualquier cosa que pueda servirme y, para mi sorpresa, encuentro un detonador con una nota que dice «De nada» y un esbozo de un emoticono lanzando un beso. Maldito Bruno, siempre se las ingenia para sacarme una sonrisa.

El detonador y su correspondiente bomba me vienen de perlas. Así que, antes de entrar en la sala, pego la bomba en un ángulo muerto de la barandilla del piso. Escondo el detonador en mi ropa interior y abro la puerta decidida: no quiero alargar más este momento, cuanto antes acabemos, mejor para todos.

—Hola de nuevo, querida. —Como predije, Sombra vuelve a estar sentado oculto en la oscuridad; junto a él, dos soldados me apuntan con sus armas. Sería muy fácil acabar con ellos si tuviese las dos pistolas, pero acabo de darle una a Akva y eso complica mucho mi situación.

—Hola de nuevo, asesino.

—¿Adónde pretendías llegar, Daniela? Quitadle su pistola, quiero acercarme a ella.

Sus esbirros me la arrebatan de las manos, solo me quedan los bisturís, que al estar estratégicamente colocados en mi camisón, no han descubierto.

—Odio a las personas que se creen capaces de todo y que en realidad no logran nada. Ahora mismo hay diez guardias tras la puerta y delante de ti tienes a dos que no dudarán en matarte. Tu presunción acabará contigo, debiste ser más realista.

—«Ningún artista soporta la realidad», dijo Friedrich Nietzsche

—mientras cito a uno de mis artistas favoritos, escucho cómo los soldados se acumulan en el pasillo. Quizá me he equivocado, quizá tendría que haber abierto la puerta, tirar la maldita bomba y detonarla desde fuera. Quizá Sombra tenga razón y sea demasiado pretenciosa. Pero quería respuestas. Quiero saber quién se esconde detrás de todo esto y ahora no hay vuelta atrás, lo hecho hecho está, he decidido arriesgarme y ahora tengo que asumir mi decisión.

—El artista es aquel que practica alguna de las bellas artes, Daniela. ¿Qué arte practicas tú?

En ese instante, lo miro fijamente a los ojos y respondo en voz alta y clara:

—El arte de matar.

En cuanto termino de decirlo me hago con los dos bisturís y los lanzo directos al corazón de los guardias, que se desploman de inmediato sin poder reaccionar. Entonces, me lanzo hacia Sombra con toda mi rabia. Con el impulso, consigo derribarlo y me pongo encima de él, llevando mis manos a su cuello. Sombra emite un gruñido, me mira con una ira infinita y yo le dedico mi mejor sonrisa mientras lo estrangulo. Cuando pierde el conocimiento, lo levanto para utilizarlo como escudo. Es el momento de apretar el detonador.

Cuando lo hago, un pitido intenso invade mi oído izquierdo; aunque la molestia es casi insoportable, no puedo quedarme quieta. Le arrebato a Sombra la pistola que colgaba de su cinturón y disparo a los dos guardias que, en el suelo, aún agonizan. Dejo caer a Sombra, que ya casi no se mueve y recupero los bisturís. Me quedo también con las pistolas de los hombres a los que acabo de rematar. Aprovechando que estoy en el despacho de quien seguramente orquestó este holocausto, cojo todos los documentos de sus cajones. Esto, más los otros documentos que he ido acumulando, debería bastar como pruebas para entregar a las autoridades. Por un segundo dudo: tal vez sería mejor largarnos ahora y dejar que la justicia se ocupase del resto, pero no me fío. He visto demasiadas veces cómo los culpables salen impunes de la justicia. Por eso el trabajo de mis padres es importante, por eso mi trabajo es importante. Tengo que asegurarme de que todos los involucrados en esta monstruosidad son castigados. No puedo dejarlos con vida.

El siguiente paso es averiguar qué profesores estaban en el ajo. Bruno no sabía nada de los experimentos, así que él no tendrá esa información, pero sé cómo puedo conseguirla: tengo que localizar a Diana.

Me detengo un momento y echo un vistazo a la ventana. Debajo es el caos absoluto. Los alumnos han salido al jardín y están intentando abrir las puertas. ¿Dónde puede estar Diana? Piensa, Timantti. Si tú fueras ella y tu barco se estuviera yendo a pique, ¿qué harías? De repente, lo veo claro: eliminar las pruebas. Si yo fuera Diana, estaría en mi despacho deshaciéndome de todos los documentos que pudiesen incriminarme, así que allí es donde tengo que buscarla, y para ello he de ir a la cuarta planta, la planta donde están todas las habitaciones y despachos del profesorado y que, seguramente, cuente con unas medidas de seguridad extremas. Decido llevar una pistola en una mano y una granada en la otra.

Meto en la mochila las nuevas adquisiciones y subo una planta más. Una vez que llego al pasillo correspondiente, no me sorprende ver a un maldito guardia en cada puerta de cada maldita habitación. Pero estoy preparada.

Antes de que ellos puedan dispararme, tiro una granada para acabar por lo menos con las diez primeras puertas: ya solo quedan otras diez. Disparo a los hombres que agonizan en el suelo y, utilizando al más menudo de ellos para protegerme, avanzo por el pasillo pegando tiros.

—¡Arrrg! —grito al recibir el impacto de una bala en el brazo derecho. Por suerte, solo me ha rozado y no me voy a desangrar. Sigo disparando a diestro y siniestro hasta que no queda ninguno. Respiro aliviada, soltando por fin a mi escudo humano. Ahora toca lo más divertido: encontrar y acabar con todos los malnacidos que han colaborado con Marlinn Dawn.

Localizo el despacho de Diana y entro sin pensarlo dos veces.

Como me imaginaba, está allí. Al lado del escritorio una papelera arde destruyendo un montón de papeles. Mierda, llego tarde.

—Vaya, tenías que ser tú —dice ella, apuntándome impertérrita con una pistola.

—No voy a dejar que escapes. Ni tú ni el resto de ellos.

Al oírme, estalla en una carcajada repugnante.

—No sé quién te crees que eres, Daniela, pero esto te queda demasiado grande. Tenemos benefactores muy importantes y peligrosos. No te conviene hacerlos enfadar.

—Tu benefactor está muerto. Yo misma me he encargado de eso.

El rostro de Diana empalidece y el miedo empieza a apoderarse de ella.

—No puede ser...

—Tú y los otros involucrados también os merecéis la muerte, pero estoy dispuesta a ser rápida y no hacerte sufrir si me das la información que necesito: quiero todos los nombres.

—No... yo no los te-te-tengo —tartamudea, y echa un vistazo furtivo a los papeles que todavía arden en la papelera—. A mí no se me permite saberlo todo...

Doy un par de pasos en su dirección y ella vuelve a apuntarme con el arma.

—¡No te muevas o dispararé! —grita, desesperada.

—Créeme, yo lo haré antes. —Y apuntando a su mano derecha, aprieto el gatillo.

—¡JODER! ¡ESTÁS LOCA! —chilla estremeciéndose de dolor. Se ha caído de rodillas al suelo, mi tiro le ha destrozado la muñeca.

—¿Cómo decías que te llamabas? —digo con serenidad.

—¡DIANA! ¡ME LLAMO DIANA, ZORRA! —exclama apretando los dientes, con ira. Ante su respuesta disparo de nuevo, pero esta vez apuntando a su corazón.

—Pues creo que he dado en el blanco. —Sonrío satisfecha ante mi comentario. Qué pena que no esté viva para oírlo.

Cuando su cabeza impacta contra el suelo, me lanzo a la papelera para intentar salvar los papeles, pero es demasiado tarde. Cualquier información que hubiese ahí ha desaparecido para siempre.

De pronto, alguien abre la puerta. Es Carlos, el profesor de biología, que ha venido a por Diana. Es evidente que él estaba bastante involucrado en la trama farmacéutica debido a su profesión, y quizá pueda darme la información que Diana me ha negado.

—Sabía que eras diferente —afirma al verme al lado del cadáver de su compañera.

—Suelen decírmelo mucho, y la verdad no sé por qué.

Carlos sonríe, nervioso y asustado.

—Te voy a matar, lo sabes, ¿verdad? —le pregunto con calma.

—Lo sé.

—Puedo hacerlo de dos formas: torturándote hasta que tu cuerpo no pueda más y te desmayes para siempre o de forma rápida. Tú decides.

—¿Qué quieres?

—Nombres.

—Tengo un listado con absolutamente todos los nombres que quieres —habla con frialdad, el miedo lo tiene inmovilizado.

—Dámelo.

—A cambio quiero que me dejes con vida.

Me sorprende la osadía con la que se dirige a mí. Tardo en responder, para sonar creíble.

—De acuerdo. ¿Dónde está el listado?

—En el segundo cajón de mi escritorio.

—Cógelo tú mismo.

Si es una trampa, no pienso caer en ella. Sigo al biólogo hasta su despacho, dos puertas más allá. Cuando entramos, va directamente a su escritorio, abre el cajón y me da un total de cuatro folios grapados con los nombres completos de por lo menos cuarenta personas. Después de meterlos en mi mochila, me doy la vuelta para salir por la puerta y, una vez que estoy bajo el umbral de la misma, me giro y le disparo a la cabeza.

¡Pobre ingenuo!

Al resto de los profesores los mato a golpe de bisturí o reventándoles la cabeza contra una esquina de sus escritorios. Suena muy macabro decirlo, pero las balas son demasiado valiosas para desperdiciarlas.

Ahora, tengo que ir a la buhardilla, Akva me está esperando y el peligro ya ha disminuido. Ilusionada, llamo a la puerta, esperando que mi amiga me dé la bienvenida y podamos irnos de una vez por todas de este orfanato. Sin embargo, toda mi alegría se esfuma cuando el que me abre es Finn, el psicólogo.

—Pasa, Daniela. Te estábamos esperando.

Intento mantener la calma, pero al ver que dentro de lo que pensábamos que era nuestra guarida hay ocho guardias y varios médicos sonriéndome, mis nervios se descontrolan.

—Soy el jefe de la clínica en la que has estado esta mañana —se presenta con total normalidad, como si fuese un dentista preparado para quitarme las muelas del juicio—. Pero ya nos conocemos, ¿verdad? ¿No me vas a saludar?

La ira avanza por mis venas quemándome las arterias, solo puedo responder de un modo a su pregunta: con un gran escupitajo en toda su cara.

—No deberías comportarte así conmigo, señorita... —sisea mientras se limpia con la manga mi saliva de sus ojos—. Al fin y al cabo, tengo en mi poder a tus amigos.

Los ocho guardias que estaban alineados se separan, mostrándome el horrible panorama que había tras de ellos.

Alejandra, Bruno y Akva.

Atados en tres sillas de madera.

Amordazados y aparentemente inconscientes.

Día 24 (4.ª parte)

—Quiero que comprendas nuestro trabajo, Daniela. ¿Por qué obras en nuestra contra? ¿No te das cuenta del bien que le estamos haciendo a la humanidad?

—Nada de lo que hacéis aquí es ni ética ni moralmente correcto.

—¿Tú crees? Verás, Daniela... Yo estuve aquí desde los comienzos. Al principio éramos un orfanato corriente, pero todo cambió cuando entramos en una profunda crisis que parecía no tener final. Cada vez teníamos menos alumnos y los ingresos no llegaban para mantener este lugar. —Mientras habla en un tono de absoluta normalidad, va dando vueltas por la sala; sus compañeros asienten y los guardias permanecen inmóviles—. Yo, que en aquel momento trabajaba en la enfermería, vi en nuestra crisis la oportunidad de aspirar a algo más y entonces tuve una idea: Marlinn Dawn nos brindaba la oportunidad perfecta, teníamos niños sin familia, sin nadie que se preocupase por ellos. Niños ingenuos con los que podíamos investigar nuevos medicamentos que las farmacéuticas pagarían a precio de oro. No solo nos haríamos ricos, sino que con nuestros avances científicos ¡contribuiríamos a mejorar el mundo!

Hace una larga pausa, se acerca a mí y sigue hablando:

—Hace ya cuatro años que empezó todo esto. Cuatro años en los que hemos conseguido resultados increíbles. ¿Lo entiendes ahora? Nosotros ayudamos a millones de personas, ¡somos héroes!

—El poder te ha cegado, te ha convertido en un monstruo.

—¿Sabes? Estoy haaarto de oír eso. Y también estoy harto de ti. ¡Lo has revolucionado todo! ¡Has matado al principal patrocinador de Marlinn Dawn! ¡BRUNO PERPETRÓ UNA MATANZA ALLÍ ABAJO! —Su tranquilidad ha desaparecido por completo; ahora, a apenas unos centímetros de mi rostro, grita con rabia, escupiendo y poniéndose cada vez más y más rojo—. Tu juego ha terminado aquí. Has montado todo este revuelo para nada, no has conseguido absolutamente nada.

Al decirlo, sus ojos azules se clavan en mí como si de puñales se tratase. Les hace señas a sus esbirros para que me agarren y estos le obedecen al instante. Tengo que hacer algo, y tengo que hacerlo ya.

El supuesto jefe de la clínica me da la espalda y se reúne con sus compañeros en la esquina de la habitación.

—¡Espera! —exclamo para que vuelva a mirarme—. Creo que hay algo que deberías saber.

Finn se toma su tiempo para contestar. Espero que se crea mi mentira, es la única opción que tengo para intentar arreglar esta situación tan insostenible. Bruno ha fallado, no ha conseguido acabar con la planta 0, a Akva la han seguido hasta aquí y yo he sido imprudente, muy imprudente: es la vergonzosa y decepcionante verdad.

—Desarmadla —me quitan las pistolas, los bisturís y la mochila—. Te escucho, Daniela.

—He conseguido mucha información sobre todo lo que ha sucedido a lo largo de estos cuatro años en Marlinn Dawn. Además, tengo un listado de todas las personas implicadas. Todos estos documentos están en internet y se publicarán desde un ordenador en una hora. Solo yo conozco el paradero de dicho ordenador.

—¡MIERDA! —Tras escucharme, Finn le da una fuerte patada a la mesita de la buhardilla. Se mesa el cabello, intentando tranquilizarse—. ¿Qué quieres?

—Irme con mis amigos, lejos de aquí, como si nada de esto hubiese pasado.

—¿Cómo sé que no dirás nada?

—Si lo hago, me matarás, y te aseguro que valoro demasiado mi vida como para desperdiciarla.

El psicólogo lo piensa. Está claro que no se fía de mí, pero se ha vuelto loco y es capaz de creerse cualquier cosa si sueno lo suficientemente convincente.

—Despertadlos, no tenemos otra alternativa —ordena a los guardias.

Una sonrisa se cuela por mi rostro, no sé ni cómo ha funcionado... Los guardias están pinchando a Akva, a Bruno y a Alejandra en el brazo, supongo que les estarán inyectando una sustancia para sacarlos de su letargo.

—Dime dónde está ese ordenador.

—En el aula 08, en la primera planta —digo la habitación más lejana, para así tener más tiempo.

—Vamos a ir a por el ordenador juntos, acompañados de dos guardias. Solo os liberaremos a tus amigos y a ti si volvemos a este lugar con el ordenador en nuestras manos.

—Acepto el trato.

Bajamos las escaleras con Finn en cabeza. Anda nerviosamente, sin llevar un ritmo constante. Mi mente en estos momentos es un auténtico caos, debo encontrar la manera de librarme de estos guardias que acechan mis espaldas y acabar con la vida de Finn. Por las ventanas de los pasillos puedo ver que los alumnos han logrado abrir la puerta y escapar, lo que me reconforta. Algunos están todavía en los jardines, asustados, compartiendo su espacio con pacientes de la planta 0, antiguos conocidos o amigos suyos. Seguramente, la mayoría de ellos estén en estado de *shock*.

Estamos a punto de llegar a nuestro destino y sé que me estoy quedando sin tiempo. Cuando entremos verán que no hay ningún ordenador, así que tengo que aprovechar el instante en que uno de los guardias tire abajo la puerta. Por suerte, sucede como esperaba y logro agarrar con mi mano derecha la pistola del otro guardia y con mi otra mano empujar su brazo hacia abajo. Gracias a la importancia que le dieron mis padres a la rapidez a la hora de defenderse, la maniobra sale bien. Ahora tengo en mi poder un arma y no dudo en disparar a la persona que lleva apuntándome todo el camino. Uno menos.

Roto 180 grados sobre mí misma, apunto al otro guardia y le disparo a la cabeza. Finn se lleva sus manos al cinturón en busca de su arma, pero antes de que desenfunde, le pego sendos tiros en sus rodillas. Se merece sufrir.

—¡HIJA DE P...! —brama mientras cae al suelo.

—No seas malhablado —lo interrumpo agachándome para propinarle un fuerte golpe en la cabeza con la culata de mi arma.

—Cuando te vean volver sola..., te... te matarán —sisea de forma casi incomprensible. Habla apretando mucho los dientes, añadiendo gritos de dolor entre cada palabra.

—No si los mato yo antes.

Me levanto, le piso con fuerza la entrepierna y antes de mandarlo al infierno, le dedico una de mis mejores sonrisas.

Una vez libre, cojo todas las armas que puedo y vuelvo a subir, en completo silencio. Cuando por fin estoy frente a la puerta de la buhardilla, apoyo mi ojo sobre la cerradura.

Al otro lado, tras la puerta, solo hay un guardia y tres médicos. El resto de los vigilantes y mis tres amigos están hacia la derecha, detalle que agradezco infinitamente: mi plan es disparar con la puerta cerrada y, si llegan a estar un poco más a la izquierda, sería peligroso para ellos.

Me alejo dos pasos, abro las piernas buscando más estabilidad, respiro hondo, aguanto la respiración y hago cuatro agujeros en la madera, tras unos segundos de silencio, escucho tres cuerpos caer al suelo.

Sin más demora, me adentro en la buhardilla. Mis disparos han matado a los tres médicos y herido al guardia, al que acabo de rematar. Ahora tengo a cinco guardias apuntándome.

Me tiro al suelo, esquivando sus balas justo a tiempo, y consigo asesinar a uno antes de ponerme a rodar para acabar debajo de la mesita que hace unos minutos sufrió un golpe de Finn. Esta no sirve de mucho, ya que las balas traspasan la madera, pero por lo menos así no soy un blanco tan fácil. Me yergo y disparo casi sin apuntar, por lo que solo acabo con uno, pero este, al caer sobre su compañero, me da unos segundos de ventaja para posicionarme y terminar con todos.

Fin del tiroteo.

Hasta ahora no había podido ni dirigir la vista hacia mis amigos, pero ahora que lo hago, me alegra ver que están más o menos conscientes. Corro hacia ellos para desatarlos y quitarles las mordazas.

—¡Pensé que iba a morir! —confiesa Akva mientras me abraza y me baña en lágrimas.

—Te dije que vendría a por ti.

—Lo... Lo siento, Dani, no pude... No pude hacer frente a lo que había en la planta 0 —ahora es Bruno el que habla, en su cara puede verse la vergüenza que siente.

—Cuéntamelo todo, y no me llames más Dani.

—Alejandra y yo bajamos, liberamos a la mayoría de los pacientes pero todo se complicó cuando nos dimos cuenta de que la mitad no podían moverse. Cada paciente llevaba a uno inmóvil consigo y eso lo ralentizó muchísimo todo. Conseguimos desalojar todas las habitaciones menos diez, no teníamos tiempo, Timantti.

—¿Mataste a los médicos?

—Alejandra se encargaba de ir habitación por habitación dando las indicaciones y yo hacía guardia en recepción para disparar a todos los vigilantes que intentaban frenar el paso de los pacientes. Arriba estaban ocupados contigo, yo solo tenía que hacer que los pacientes consiguiesen llegar a las escaleras. Aun así, lancé algunas granadas en los quirófanos y en los laboratorios. Y tú, ¿has matado al jefe? ¿Y a Finn?

—A los dos.

—¿Y qué hacemos ahora?

—Volar esto por los aires.

—¿Qué?

—Revisaremos todas las habitaciones por si queda alguien y luego quemaremos todo el edificio empezando por la planta 0. —Al hablar, Akva me aprieta con fuerza, como si quisiera no haberlo escuchado.

—¿Y después?

—Los bomberos y la policía tardarán muy poco en llegar, les entregaremos los documentos y nos iremos.

—¿Adónde?

—Yo volveré a mi casa, a Finlandia.

—¿Y yo adónde iré? —pregunta Akva.

—Tú vendrás conmigo, si quieres, claro...

—¡Claro que quiero!

—Vosotros también podéis venir, en mi casa hay espacio para todos —ofrezco tras pensar que quizá Bruno y Alejandra no tengan adónde ir.

—¿En serio? —dice Bruno.

—Claro, tú... Me has ayudado muchísimo. Formamos un gran equipo. Además, así dejarás por fin ese trabajo que te obliga a hacer cosas que no quieres.

—Gracias —responde dedicándome una sincera sonrisa—. La verdad es que ahora mismo no tengo ninguna misión y tampoco tengo ganas de estar solo...

—¿Alejandra? ¿Estás bien? —me intereso al ver que no habla, que apenas se mueve.

—No.

—¿Vendrás con nosotros?

—No... Yo... Necesitaré estar sola.

Ante su respuesta, los tres nos quedamos callados. Alejandra está totalmente traumatizada, pero debemos respetar su decisión.

—Venga, tenemos que empezar con el plan. Esta vez iremos todos juntos, no nos separaremos —propongo. No tenemos mucho tiempo. Hay que pasar a la acción.

—Me parece genial —me responde Bruno.

Volvemos a bajar a la planta 0, esta vez con más calma, ya que se encuentra totalmente desierta. Bruno entra en las diez habitaciones que le quedaban y consigue reunir a cinco pacientes, de los cuales dos no pueden moverse. Akva carga con uno y Alejandra con el otro, Bruno y yo necesitamos tener las manos vacías por si la situación se complica.

—Parece que ya no queda nadie.

—Y si queda, acabará fulminado.

—¿Estás segura de que lo quieres quemar todo? No tiene sentido hacerlo, Timantti.

—¿Por qué no tiene sentido? —replico, me interesa ver la perspectiva que tiene Bruno.

—Porque sería como olvidar todo lo que sucedió aquí. Y creo que nadie debería olvidarlo, creo que todo el mundo debería conocer lo que ocurrió en Marlinn Dawn.

Sus palabras nublan mi idea, él tiene razón: la humanidad debe ser consciente de las atrocidades que suceden en este planeta. Cuantas más pruebas tengamos de lo sucedido, mejor, pero, por otra parte..., hay muchos cadáveres y no tardarían en ver las cintas de seguridad, en ver nuestras huellas en la escena del crimen.

—Bruno, somos espías. Nuestro trabajo es ser invisibles, destruir las pruebas que nos inculpan. Tenemos cientos de documentos, cientos de testigos.

—Tienes razón... —conviene.

Mandamos a Akva y a Alejandra subir con sus acompañantes y una vez que solo quedamos él y yo vertemos todas las sustancias inflamables que encontramos en uno de los laboratorios por todo el suelo para, acto seguido, lanzar la última granada que nos quedaba y salir corriendo.

Cuando llegamos a los jardines, llamas rojas, naranjas y amarillas empiezan a envolver el edificio. Todos miramos anonadados, un poco emocionados, cómo arde. En el fuego veo reflejado mi paso por Marlinn Dawn, este orfanato ha quemado parte de mí: ha transformando mi anterior yo en un montón de cenizas que han creado una nueva persona mucho más preparada para hacer frente a la vida.

—Tengo que ir a por algo —informo a Akva y a Bruno.

—¿No es peligroso entrar ahí? —pregunta la pelirroja.

—Es peligroso —afirma Bruno.

—No os preocupéis, volveré antes de que os deis cuenta —digo acariciando sus caras, llenas de suciedad tras todo lo ocurrido.

—Te estaremos esperando.

Se me ha olvidado algo muy importante dentro de este orfanato, dentro del que ha sido mi hogar durante veinticuatro días. Marlinn Dawn me ha cambiado la vida, me ha enseñado quién soy en verdad y necesito llevarme un recuerdo de mi estancia aquí.

Corro hacia secretaría que, para alivio mío, aún no ha sido atacada por las llamas y abro el gran libro de fichas de inscripción.

Cojo la mía, la que me identifica como Daniela Niemi. Quién me iba a decir a mí, que siendo otra persona, iba a ser yo misma más que nunca.

Cojo la de Bruno, ese chico que al principio odié y de quien desconfié hasta la saciedad pero que acabó siéndome más fiel que nadie. Ese chico despeinado que alborotó mis hormonas, mis sentimientos...

Y cojo la de Akva.

Mi sorpresa es gigantesca al ver que su nombre no es Akva, sino Akvamariini, que en mi idioma natal, en finés, es el nombre que le damos a la piedra preciosa aguamarina. Mis pulsaciones empiezan a aumentar, pero mi corazón termina por desbocarse, cuando leo sus apellidos.

Akvamariini Virta Westermann.

Akva se apellida como yo.

Akva es finlandesa.

Akva... es mi hermana.

Epílogo

Un helicóptero baja de los cielos para aterrizar en una de los cientos de hectáreas verdes que rodean el orfanato que, ahora que todos los alumnos han huido hacia la libertad escapando de las llamas, están desiertas.

Yo camino despacio, absorta en mis pensamientos, intentando asimilar esta información tan inesperada que acabo de descubrir. Una duda asalta cada una de mis neuronas: ¿por qué mis padres me enviaron aquí?

¿Para descubrir la trama farmacéutica de este lugar? ¿Para reunirme con Akvamariini?

—¡Dani! ¿Por qué has tardado tanto? —me pregunta Akva cuando doy con ella y con Bruno. Ambos están mirando hacia el helicóptero, buscando respuestas.

—No me habías dicho que te llamabas Akvamariini —digo sin mirarla.

—Sí, bueno... Desde pequeña me llaman Akva. —No entiende por qué hablo tan seria, sin mirarla a los ojos. Para mí es muy duro saber, así de repente, no solo que tengo una hermana, sino que esta ha pasado toda su vida encerrada en un orfanato infernal mientras yo vivía en una mansión finlandesa.

—¿Quiénes son los del helicóptero? —pregunta Bruno.

—Imagino que son mis padres.

—¿Qué? —Akva vuelve la cabeza para mirarme, abriendo mucho los ojos, como si hubiese visto un fantasma. Y podría decirse que es así: para ella mis padres están muertos.

—Estoy segura de que ellos sabían lo que pasaba aquí y estaban esperando el momento oportuno para intervenir. Vámonos antes de que venga la policía —ordeno con claridad corriendo agachada hacia el helicóptero. Akva y Bruno me siguen. No tengo ni la menor idea de qué voy a decirles a mis padres, no sé si estoy cabreada con ellos o aliviada de verlos aquí. Cuando les tengo enfrente, tardo en reaccionar. Aunque tan solo han sido veinticuatro días, en mi mente ha pasado toda una eternidad. Mis padres han aparecido después de que la guerra se terminase, han bajado del cielo con las manos limpias y sin hacer un solo esfuerzo.

—Timantti. —Mi madre me abraza con fuerza cuando subimos al helicóptero. Me extraña tal reacción, pero la agradezco. Necesitaba sentir este cariño, necesitaba su apoyo. Después, fija su mirada en Akva, sus ojos se llenan de lágrimas pero no dice nada, absolutamente nada.

—Estamos muy orgullosos de ti, hija —ahora es mi padre quien habla mientras me acaricia el pelo—. Has cumplido las dos misiones por las que te mandamos aquí. Acabaste con este infierno fraudulento y rescataste a tu hermana.

—¿Lo sabíais?

Lo pregunto, aunque ya sé la respuesta. Ellos me mandaron a este lugar sin contarme absolutamente nada; es más, me mintieron. Me dijeron que mi único cometido era mantenerme alejada de ellos en su última misión.

—Claro que lo sabíamos.

—¿Y cómo pudisteis dejar sobre mis hombros un peso tan grande?

—Porque confiamos en ti, hija. Esta era la prueba que nos diría si estabas preparada.

—¿Y si llego a fallar? ¿Y si no llego a conocer a Akva? ¿Y si llego a conocerla y luego la pierdo? —hablo con furia, decepcionada ante la actitud de mis progenitores.

—Habríamos intervenido, estábamos vigilándote constantemente.

Bruno y Akva escuchan pasmados la conversación, se miran entre ellos, extrañados, no dicen palabra.

—Quiero explicaciones, las dos nos las merecemos —digo agarrando a Akva del brazo y arrastrándola junto a mí.

—¿Explicaciones? —repite Akva sin entender nada.

—Akva, tú y yo... Tú y yo somos hermanas —respondo nerviosa. He sido muy directa, pero no encontraba una manera mejor de decírselo. Akva frunce el ceño, Bruno se tapa la boca (que ha abierto exageradamente) y yo cierro los ojos.

Cuando los vuelvo a abrir, todo sigue igual y el sonido de las hélices que se empiezan a mover es lo único que se oye en el interior.

—¡QUIERO LA VERDAD! —grito perdiendo los nervios. Tanto secretismo acaba por asesinar mi calma. Mis padres me miran cabizbajos y es mi madre quien empieza a hablar:

—Tuvimos a Akvamariini por accidente, un año y unos meses antes de tu nacimiento. En ese momento estábamos en medio de una misión muy peligrosa y no podíamos criar una hija, el peligro en nuestras vidas era constante y, aunque yo me negué, tu padre insistió y acabamos ingresándola en un orfanato con la promesa de volver a por ella algún día, pero siempre había una nueva misión. —Mi madre también está nerviosa, incluso diría que avergonzada. Yo, simplemente, estoy impactada. Llevo viviendo en una mentira desde mi niñez—. Luego viniste tú, también por accidente, pero esta vez yo me veía incapaz de hacer lo mismo, no podía cometer el mismo error de nuevo. Ya había renunciado a una hija, no iba a perder a otra. Por lo que decidimos entrenarte, para que así estuvieras segura ante todo lo que pudiera pasarte. Teníamos intención de venir también a por Akvamariini, pero para aquel entonces, ella ya se había adaptado aquí y nos pareció que era más seguro que se quedara al margen del peligro. La vigilábamos constantemente, vimos cómo crecía, cómo se volvía independiente... Al estar tanto tiempo contemplándola, nos percatamos de que algo no iba bien en Marlinn Dawn. Estuvimos investigando durante mucho tiempo hasta que encontramos unos documentos que nos permitieron entender lo que ocurría realmente.

—¿Hace cuánto de eso?

—Hace un año.

—¡Si hubierais intervenido entonces habría muchas menos muertes!

—Necesitábamos pensarlo con detenimiento, Timantti.

—¿Y por qué me mandasteis a mí? ¿Por qué no vinisteis vosotros?

—Nosotros no éramos imparciales. Sabíamos que nuestra hija estaba en peligro y esto hubiese dificultado nuestras decisiones. ¡Toda la misión!

—Ya, claro, y por esa misma razón me metisteis en este maldito orfanato sin tener ni idea de nada, ¿verdad? —Estoy enfadada, muy enfadada. Jamás les había hablado así a mis padres, pero esta vez se lo merecen—. Sois muy egoístas, tremendamente egoístas —escupo con toda la rabia que se ha creado en mi interior. No soy capaz de entender su comportamiento.

—Todo ha salido bien, eso es lo importante —afirma mi padre desde el asiento del piloto. Está preparándose para despegar.

—Pero podría haber salido muy mal. No me dijisteis nada y lo sabíais todo, he perdido mucho tiempo, me he arriesgado un montón cuando vosotros podríais haber acabado con esto de una forma mucho más fácil.

—Y eso demuestra lo bien entrenada que estás, hija. Has hecho tu primera misión a la perfección.

El helicóptero asciende, el viento golpea mi cara y consigue relajarme. No sé ni cómo ha podido salir todo bien.

—¿Y él quién es? —pregunta mi madre señalando a Bruno.

—Un amigo que me ha ayudado mucho más que vosotros. Vivirá en nuestra casa una temporada.

—Encantado, señora —se presenta Bruno dándole la mano.

Mi madre asiente y le devuelve el saludo. Después de todo, no van a negarme esto.

—Espero que os acomodéis bien en nuestra casa.

Entonces mira directamente a Akva y busca las palabras adecuadas para dirigirse, por fin, a su otra hija:

—Akvamariini, sé que esto es muy chocante para ti, pero espero que poco a poco vayas entendiendo nuestra situación. Solo queremos que sepas que siempre te hemos querido.

—Seguro que sí —dice Akva sonriente, en su tono identifico de todo menos seguridad, su sonrisa tiembla, está muy nerviosa.

—Tranquila —susurro.

Mi hermana me mira y me sonríe tímidamente, confundida.

—Al final resulta que sí que te llamas Timantti... —comenta intentando normalizar la situación.

Nos miramos y sonreímos, incluso llegamos a soltar una pequeña risotada. Las dos vamos a tener que acostumbrarnos a esto de tener una hermana, pero tenemos todo el tiempo del mundo para aclarar todo lo sucedido, para ponernos al día después de casi diecisiete años separadas.

Ahora que ya estamos volando, el ambiente se relaja y todos miramos por las ventanas, gozando por última vez de las vistas que nos regala Australia.

Todavía nos queda mucho camino por delante. Ahora las cosas han cambiado para siempre. Nunca seremos una familia normal, jamás.

Pero puede, solo puede, que lleguemos a ser una familia feliz. Solo tenemos que aprender a aceptar nuestro pasado, afrontar nuestro presente y estar preparados para nuestro futuro.

Porque los seres humanos vivimos el presente en tres tiempos diferentes.

Agradecimientos

Escribir este libro ha sido un sueño para mí. Me sentaba cada día enfrente del ordenador y daba rienda suelta a mi imaginación, dejando por escrito una historia que llevaba cuatro años encerrada en mi mente.

Fue en 2012 cuando, en un momento de lucidez mientras me aburría en clase de matemáticas, escribí por primera vez el nombre de Timantti. Aunque por aquel entonces su nombre era otro, desde ese instante Marlinn Dawn pasó a formar parte de mí, ya que cuando no estaba escribiendo, estaba pensando en la amigable Akva, en el apuesto Bruno, en mi querida Timantti...

Compartir esta historia con todos vosotros y vosotras ha sido como abriros mi corazón.

Y os tengo que dar las gracias: gracias por escucharme, por leerme, por verme. Porque es solo gracias a vosotros que he tenido esta grandiosa oportunidad.

Jamás me cansaré de decirlo: GRACIAS.

Gracias por suscribiros a ese canal de YouTube cuando nadie más lo hacía.

Gracias por darme una oportunidad y clicar en uno de mis vídeos.

Gracias por darme el honor de conoceros, por permitirme entenderos.

Gracias por seguir ahí, incondicionalmente.

Sin vosotros nada de esto sería posible. Gracias por abrirme tantas puertas y, en especial, gracias por abrirme las de vuestros corazones. Prometo no cerrarlas nunca.

También debo darle las gracias a la persona más especial de mi vida, la persona más bondadosa que conozco: mi madre.

Te agradezco desde lo más profundo de mi ser todo lo que haces por tu familia. Mi amor por ti es inmortal, siempre te amaré, pase lo que pase y esté donde esté. Siempre has creído en mí, me has dado cada una de las plumas que tienen mis alas, me has querido como nadie y todo lo que soy te lo debo a ti. Jamás dejes de iluminar el mundo con esa sonrisa tan preciosa y sincera que tienes.

Gracias a mi hermano, Nicolás, por acompañarme en esta aventura y ser mi caballero fiel. Eres increíble, jamás lo olvides. Te querré y escucharé toda mi vida, siempre tendrás espacio entre mis brazos, pequeño Gyarados.

Gracias a mi padre, por luchar siempre por nuestro bien y mostrarme cosas tan maravillosas. Gracias a ti soy quien soy. Has sido y serás una gran influencia porque, aunque a veces no lo parezca, escucho y valoro cada una de las palabras que articulas.

Y gracias, abuela, por pensar siempre en nosotros y cuidarnos con tanto empeño, aunque a veces no lo merezcamos. Eres nuestra heroína.

He tenido la suerte de nacer en el lecho de una familia maravillosa, familia por la que daría mi vida, familia de la que estoy más que orgullosa.

Gracias a mis amigos. A los que conocí con tres años y siguen a mi lado: Iago Martínez, Manuel Delgado, Marta Regades, Sara Iglesias, Andrés Vila, Diego Moreira, David Rodríguez, Pedro Sotelo... Este año tomamos caminos diferentes y no sé qué ocurrirá, pero lo que sí sé es que ahora somos amigos y os quiero. Os quiero muchísimo.

Gracias a Rosa Samper y a Aina Baraldés, mis editoras, por ayudarme y darme esta oportunidad tan increíble.

Gracias a Celia Gallego (@celiagal7) por ser la responsable de ilustrar las solapas de mi libro y dibujar a Timantti durmiendo. Eres una artista de los pies a la cabeza.

Si estás leyendo esto, seas quien seas: gracias.